Fluturele
negru

Radu Paraschivescu (n. 1960, București) trăiește în Balta Albă și se visează la Roma. E mefient față de avioane, reptile și sfaturile medicilor. Croiește articole pentru ziare și reviste, traduce romane, se ocupă cu hermeneutica ofsaidului în emisiuni de analiză fotbalistică și – mai rar decât i-ar plăcea – scrie cărți. Are câțiva prieteni francezi de nădejde (Millefeuilles, Plaisir Sucré, Macaron etc.), fără să-și fi trădat prima iubită: ciocolata de casă. Se îmbată cu vocea lui David Gilmour și chitara lui Mark Knopfler. La Humanitas, domiciliul lui profesional, publică niște cărți de „Râsul lumii". Se îndrăgostește repede și-i trece greu. Detestă clișeele, laptele și broccoli. A scris despre nesimțiți, Inès de Castro, Maradona și Caravaggio.

Cărți: *Efemeriada* (2000, Libra); *Balul fantomelor* (2000, RAO, reeditare Humanitas, 2009); *Bazar bizar* (2004, Mașina de scris, reeditare Humanitas, 2007); *Fanionul roșu* (2005, Humanitas, Premiul „Ioan Chirilă" pentru cea mai bună carte de sport a anului); *Ghidul nesimțitului* (Humanitas, 2006); *Fie-ne tranziția ușoară: Mici rostiri cu tâlc* (Humanitas, 2006); *Mi-e rău la cap, mă doare mintea: Noi perle de tranziție* (Humanitas, 2007); *Cu inima smulsă din piept* (Humanitas, 2008); *Răcani, pifani și veterani* (coord., Humanitas, 2008); *Dintre sute de clișee: Așchii dintr-o limbă tare* (Humanitas, 2009); *Fluturele negru* (Humanitas, 2010); *Toamna decanei: Convorbiri cu Antoaneta Ralian* (Humanitas, 2011); *Astăzi este mâinele de care te-ai temut ieri* (Humanitas, 2012); *Maimuța carpatină* (Humanitas, 2013); *Muște pe parbrizul vieții: Nou catalog de perle* (Humanitas, 2014); *Noi vorbim, nu gândim: Nouă colecție de perle românești* (Humanitas, 2015); *România în 7 gesturi* (Humanitas, 2015); *Povești de dragoste la prima vedere* (coautor, alături de Ioana Pârvulescu, Gabriel Liiceanu, Ana Blandiana și Adriana Bittel – Humanitas, 2015); *Cum gândesc politicienii* (Humanitas, 2016); *Aștept să crăpi (de astăzi, în prime time)* (Humanitas, 2016); *Am fost cândva femeie de onoare și alte povestiri* (Humanitas, 2017); *Cartea râsului și a cercetării (Ce se întâmplă cu creierul dacă înveți cuvinte noi în timp ce faci sex)* (Humanitas, 2017); *Două mături stau de vorbă: Scene românești* (Humanitas, 2018); *Orice om îi este teamă: Un partid, doi ani și trei premieri* (Humanitas, 2018); *În lume nu-s mai multe Românii (planetei noastre asta i-ar lipsi)* (Humanitas, 2019).

Radu Paraschivescu

Fluturele negru

roman

Ediție revizuită

HUMANITAS
BUCUREȘTI

Redactor: Lidia Bodea
Coperta: Angela Rotaru
Tehnoredactor: Manuela Măxineanu
Corector: Alina Dincă
DTP: Iuliana Constantinescu, Dan Dulgheru

Tipărit la Art Group

Descrierea CIP a Bibliotecii Naționale a României
Paraschivescu, Radu
Fluturele negru/ Radu Paraschivescu. – București:
Humanitas, 2019
ISBN 978-973-50-6397-9
821.135.1

EDITURA HUMANITAS
Piața Presei Libere 1, 013701 București, România
tel. 021/408 83 50, fax 021/408 83 51
www.humanitas.ro

Comenzi online: www.libhumanitas.ro
Comenzi prin e-mail: vanzari@libhumanitas.ro
Comenzi telefonice: 021 311 23 30

1

— Când rupi o pâine din care ies aburi și e soare-afară, nu mai ai nevoie de nimic, murmură tânărul blond, cu părul prins în coadă. Așa trebuie să-nceapă dimineața, cu pâine caldă și soare. Și cu o șopârlă care se-ncălzește pe zid.

— Ți s-a suit vinul la cap, Nuccio. Mâine-poimâine o să-mi spui că viața e frumoasă lângă popi. Ce-ți veni cu șopârla?

Șchiopul cu mustața cât vrabia se ridică de la masa luminată pe sfert de razele soarelui, își frecă mâinile de un șorț slinos, mai mult din obișnuință decât fiindcă s-ar fi pregătit să facă un lucru anume, se duse la ușă și aruncă o privire afară. Nimic. Și nimeni. Țipenie. Nu era mare sfârâială să fii cârciumar în vremurile astea. Bătaie de cap pe degeaba. Altădată cârciuma era plină și mirosea a belșug, tipsiile cu mâncare se goleau cât ai clipi, se zguduiau pereții de cântece, scârțâiau paturile și nimeni nu închidea ochii până spre dimineață. La bucătărie se găteau purcei de lapte, rațe, iepuri, potârnichi și fazani. Ceapa mărunțită aducea lacrimi în ochii bucătăreselor care nădușeau până în toiul nopții.

Chefurile țineau până se goleau cămările și ospă-tărițele îi chemau pe meseni să vadă singuri că nu rămăsese nici un dumicat, nici o frunză de salată, nici un cartof, nici un strop de slănină prăjită, nici un fagure cu două albine prinse în ambra cleioasă a mierii, nici un fruct întreg sau tăiat felii. Butoaiele din pivniță erau pline cu vinuri legănate câteva zile în trăsuri și aduse dintre dealurile Toscanei. Acolo, în orășelele cărămizii ale republicii floren-tine, la Monteforalle și Panzano, la Castellina și San Miniato, la Radicondoli și Montalcino, toamnele însemnau zi după zi de dansuri sălbatice, în care femei asudate zdrobeau ciorchinii sub tălpi și tre-buiau înlocuite din trei în trei ceasuri, nu atât de os-teneală și nici de la arșiță, cât din cauza mirosului care le cotropea mințile și le amețea.

Numai că, de câțiva ani, lucrurile se schimba-seră. Având în Sfântul Scaun de la Palazzo del Quirinale un papă care trăia ferindu-se de viață, Roma începuse să nu-și mai arate pe față bucuria. Pe chipul ei, altădată vesel, se așternuse un aer bol-năvicios. Crâșmele de la colțuri de stradă nu se mai umpleau ca înainte, când se întâmpla să-ți bei vi-nul de-a-n picioarelea, fiindcă nu mai era nici un scaun pe care să te poți așeza. Scamatorii din piețe se făcuseră nevăzuți. Hoții de buzunare se apuca-seră să se fure între ei. Codanelor din tractire înce-puseră să li se tulbure ochii, să li se subțieze buzele, să li se stafidească obrajii și să li se fleșcăiască pul-pele tot așteptând pe cineva care să rupă hainele de pe ele, să le supună trupurile și să le răscolească sufletele, cum se întâmpla odată. Până și grădinile păreau pustii în miezul zilei, nepăsătoare la zumzetul bondarilor și la lumina soarelui. Acum, jupânul șchiop din Piazza Navona, care își deschisese cârciuma la o aruncătură de băț de Fontana dei Calderari, avea timp să se-așeze la masa fiecărui mușteriu care-i călca pragul, să-i asculte palavrele și să-l îmbie măcar cu două ouă cu ceapă, dacă mai mult nu-l lăsa punga. În ultimele luni, nici asta nu se întâmplase mai des de trei ori pe zi. Mare minune dacă n-oi începe să dau de mâncare pe datorie, își spunea cârciumarul îmbufnat. Mare minune dacă nu m-oi apuca să crestez răbojul.

— Șopârla trage la omul norocos ca musca la rahat, jupân Girolamo. Cine are așa ceva pe lângă casă e ferit de necazuri.

— Iar ai fost la nebuna aia azi-noapte? Vezi că ți-a mai băgat și altădată nerozii în cap. Ce Dumnezeu, Nuccio, dacă tot te duci în crailâc, măcar alege-ți o muiere cu mintea-ntreagă.

Blondul clătină din cap, parcă urmărit de un gând care nu-i dădea astâmpăr, și mai rupse o bucată din pâinea cu coajă neagră. Mestecă alene, fără să-i pese de căutătura îngrijorată a cârciumarului.

— E mai sănătoasă la cap decât mulți dintre noi, jupâne. Și oricum, cu șopârla are dreptate. Când îți mergea bine, număram zece-douășpe întinse la soare, de-aici până la fântână. Acum, nici una. Să nu-mi spui că-i potriveală.

9

„Nebuna aia" se numea Fillide Melandroni și, la fel ca toată lumea destupată la minte din Roma, blestema ziua în care moartea lui Leon al XI-lea cufundase orașul în mohoreală. Fillide se născuse la Siena și venea din acel soi de familie bună care te silea să faci lucruri rele. Înveșmântată nu doar în rochii stânjenitoare, ci și în reguli care nu puteau duce decât la ofilirea celui care le urma, fata se hotărâse într-o bună zi să nesocotească sfaturile și opreliștile părinților. Fiecare vorbă a lor fusese întâmpinată cu un râs zglobiu și disprețuitor. Fiecare încercare de-a o obișnui cu lumea nobilimii toscane sfârșise în neputință. Fillidei îi plăcea să se îmbrace frumos și să trăiască bine, dar asta doar dacă nu-i erau îngrădite mișcările. Nobili bogați? Marchizi cu punga plină și viconți cu moșii de necuprins în două zile călare? Ar fi înfulecat trei în fiecare dimineață, pe burta goală. Era însă nevoie de două lucruri: să nu fie din Siena, ci din Roma, și să nu-i afle în saloane pline de tablouri, catifele și candelabre, ci în paturi de tractir, unde mirosea a parfum prost și a animal în călduri.

Se împlinise un an de când cardinalul Camillo Borghese, născut la Roma, dar școlit în ale avocăției la universitățile din Perugia și Padova, fusese ales papă în locul lui Leon al XI-lea și urcase pe Sfântul Scaun sub numele de Paul al V-lea. Chiar din primele săptămâni petrecute la Quirinale, printre frescele lui Guido Reni, noul pontif semănase tristețe și deznădejde în rândul romanilor. Firea lui ursuză, împletită cu aplecarea spre chichițe juridice sau teologice și spre nesfârșite vorbiri despre dreptul roman, făcea din Paul al V-lea un om îndeobște nesuferit. Electorii strânși în conclav îl aleseseră în dauna lui Cesare Baronius și Roberto Bellarmino, rivalii săi la jilțul papal, plecând mult urechea la ce spuneau francezii și spaniolii. Sfântul Părinte avea o aplecare firească spre tocmeală, ceea ce pe unii îi supărase – „un împăciuitorist unsuros", fusese auzit cândva secretarul unui cardinal –, dar celor mai mulți le căzuse bine. Diplomația înseamnă târguială, iar cine primește să se târguiască are deschise uși care pentru alții rămân închise, mai ales când bate vântul sărăciei.

Pornirile noului papă se văzuseră încă din primele luni. Episcopilor care-și făceau veacul prin Roma li se poruncise să plece la casele lor. Celor care îndrăzniseră să întrebe de pricinile unei asemenea măsuri Sfântul Părinte avusese grijă să le răspundă chiar el, cu ceva amenințător în glas, că nu făcea decât să respecte hotărârile Conciliului din Trento, care se îngrijise încă de-acum câteva decenii ca fiecare episcop să locuiască la el în dioceză, nicidecum în inima Romei. Dacă hotărârea asta îi bucurase pe romanii de rând, căci, iată, papa însuși oprea risipa căreia i se dedau unii dintre slujitorii Domnului, următoarea îi făcuse să se întrebe dacă nu cumva pontiful suferea de o gravă tulburare a minții. Asta fiindcă la nici două luni de la suirea pe Sfântul Scaun de la Quirinale, Paul al V-lea începuse să se îngrijească de anumite suflete rătăcite. Nu de toate, cum s-ar fi cuvenit, ci doar de cele care își vindeau farmecele și nurii. Fiindcă știa că n-ar fi putut-o lămuri cu vorba bună pe nici una dintre târfele Romei să nu mai facă negoț cu propriul ei trup, alesese două biserici în care duminica se desfășurau slujbe numai pentru aceste oi rătăcite de turmă. „O baie de conștiință", rostise papa când preoții de la Santa Maria in Traspontina și Santa Caterina della Rota ceruseră audiență la Quirinale pentru lămuriri. „Fetele astea își spală părul, subsuorile și picioarele, dar își lasă sufletul necurățat. Domniile voastre o să le faceți baia de conștiință de care au nevoie."

Cei care trăseseră foloase repezi din porunca lui Paul al V-lea fuseseră, desigur, vânătorii de fuste care umblau cât era ziulica de lungă după frumusețile Romei. Printre ei nu se găseau doar bandiți deșucheați, pungași în căutare de carne tânără și pietroasă sau condotieri aflați între două slujbe, ci și destui oameni cu obraz subțire și pungă bine garnisită din nobilimea romană. Dacă până atunci erau siliți să țină calea fetelor prin locuri îndoielnice, în locuri unde chiar și spadasinilor vestiți li se mai întâmpla să-și sfârșească viața în vârful unui pumnal, din ziua când Sfântul Părinte hotărâse slujba specială nu avuseseră decât să aștepte răbdător, cu o cucernicie jucată anevoie, în fața la Santa Maria in Traspontina și la Santa Caterina della Rota. Ieșirea târfelor din cele două așezăminte în piețele care se umpleau ca la un semn, pentru a se goli la loc în mai puțin de-un sfert de ceas, trimitea cu gândul mai degrabă la un târg de carne vie decât la spălarea conștiințelor, dar nimeni nu avusese curaj să-i mărturisească pontifului în ce fel îi fusese răstălmăcit gândul cucernic. Cu șezutul cufundat în pernele Sfântului Scaun, Paul al V-lea rămăsese încredințat că primenirea sufletelor începuse și că fetele din tractire aveau să se arate Romei sub o nouă înfățișare cât de curând.

Printre păcătoasele care îngenuncheau în fiecare duminică la Santa Maria in Traspontina erau zece-douăsprezece tinere care aveau înțelegeri încurcate cu biserica. Pe de o parte, se întindeau cu oricine le zornăia o mână de galbeni. Pe de alta, își vedeau chipurile pe pereții sfintelor lăcașuri. Erau curvele pe care unii pictori le foloseau drept modele pentru zugrăvirea bisericilor din Roma. Drumul de la albeața feciorelnică a fețelor din fresce la freamătul lacom al fruntașelor la școala vieții era lung, dar, dacă-ți munceai mintea un stropșor, putea fi făcut. Fillide Melandroni era una dintre aceste tinere care veneau duminică de duminică pentru a li se face baia de conștiință. Vorbele i se păreau de tot râsul și nu pregeta să i-o spună oricui pleca urechea.

— Baia de conștiință înseamnă să scoți patul din odaie ca să nu te mai înșele femeia, rostea ea cu un licăr ghiduș în priviri. Sfântul Părinte, ție-l Dumnezeu în puteri, pare un om cumsecade, dar e mai nevinovat ca un copil în burta mamei. Auzi tu, baie de conștiință. Pentru o adunătură de curve. Să te crucești și mai multe nu.

Gestul unei smerenii prefăcute însoțea aceste cuvinte, înainte ca rostitoarea lor să plece la brațul unui mușteriu care se și visa mângâindu-i rotunjimile.

— Arțagul ăsta nu-ți șade bine, o mustrase cândva o prietenă. Nu se cade să vorbești așa.

Fillide se încruntase nedumerită.

— De ce, mă rog? E vorba de bani, până la urmă. Tăurașii ăștia care nu găsesc ce le trebuie acasă mă plătesc să le țin loc de nevastă. Iar pictorii mă plătesc fiindcă nu-i duce mintea. Decât să-și închipuie o sfântă sau mai știu eu ce, aleg să-mi dea bani ca să fiu sfânta lor pentru două săptămâni sau două luni. Nu mă duc eu să-i rog, vin ei la mine.

Dintre prietenele Fillidei Melandroni mai făceau parte Caterina Vannini, Lena Antognetti și Anna Bianchini. Nobilii și prelații care își bucurau nopțile cu ele, la palatul Del Monte sau în căsoaiele înstărite de la marginea Romei, schimbându-le între ele și nesfiindu-se să le judece dibăcia în ale desfrâului, le numiseră „Cele patru grații". Cuvintele ajunseseră, din nefericire, la urechile monseniorului Pietro Aldobrandini, care cu un an în urmă ajunsese episcop de Ravenna. Aflat cu treburi la Roma, monseniorul îl auzise pe un tânăr prelat vorbind despre cele patru fete și pricepuse că ispita cărnii îl făcuse până și pe el să-și lepede hainele preoțești și să se dăruiască dezmățului. S-ar fi cuvenit, poate, ca furia monseniorului să se reverse până pe coridoarele apartamentelor papale. Numai că Aldobrandini învățase de mult, încă înainte să ia în stăpânire ducatul Ferrarei, că lucrurile puturoase nu se dădeau în vileag pe dată, ci erau puse la păstrare spre a fi folosite la timpul potrivit. Prin urmare, monseniorul se mărgini să numească borfeturile drept „Cele patru dizgrații".

— Te ții de pomană după ea, Nuccio, ascultă-mă pe mine, spuse cârciumarul, izgonind o muscă de pe marginea cănii cu vin. Tu o sorbi din ochi, iar ei nu-i pasă nici cât negru sub unghie. Și oricum, atârnă atât de mulți de fustele ei, că numai tu lipseai.

Blondul dădu pe gât restul de vin și se șterse la gură.

— Mai mare-i sporul celui care-așteaptă, jupân Girolamo. Ei, vezi? E bună și poezia la ceva. Te-nvață să ai răbdare. Lide e-a mea, jupâne. A mea, înțelegi? Eu am scos-o în lume, eu am făcut din ea ce-a ajuns azi, eu am vârât-o-n paturile boșorogilor ălora cărora le curg balele după prospături...

— Aud că nu-s chiar toți boșorogi.

— Cei mai mulți când se-așază pe oală uită de ce s-au așezat. Îi știu bine, i-am văzut ce pot. Își numără pârțurile și se scarpină-n cap. Iar Lide le toacă biștarii, îi joacă pe degete și râde de ei. Doar nu crezi c-o să-i pice vreunul cu tronc?

Cârciumarul turnă din nou în căni și își înăbuși un oftat. Mesele celelalte rămăseseră la fel de goale ca la ora deschiderii. Noroc cu tânărul Tomassoni, altfel ar fi ajuns să bea din propriul lui vin de unul singur. Mai lipsea să scoată gologani din buzunar și să se plătească. La asta m-a adus uscatul ăla de papă, își zise cârciumarul, zbârlindu-se în gând.   15

— Dintre ăia, nu, nici vorbă. Dar lumea șoptește că i-a căzut cu tronc lombardului. Și că nici Lide-a dumitale n-ar zice nu, la o adică.

Blondul trânti cana de masă, gata-gata s-o spargă. În ultimele luni, toate discuțiile cu jupân Girolamo se opriseră, nu se știe cum, la Michelangelo Merisi, sărăntocul care venise la Roma cu o boccea în băț, ca să scape de foame și să se vâre pe sub pielea bogătanilor dornici să-l ajute. Merisi trăia aici de treisprezece ani și ajunsese să fie pomenit mereu de localnici. Unii îl îngropau în blesteme, alții îl iubeau. Unii îl credeau unealta diavolului, alții vedeau în el primul pictor adevărat după Tițian. Unii se răfuiseră cu el prin crâșme și fundături, alții se mulțumiseră cu un portret de fum, făcut din zvonuri, clevetiri și bănuieli. Merisi era slobod la gură, obraznic, jegos, bețiv, fanfaron și iute la mânie. Nu exista oglindă pe lângă care să treacă fără să se cerceteze, chit că nu avea mare lucru de văzut. Nu era curvă pe care să nu și-o fi adus în culcuș. Nu era pictor față de care să nu se creadă mai bun. Nu exista vorbă grea pe care să n-o fi aruncat în obrazul celorlalți, fie ei hangii, preoți sau pantofari. Și aproape că nu era celulă în închisoarea orașului în care să nu fi petrecut cel puțin o noapte. În mod ciudat însă, la fiecare întemnițare, pe când romanii sătui de scandaluri și încăierări în toiul nopții trăgeau nădejde că de data asta ciolanele netrebnicului aveau să putrezească după gratii, trimisul unuia dintre ocrotitorii lui Merisi se înființa la poartă, schimba câteva vorbe cu temnicerii, împărțea pungi cu galbeni cui trebuia și-l smulgea pe lombard din măruntaiele pușcăriei, ducându-l în fața înaltului bărbat care comandase acțiunea. Merisi era un ins primejdios, un om răzvrătit, un ghem de simțiri, porniri și obiceiuri proaste. Dar totodată o pană de preț la pălăria multor nobili romani care voiau să pară prieteni ai artelor și artiștilor.

La rândul lui, Ranuccio Tomassoni șovăia între traiul de pictor și altul mult mai bănos: acela de ocrotitor al târfelor care le pozau artiștilor din Roma, părăsind astfel paturile în care-i lăsau pe bogătani să-și facă mendrele cu ele și ivindu-se pe pereții bisericilor din oraș. La câți pești făceau deja umbră pământului, unul în plus nu supăra pe nimeni. Palazzo del Quirinale clocotea în febra sacrilegiului, dar Paul al V-lea nu avea mijloace prin care să răspundă. Dacă i-ar fi plătit pe pictori ca să nu mai preschimbe curvele în sfinte, și-ar fi șubrezit puterea. Dac-ar fi trimis oameni să-i amenințe, ar fi putut să rămână fără ei, știut fiind că bravii lui pictori mânuiau la fel de bine spada și penelul. Așa că Sfântul Părinte lăsase de la el, trăgând nădejde mai departe, cu o nevinovăție feciorelnică, pe forța de pătrundere a predicilor duminicale în sufletul păcătoaselor.

— Lide a lucrat de multe ori cu Merisi, jupâne. I-a pozat pentru nu știu câte tablouri. Se cunosc de mai bine de zece ani. Dacă era să se-ntâmple ceva, s-ar fi întâmplat deja. Și aș fi aflat. Sunt singurul om de care Lide nu poate să se-ascundă. Fiindcă numai eu îi știu taina. Iar dacă taina asta iese la iveală, Lide ajunge să doarmă sub poduri și să fure de prin gunoaie ca să aibă cu ce-și duce zilele.

Cârciumarul își șterse fruntea cu o cârpă care fusese albă ultima dată cu o jumătate de an mai devreme.

— Știi multe taine care-au avut viață lungă în Roma, Nuccio? Vinul și caznele dezleagă toate limbile. Dac-ai reușit să păstrezi taina pân-acum, fără să sufli o vorbuliță nimănui, înseamnă că nu-i cine știe ce. Altfel ai fi încercat să tragi vreun folos. Nu uita că te cunosc. Știu ce-ți poate pielea.

Tomassoni clătină din cap fără să mai spună nimic, de parcă aerul nedumeritor pe care și-l luase l-ar fi păzit de explicații. Plăti pentru vin și ieși din cârciumă. Piazza Navonna se vedea ca prin ceață prin praful ridicat de un călăreț grăbit. Aproape că nu mai știai dacă era soare sau nor. La câteva sute de pași, în Campo dei Fiori, două-trei florărese stropeau câteva grămezi de trandafiri cărnoși, încercând să-i țină proaspeți în miezul zilei. Blondul cu părul strâns în coadă își atinse mânerul spadei dintr-un gest care-i intrase în obicei și porni spre Piazza di Parione, unde, în fața unui zid spălat de ploi și înnegrit de vânturi, se afla Pasquino, statuia fără mâini și fără picioare a lui Menelau, pe care slujitorii cardinalului Oliviero Carafa o așezaseră acolo cu mai bine de un secol în urmă. Pasquino, așa-numita statuie vorbitoare, nu era doar o bucată de piatră, ci și locul unde se așezau, la lumina zilei, crâmpeie de batjocură politică, diplomatică, religioasă sau de moravuri. În apropierea statuii, mâini neștiute prindeau, în puterea nopții, hârtii pe care stăteau scrise lucruri mușcătoare despre papă sau despre bogătanii care înfăptuiseră nereguli. Cine citea hârtiile de lângă statuie afla totodată vești despre ultimul încornorat sau bârfe despre oamenii care stârneau invidii în oraș. O legendă purtată din gură în gură spunea că uneori, după niște răstimpuri doar de ea știute, statuia se trezea vorbind și dădea glas celor scrise de necunoscuți. Pentru unii, pasquinatele erau atacuri, în versuri sau nu, prin care cel care scria se răzbuna pe cel care-l nedreptățise. Pentru alții, prilejuri de-a bate apa în piuă sau de-a face lumea să râdă. Talentați sau bonți, buruienoși sau curtenitori, cei care își depuneau rândurile sub rămășițele de piatră ale lui Menelau îi înveseleau sau, după caz, îi necăjeau pe trecători. Cu aproape optzeci de ani în urmă, Adrian al VI-lea, pe seama căruia se scriseseră sute de poezii batjocoritoare, chiar poruncise aruncarea statuii în Tibru, răzgândindu-se abia după ce un sfetnic îl încredințase că o asemenea măsură ar fi însemnat nici mai mult, nici mai puțin decât recunoașterea celor scrise. Și poate că asta n-ar fi dat roade dacă învățatul nu i-ar fi explicat pontifului că, la fel ca broaștele, Pasquino se auzea mai tare sub apă, astfel încât cufundarea lui în Tibru ar fi fost un necaz, nicidecum o izbăvire.

Ranuccio Tomassoni se apropie de statuie, curios să vadă căruia dintre nobili sau cardinali îi venise rândul la ferfenițire. Hârtiile prinse cu pietricele, ca să nu le ia vântul, semănau cu niște fluturi mari și nemișcați. Blondul ridică una dintre ele și citi:

Nea Salată, Nea Salată,
A făcut-o mult prea lată
Când a călărit o fată
Și-a lăsat-o-nsărcinată.

Nea Salată, poreclit astfel din pricină că-și hrănea tinerii pictori luați sub ocrotitoarea dumisale aripă cu foi de salată și nimic altceva, șapte zile din șapte, era nimeni altul decât onorabilul Carmelo Pandolfi, om pe care Roma îl credea întruchiparea virtuții, dar despre care se putea afla acum că i se aprinseseră călcâiele după pupila lui, Alessandra, căreia, cu puțină îngăduință, ar fi putut să-i fie bunic. Don Carmelo nu se mulțumise cu o curte din vorbe și cu ocheade pofticioase în decolteul fetei, ci îi turnase un praf în vin într-o seară, o așteptase să se molesească și se suise pe ea hoțește, răpindu-i fecioria cu un mădular neobișnuit de bârzoiat pentru vârsta lui și lăsându-i în schimb sămânța unui copil de care fata scăpase mai târziu, departe de privirile flecarelor care umpleau piețele, răstignită pe o masă de lemn negeluit și mușcând o bucată de cârpă, pe când fierul doctorului îi scobea măruntaiele. Doamna Pandolfi, făptură cu frica lui

Dumnezeu, aflase de nemerniciile soțului ei când trecuse întâmplător pe lângă Pasquino și văzuse câțiva târgoveți hlizindu-se pe când citeau un petic de hârtie. Roșie la față și tremurând ca piftia, femeia răscumpărase peticul cu gândul să i-l gătească soțului în loc de tocană și, dacă acesta nu voia să-l mănânce, să i-l vâre pe gât cu forța. După câteva zile, cele patru versuri se iviseră din nou lângă Pasquino, scrise de aceeași mână și lăsate acolo din nou, pentru ca tot mai multă lume să afle ce poamă era Pandolfi și ce deprinderi avea.

De obicei, ceea ce începea la Pasquino trecea apoi la Marforio. A doua sculptură vorbitoare a Romei – din șase, câte se găseau cu totul în oraș – găzduia prelungirile șugubețe ale pasquinatelor și aduna cel puțin la fel de multă lume cât prima. Râsul de cei puternici, rușinarea nobililor și darea în vileag a încornoraților erau plăceri pe care nu și le refuza nici un om de rând. Această voioșie de-a valma avea totuși ceva ciudat. Precupețele, cerșetorii, fetele fugite de-acasă, țațele gureșe și neisprăviții care viermuiau pe străzile orașului se opreau în Piazza del Campidoglio, lângă peretele bisericii Santa Maria in Aracoeli, și, în loc să se smerească, așa cum ar fi fost de cuviință, își dădeau coate, arătau cu degetul și râdeau cu palma la gură sau ținându-se cu mâinile de burtă. Parcă era un făcut. Parcă toate astea se petreceau în răspărul celor hotărâte între zidurile de la Quirinale, unde la urechile unui papă mai încredințat ca niciodată de foloasele cumpătării ajungeau povești din ce în ce mai ciudate despre felul cum se distrau oamenii la doi pași de sfintele lăcașuri.

Peticele de hârtie prinse lângă Pasquino erau apă de trandafiri pe lângă puturoșeniile pe care le găzduia Marforio. Însă și felul în care fusese sculptat Oceanus pricinuia mărturisiri îndrăznețe și glume fără perdea. Sprijinit într-un cot, iscodind lumea cu o căutătură piezișă și având aerul că își râde în barbă, Oceanus părea gata să țină minte tot ce era scris pe hârtiuțele care se strângeau la câțiva pași de el. Acum se părea că Marforio își găsise în sfârșit locul. Până în 1588, statuia se înălțase între Arcul lui Septimius Sever și Mamertinum, temnița unde fuseseră închiși Sfinții Petru și Pavel. Neplăcându-i învecinarea acelui loc cumplit cu înfățișarea desfrânată a lui Oceanus, papa Sixtus al V-lea poruncise mutarea statuii în Piazza San Marco, unde zeul apelor rămăsese patru ani, înainte de-a fi luat și de-acolo și reașezat lângă Santa Maria in Aracoeli, o biserică al cărei aer l-ar fi mulțumit până și pe înneguratul Paul al V-lea.

În drum spre Marforio, unde trebuia să se-ngrijească de niște cavaleri care-l știau meșter în codoșlâcuri, Tomassoni își aminti că în copilărie făcea de două ori pe săptămână ocolul fântânilor vorbitoare, aruncând cu pietre după vrăbii și fluierând ștrengărește după slujnicele trimise de stăpâne să cumpere una și-alta. Avea grijă să-și ducă pașii astfel încât plimbarea să țină cât mai mult. Începea din Sant'Eustachio, unde constructorii tocmiți de cardinalul napolitan Alfonso Gesualdo lucrau chiar atunci la fațada barocă a bisericii Sant'Andrea della Vale și unde, la mică depărtare, se ridica, în toată trufia sa străveche, Abatele Luigi, statuia unui magistrat înveșmântat în togă. Numele îi fusese dat de un glumeț care, zăbovind câteva clipe în dreptul ei, văzuse că magistratul semăna cu un oficiant al bisericii Sudario. În cinci ani, pungașii plămădiți din drojdia rodnică a Romei șterpeliseră de trei ori capul statuii, dar de fiecare dată gărzile lui Gesualdo izbutiseră să-i găsească pe făptași, să le smulgă prada și apoi să lipească scăfârlia de piatră la loc pe gâtul magistratului. Cu toate pățaniile prin care trecuse, Abatele Luigi se ținea drept, chipul lui nemișcat respira demnitate, iar cioturile drapate în faldurile de piatră ale togii îi dădeau de înțeles privitorului cât de puternic fusese pe timpul când trăia și avea mâinile întregi. Dedesubtul statuii, câteva versuri dăltuite în piatră îi vădeau rostul satiric și înrudirea cu alte monumente vorbitoare:

FUI DELL'ANTICA ROMA UN CITTADINO
ORA ABATE LUIGI OGNUM MI CHIAMA
CONQUISTAI CON MARFORIO E CON PASQUINO
NELLE SATIRE URBANE ETERNA FAMA
EBBI OFFESE, DISGRAZIE E SEPOLTURA
MA QUI VITA NOVELLA E ALFIN SICURA.

Copil fără carte, Tomassoni se uita la cuvintele scrijelite sub Abatele Luigi, căznindu-se să le deslușească mai mult din ceea ce spuneau cei din jur.

Numai că rostul era de fiecare dată altul, ca și cum o mână nevăzută ar fi schimbat cuvintele la adăpostul nopții. Înciudat, micul Ranuccio pleca de lângă statuie jurându-și să nu se mai întoarcă, dar știind că avea să-și încalce jurământul cu primul prilej. Ascunzând în sân câte-un măr șterpelit de prin piață, descult și murdar, copilul mergea preț de jumătate de oră, dacă nu mai mult, după care, simțind cum îl târcolește osteneala, se oprea la câțiva pași de biserica Sant'Atanasio dei Greci, își trăgea sufletul, își mijea ochii și începea să se strâmbe în fel și chip, de parcă l-ar fi lovit strechea și l-ar fi prins fierbințeala. Lucrul la care se strâmba era o altă statuie, a lui Silen, așezată în dreapta bisericii, pe care romanii o porecliseră Babuino fiindcă li se păruse că semăna cu o maimuță. Patrizio Gandi, negustorul care pusese să se construiască o fântână în centrul pieței de lângă Via Paolina și așezase în mijlocul ei sculptura lui Silen, fusese răsplătit după obiceiul hotărât de mult de Pius al IV-lea. Fiindcă ridicase fântâna în folosul romanilor de rând, Gandi primise apă fără plată pentru casele și pământurile lui până la sfârșitul vieții. Babuinatele strânse în jurul lui Silen, pe hârtii acoperite cu litere mari, vorbeau tot despre nelegiuiri, înșelătorii și treburi deșucheate: cutare negustor ciupea la cântar și, dacă-l aflai, o lua la fugă după tine, lăsându-și marfa în grija vecinilor și alergându-te până simțea că i se umpleau plămânii de câlți; cutare spiter avea o nevastă focoasă și nurlie, pe care soțul nu mai putea s-o mulțumească; cutare cămătar cerea înapoi de două ori mai mult decât fusese învoiala; cutare medic le dădea bolnavilor leacuri închipuite pentru beteșuguri adevărate. Țâncul Ranuccio râdea de râsul celorlalți și arăta cu degetul spre locul în care se afla casa împricinatului, așa cum vedea că făceau cei mari.

După ce se sătura de râs, pleca mai departe, mușcând din mărul încălzit la sân și lăsând câte-un strop de zeamă să i se prelingă pe cămașa flendurită. Copilăria era a lui, grijile, ale altora. Trăia de azi pe mâine și nu-i păsa nici cât negru sub unghie dacă a doua zi se cutremura pământul, lovea holera sau începea războiul. Cât timp putea să se veselească, nu-l atingea nimic. Trecea cu pas sprinten pe la Pasquino și Marforio, unde parcă era și mai multă lume ca la celelalte fântâni sau statui, iar pe urmă, când simțea din nou că vlaga era pe cale să-l părăsească, poposea lângă Madama Lucrezia, a cincea sculptură vorbitoare a Romei și singura care înfățișa o femeie. Soclul și bustul aveau împreună trei metri înălțime și ocupau un petic de pământ aflat între Palazzo Venezia și biserica San Marco, iar cea care fusese model trezise discuții aprinse printre pricepuți. Unii vedeau în chipul răvășit de timp și de mâinile unor nemernici rămași neprinși trăsăturile tremurate ale uneia dintre preotesele zeiței Isis, pe când alții spuneau că ar fi vorba de chipul ușor schimbat al împărătesei romane Faustina. Cât despre nume, el venea de la una dintre fostele proprietărese ale statuii, o anume Lucrezia d'Alagno, țiitoarea regelui napolitan Alfonso de

Aragon, o femeie care trăgea după ea taine de nepătruns și care se mutase la Roma la scurtă vreme după ce augustul ei ibovnic se săvârșise dintre cei vii.

Capătul fiecărei plimbări din copilăria lui Ranuccio Tomassoni era Facchino, a șasea și ultima sculptură vorbitoare din oraș. Lucrarea, isprăvită în 1580, fusese așezată la câteva zeci de pași de Via Lata. Romanii îi spuneau „Cărăușul" fiindcă înfățișa un bărbat care ducea în brațe un *acquarolo* – butoiașul plin cu apă din Tibru pe care bărbatul o vindea oamenilor pe străzi, cu ani buni înainte ca papii să poruncească refacerea apeductelor și redeschiderea fântânilor publice. Cum figura lui Facchino era neclară, cu trăsături dăltuite parcă în pripă, nimeni nu știa dacă arăta buimăceală sau mulțumire la vederea apei care curgea din butoiaș. Micul Tomassoni se oprea în fața statuii, se uita pe furiș în stânga și-n dreapta, încerca să-și dea seama dacă ochii lui Facchino îl urmăreau sau nu, după care, îmbărbătat de albeața lor pietroasă, își dădea pantalonii jos și se ușura obraznic, parcă pentru a răspunde cumva firului de apă ce se prelingea din butoiaș. Uneori era prins de ureche de câte-un târgoveț și burdușit cu șuturi la partea moale, alteori romanii care treceau pe lângă el dădeau din umeri sau îl mângâiau pe cap. În clipele acelea, Nuccio se simțea mai puternic decât toți țâncii Romei și, chiar dacă nu avea habar ce se ascundea în hârtiile strânse în jurul fântânilor vorbitoare, începea să-și dea seama de un lucru: că uneori, nu se știe cum și pe nepusă masă, prindea să deslușească rostul cuvintelor din felul cum erau scrise pe bucățelele de hârtie.

Când ajunse la Marforio, cavalerii fustangii încă nu sosiseră. Fiindcă avea de așteptat, se strecură printre câteva pâlcuri de băieți care pierdeau vremea sub soarele toamnei, ciorovăindu-se pe jumătate în glumă sau făgăduindu-și chelfăneli din cine știe ce pricini, și se apropie de statuia în fața căreia se găsea mulțimea de înscrisuri batjocoritoare. Cele mai multe împleteau versul cu darea în vileag și doar puține erau scorneli. Tomassoni voia să știe cum mai fusese făcut de râs onorabilul Carmelo Pandolfi, despre care citise deja la Pasquino. Știuse dintotdeauna că Pandolfi era un țap mârșav și puturos, care prindea în mreje fete nelumite, le spunea că le iubește stropindu-le cu salivă și se căznea să le vâre în patul lui cu așternuturi jilave, unde mirosea a sudoare și-a pișat. Pe lângă asta, Nuccio începuse să se uite negustorește la Alessandra, pupila lui Pandolfi, cu ochii ei de ciută speriată și cu mijlocul acela pe care mâna bărbatului se încolăcea ca un șarpe hulpav. Zgârie-brânză cum era, Nea Salată voia s-o țină pe fată doar pentru el. Tomassoni, în schimb, era gata s-o dea oricui ar fi avut bani să plătească, dar pentru asta trebuia mai întâi să-i sucească mințile. S-o scoată de sub stăpânirea moșneagului deșuchet. Să-i făgăduiască marea cu sarea. Și să vadă în ce măsură bănuiala lui, anume că smerenia Alessandrei era doar de ochii lumii, avea sau nu temei. Dacă Tomassoni ar fi câștigat un scud pentru fiecare mironosiță care umbla cu privirile în pământ și se îmbujora la adierea vântului, dar acasă, la ea în odaie, visa păcătoșenii în cinci nopți din șase, ar fi fost un om cu stare.

Nea Salată, Nea Salată,
Nu mai ești ca altădată,
Dar te uiți cu ea sculată
Și la rața din poiată.

— Cine-i Nea Salată ăsta?

Ranuccio se uită peste umăr, de unde venise întrebarea. Bărbatul care vorbise își atinse ușor borul pălăriei cu mâna și zâmbi moale. În spatele lui, doi tineri de vârstă apropiată își vorbeau în șoaptă, grijulii ca nimic din ce-și spuneau să nu ajungă la urechile altora. Ranuccio puse peticul de hârtie la loc, în fața lui Marforio, lăsându-i și pe alții să se bucure de poezeaua deșucheată. Se întoarse spre cei trei cavaleri și făcu un gest de lehamite.

— Un nătărău căruia la bătrânețe i-a căzut cu tronc o fată. E plină Roma de ei. Unii spun că orașul numără mai mulți crai în cârje decât coloane vechi.

— Când ai podagră, te piepteni cu ștergarul și dormi cu plosca sub pat, taman hârjonelile-ți lipsesc, încuviință bărbatul. Ia zi, amice Nuccio, ne dai o mână de ajutor? Prietenii mei din Civitavecchia ard de nerăbdare să pună mâna pe câteva dintre prospăturile domniei tale. Dintre cele care le pozează pictorilor. După cum îi știu de galanți, au

28

să-ți răsplătească bine strădania. O să fie toată lumea mulțumită.

Tomassoni îi cercetă pe cei trei destrăbălați cum se uită geambașul la crupa și la dinții calului. La cum arătau, i-ar fi ieșit un câștig frumușel. Nu păreau să se uite la arginți, câtă vreme li se împlineau poftele. Pe lângă asta, vânarea frumuseților care făceau ocolul atelierelor romane de pictură era una dintre cele mai noi bucurii ale celor cu punga plină. Fiecare dintre acești prinți ai rutului credea că tăvălirea unei fete care slujea drept model artiștilor îi făcea și pe ei artiști și-i ajuta să vadă cu alți ochi tablourile la care se uitau pe urmă, încercând să-și dea seama dacă făpturile de pe pânză semănau într-adevăr cu cele pe care le frământaseră între cearșafuri. Dansul cărnurilor nu era cunoscut de toți oamenii însemnați din Roma. Ascuns în nesfârșirea iatacurilor de la Palazzo del Quirinale și adâncit în iscodiri bisericești, mohorâtul Paul al V-lea știa că pe străzile orașului era liniște, însă nu avea nici cea mai vagă idee ce ascundea ea. În sinea lui, visa la o Romă curățată de spurcăciuni, unde preacurvia rămăsese o amintire urâtă, iar plăcerile joase fuseseră stârpite de armata de slujitori a Sfântului Scaun. Și, hotărât lucru, slujitorii lucraseră. Perechile de iubăreți nu se mai întindeau pe sub Ponte Sant'Angelo, în dosul fântânilor din piețe sau în semiîntunericul străzilor înguste din Trastevere. Nimic din cele rușinoase nu se mai făcea la vedere, dar asta nu însemna că romanii se blegiseră dintr-o dată și că, urmând pilda pontifului, prinseseră drag   29 de scrierile lui Abélard. Dacă te uitai doar pe străzi și prin grădini, ți se părea că Roma ajunsese orașul virtuții. Dacă însă deschideai ușile odăilor de sus ale cârciumilor, hanurilor sau tractirelor, izul de mosc și de zemuri rușinoase te izbea ca un berbec.

— Și, mă rog, pe cine vor domniile voastre să cunoască? vru să afle Tomassoni.

Cel mai înalt dintre cei doi tineri care până atunci își șoptiseră fleacuri la ureche unul altuia prinse din zbor întrebarea codoșului.

— Pe cele mai mândre și mai căutate. Nu știm cum le cheamă, dar îți putem spune în ce tablouri le-am văzut.

Ranuccio simți cum îl mănâncă părul strâns în coadă. Erau bani frumoși la mijloc, nu-i vorbă, dar dacă zevzecul ăsta spelb poftea la cine n-avea voie nici măcar să bată cu gândul, se schimba socoteala. Prin Roma umbla la vremea aceea o vorbă: să te ferească Dumnezeu de cornul taurului, de copita calului, de zâmbetul englezului și de cinstea codoșului.

— N-am mai auzit pe nimeni să-și aleagă femeile din tablouri, dar mă rog, să-ncercăm, rosti el cu băgare de seamă, uitându-se pe rând la cei trei cavaleri.

Brunetul care-l întrebase cine era Nea Salată tuși ușor, dându-i de înțeles celuilalt că de-aici încolo vorbea el. Al treilea cavaler rămase mai departe tăcut, mulțumindu-se să cerceteze liota de pierde-vară care trândăveau sub soare în apropierea lui Marforio. Lumina lui iulie încingea orașul mai ceva ca focul aprins sub tigaie. Mirosea a haine nespălate, a afumătură, a ceară topită și a usturoi. Roma stradelelor strâmte ca mijlocul unei dansatoare, a caselor cărămizii și a dealurilor unde trâmbele de praf se stârneau din nimic semăna cu un musafir toropit, pe care vinul din cană îl amețise.

— Una a pozat pentru *Magdalena căindu-se*, cealaltă pentru *Cele șapte munci ale milosteniei*. Nu știu cine le-a pictat. Le-am văzut zilele trecute în bisericile în care am intrat. Asta ca nu cumva să crezi, amice Nuccio, că dacă ne plac lucrurile ușuratice ale vieții, nu suntem oameni cu frica lui Dumnezeu. E bine să știi că nu intrăm în lăcașurile Domnului doar ca să ne ferim de arșiță.

Tomassoni tocmai își spunea că fetele la care visau cavalerii nu făceau parte dintre „lucrurile ușuratice ale vieții". Cât despre pictorul care le zugrăvise atât de bine, codoșul îl știa bine și-l iubea cum își iubește ocnașul ghiuleaua prinsă de picior. Dădu să le spună și fustangiilor, dar își zise că era bine ca mai întâi să afle și care era a treia țintă.

— Știu la cine vă gândiți. Dar parcă mai era o fată, nu?

Cavalerul cu păr negru încuviință cu un surâs pofticios.

— Întocmai. Am văzut-o într-un tablou care se cheamă *Sfânta Ecaterina din Alexandria*. Îmi închipui cum arată de-adevăratelea, dacă până și pictată ca martiră a creștinătății îți grăbește sângele prin vine. Unde mai pui c-am avut mereu o slăbiciune pentru bălaiele cu buze cărnoase. Căci drept 31 să-ți spun, amice Nuccio, pe mândrețea asta aș opri-o pentru mine.

Codoșul nu lăsă să se vadă nimic, dar în sinea lui începu să fiarbă. Cea care slujise drept model pentru Sfânta Ecaterina era tocmai Fillide a lui. Lide cea zburdalnică. Flacăra nopților lui, încercarea lui de împăcare cu lumea. Oricât ar fi fost de ticălos (și, slavă Domnului, era), oricât i-ar fi plăcut banul strâns fără muncă (și, slavă Domnului, îi plăcea), Ranuccio Tomassoni nu putea să-și dăruiască iubita cum dădeai o cameră în chirie. Pentru celelalte două fete s-ar fi putut tocmi până la apusul soarelui și dincolo de el. Anna și Caterina îi erau totuna; Lide, în schimb, îi sucise mințile și-i pusese foc în coșul pieptului. Lide era a lui. Nu a papițoilor care cumpărau farmecele fetelor ca pe brânză, nu a cardinalilor care se închinau de zor înainte de-a umbla sub fustele târfelor aduse pe ușa din dos, nu a marchizilor tremurând de poftă, nu a bancherilor cu mătărânga mare, nu a prelaților care murmurau rugăciuni înainte de-a răsturna icoanele cu fața în jos și de a-și face poftele cu te miri cine. Și cu atât mai puțin a lepădăturii de Merisi, blestemată fie ziua când venise pe lume.

2

Acheron, fiu al lui Helios, Acheron, șuvoi al durerii, ce taină ascunzi în adâncurile tale potolite? Cine e-n stare să-ți dezlege nepătrunsul? Unde e îndrăznețul care poate să intre cu mintea în întunecata ta alcătuire? Ce vești îi duci clipă de clipă Mării Ionice, lăsându-te înghițit de îmbrățișarea ei verde-albăstrie, sub veghea farului din Ammudia, după ce te furișezi prin luncile din Glyki? Ești întuneric născut din lumină, ger izvorât din arșiță, prunc negru din părinte alb. Ești granița iadului, uluirea lumii pământene și semnul întoarcerii ei pe dos. Te unduiești leneș prin Epir ca un șarpe al lumii întregi, ca un flaut de apă, ca un uriaș toiag pe care Jupiter l-a îndoit în joacă. Sau poate că n-a vrut să se joace. Poate că obrajii i s-au împurpurat de furie, poate că fierbințeala i-a încins fruntea de îndată ce-a prins de veste c-ai potolit setea titanilor când s-au luat la întrecere cu el. Flectere si nequeo superos, Acheronta movebo. *„Dacă nu pot să clintesc voința raiului, o să mut iadul", așa a spus Junona cea trufașă, cu buzele ei și cu gândul soțului. Și iadul s-a mutat pe pământ. Numai neghiobii care* 35 *împânzesc Roma nu-și dau seama și se bat cu pumnul în piept că oraș ca al lor nu s-a mai văzut de când e lumea lume.*

Negrul e fratele tău și prietenul meu, Acheron. E miezul sufletului, așa cum știu să-l vadă cei care își duc viața dincolo de gură și cur. Șarlatani de-o zi sau tămăduitori de-o noapte strâng burtăverzimea Romei și-i umplu capul cu prostii. Orașul are mai mulți proroci decât cișmele și mai multe curve decât pini. Mă plimb în fiecare zi printre oamenii ăștia care-și duc traiul de azi pe mâine. Beau cu ei până-i bag sub masă, le vrăjesc nevestele, îi înșel la cărți, îi scuip în față, mă bat cu ei în duel sau cu pumnii goi și văd cum nu vor să vadă. Boala lor e fără leac. Sunt orbi cu bună știință. Nu vor să deschidă ochii și să privească viața așa cum e de-adevăratelea. Se vaită cât e ziua de lungă, își frâng mâinile și urlă în gura mare că vor să-și pună ștreangul de gât. Dar cum se-nvârt de-un chilipir, cum li se pare că i-a sărutat Dumnezeu pe creștet; și-atunci, să te ții chiolhanuri. Ar trebui să mă umfle râsul, dar nu pot. Mă învinețesc de ciudă, mi se suie sângele la cap, mă ia cu amețeală.

Oho, știu bine că nu mă suferă nici unul, știu că toți m-ar vrea la zdup până în ziua când aș da ortul popii. Simt cum li se încrețește carnea de fiecare dată când mă văd. Or fi ei mieroși de ochii lumii, dar, dac-ar putea, m-ar face bucăți și m-ar arunca la câini. Nimic nu le place la mine. Și, ce-i drept, nu sunt multe de prețuit la boțul ăsta de carne, zgârciuri, păr și sânge. Miros urât, nu-mi schimb cămașa cu săptămânile, mă înfurii și răstorn mese la beție, dorm în hainele cu care stau prin birturi sau lucrez, am unghiile negre, urechile păroase și dinții stricați. Dar nici unul dintre filfizonii ăștia care lasă în urmă dâre de parfum nu se întreabă de ce trebuie să plătească dacă vrea să petreacă două ceasuri cu o femeie, pe când la mine vin ca furnicile la miere. De ce lor nici măcar nu li se uită în ochi, pe când în ochii mei se pierd ca într-un iarmaroc de neliniști?

Acheron și Acherontia. Doar pe voi vă recunosc de prieteni. Apa în care vom intra pe rând și catifeaua fâlfâitoare a nopții. Șuvoiul care te duce dincolo și aripile care se întind după ce iese luna. Râul și fluturele. Zgomotul și tăcerea. Taine vopsite în negru și așezate sub nasul nostru de mâna marelui glumeț. Puțini pricep rostul negrului, liniștea lui adâncă, puterea lui răscolitoare. Nu-i vorbă, cei mai mulți nici măcar nu-și dau silința. N-au vreme de aiureli care, spun ei pufnind cu dispreț, nu duc nicăieri. Dacă intri în atelierele de pictură și le spui învățăceilor că negrul e culoarea care le ajută pe celelalte să nu se piardă, te îmbracă în huiduieli. Dacă le amintești că fără întuneric nu știi cum arată lumina, iar fără război n-ai habar ce înseamnă pacea, se uită la tine ca la un ciumat. Nici măcar Roma asta, unde se întâlnesc toate drumurile lumii, nu e bine făcută, cu toate bisericile și fântânile ei. Are prea multe soiuri de roșu, galben și 37

*cărămiziu și prea puțin negru. Parcă lumea nu
mai pune preț cât s-ar cuveni pe veșmintele negre.
Au rămas pentru popi și pentru călăi. Unii se roagă
pentru viață, ceilalți o curmă. Nu e ciudat?*

*Oricum, dacă mai trăiești, meștere Simone, află
că mi-au fost de folos scatoalcele tale din vremea
când îmi tremura pensula în mână și mi se îm-
păienjeneau ochii de ciudă. Țin minte și azi cum
mă sileai să trag dungi negre din susul în josul
pânzei și înapoi. Mă străduiam să le lipesc una de
cealaltă, cu vârful limbii prins între dinți, atent ca
un croitor care vrea să facă haina fără cusur, la
care cusătura să nu se vadă nici atâtica. De multe
ori nu izbuteam și, după ce-ți simțeam palma în-
cingându-mi ceafa, îți auzeam glasul tunându-mi
în urechi: „Nu vreau vergele, nici dungi, vreau ne-
gru plin! Un hău de smoală, asta să-mi pictezi!
Gândește-te că auzi un zgomot afară, într-o noap-
te fără lună, aprinzi lumânarea, deschizi fereas-
tra și-ți năvălește întunericul în cameră! Pune
mâna și mută întunericul de-acolo pe afurisita
asta de pânză!"*

*Mi-au prins bine chelfănelile pe care mi le ar-
deai când ți se părea că-mi bat joc de vremea
dumitale și de menirea mea, dar parcă și mai bine
mi-a prins o vorbă auzită demult, în timp ce tră-
geam cu urechea la ce pălăvrăgeai cu lăptarul
care-ți aducea unt și smântână în fiecare vineri.
„Prea multă lume e pregătită pentru ură, signor
Peterzano", l-am auzit spunându-ți. Și, Doamne,*

38

câtă dreptate avea. Ce nu știam atunci, dar am aflat apoi pe pielea mea, zi de zi și ceas de ceas, e că numai proștii urăsc și că mama proștilor stă mereu cu burta la gură. Pentru toți cei pe care-i cunosc, negrul e văzut drept culoarea urii, însemnul ei de moarte. Am întrebat în stânga și-n dreapta, ba pe sacagiul cu obraji țepoși, care trece de două ori pe zi prin mahalaua unde mi-am găsit culcuș, ba pe poama cu pielea întinsă pe oase pe care am adăpostit-o câteva nopți la mine de milă și care, în semn de recunoștință, mi-a șterpelit un ban de aur și niște desene pe care cine știe cui le va fi vândut până acum. Brutarul și spițerul, potcovarul și curva, filozoful și bețivul, cu toții mi-au răspuns la fel: ura e neagră. Carevasăzică, după toți oamenii ăștia, ura ar fi cerul nopții de pe care mâna unui zeu lacom culege stelele și luna. Asta arată ce ușor e să te iei cu gândul după altul și ce greu e să cugeți cu mintea ta. Doar un neghiob cu rumeguș în loc de minte ar face din ură mireasa negrului. Trebuie să fii un sfârâiac fără rost sub soare ca să nu vezi noblețea rară a acestei culori, grația ei de catifea, taina ei de neiscodit. Și trebuie să fii mai slab de minte decât gâsca beată ca să nu pricepi că de fapt verdele e culoarea urii, că nimic nu oglindește mai bine viclenia lumii ăsteia decât smaraldul și apele lui prefăcute ca ochii de mironosiță.

Ții minte, meștere Simone? Eram la dumneata de ceva vreme, când, într-o bună zi, mi-ai pus în 39

braţe o terfeloagă mirosind a vechi. Nu trecuse anul
de când învăţasem să buchisesc şi mi s-a părut
cumva că abia ai aşteptat ziua când puteai să-mi
propteşti cărţoiul în braţe. L-am deschis şi, spre
uşurarea mea dintru început, am văzut că avea
multe desene şi culori, nu doar cuvinte. Când ai
văzut că mă bucur, mi-ai ars, ca de obicei, una
peste scăfârlie (era gestul tău de dascăl) şi mi-ai
spus că, până n-o să ştiu să fac tot ce scrie acolo,
n-o să mă bănuiască nimeni de iscusinţă şi cu
atât mai puţin de har. Câte zile am n-o să uit nici
cartea, nici pe cel care a scris-o, Cennino d'Andrea,
zis şi Cennini, despre a cărui ascuţime a minţii şi
frumuseţe a tuşei se dusese vestea în toată Italia.
Mi-a fost nesuferită în primele zile, dar după aceea
mă trezeam noaptea, mă furişam la tine în atelier,
meştere Simone, cotrobăiam după ea cu mişcări
de hoţ neprins, o găseam sub un vraf de foi um-
plute cu schiţe şi încercări, o duceam în cămăruţa
unde dormeam alături de-o mâţă ceacâră, aprin-
deam opaiţul, mă puneam pe citit şi, chiar dacă
îmi era greu, căci unele cuvinte le pricepeam ane-
voie, iar pe altele aproape deloc, nu mă lăsam bătut
şi închideam cărţoiul abia înainte să se crape de
ziuă.

    Încă de mic mi-au plăcut culorile închise, după
cum poate îţi aminteşti. Le găseam uneori gata
făcute în atelier de ucenicii mai mari şi aşteptam
să-mi dai voie să înmoi ca de obicei pensula în
negru şi să acopăr la început hârtia, iar pe urmă

pânza. De-aia m-am mirat când ai început să nu mă mai laşi să mă joc cu apele negrului. N-am ştiut ce doreşti de la mine, iar când mi-ai spus, m-a apucat frica. Am crezut că voiai să scapi de mine şi nu găsiseşi altă cale, că înţelegerea noastră pe patru ani se desfăcea fără să am vreo vină şi fără să mă pot împotrivi. Grozavă spaimă am tras, meştere. M-ai pus să iau terfeloaga lui Cennino şi, cu ochii în filele ei, să învăţ cum se pregătesc culorile. Eu, un ţânc pripăşit prin curţile altora, un terchea-berchea cu tărtăcuţa plină de visuri, să devin dintr-odată un vrăjitor care plăsmuieşte curcubeul? Mi se părea de negândit. Dar mi-ai spus că din clipa aceea o să mai pictez doar cu propriile mele culori, fiindcă fiecare dintre ele dezvăluie ceva din sufletul celui care o face. „Cine îşi pregăteşte singur culorile n-o să umple niciodată pereţii şi pânzele cu minciuni" – astea au fost cuvintele dumitale.

Preţuirea mea pentru negru, în care tocmai începusără să se vadă mugurii semeţiei de gând, te-a nedumerit cândva. Ţi-ai zis, pesemne, că-mi lipsea o doagă şi că, deşi eram un copilandru fără alt cusur decât mirosul urât pe care-l lăsam în urmă, aveam umoarea unui moşneag necăjit şi bănuitor. Ca să mă desparţi de umoarea asta, îmi amintesc – nu ştiu dacă şi dumneata – că ai lipit una de alta paginile din cartea lui Cennino în care se vorbea despre cum se pregăteşte culoarea neagră. Mi-am dat seama nu după multă vreme că a fost 41

mâna dumitale acolo, chit că la început am crezut
că făcuseși șmecheria din altă cauză – poate că
nu voiai să văd vreo răstignire, vreun nud, vreo
împreunare dintre un zeu și o muritoare sau orice
m-ar fi putut tulbura. Uneori grija dumitale mă
făcea să râd, alteori te îngropam în sudălmi, bom-
băneli și amenințări pe care urma să le împlinesc
după ce voi fi crescut destul.

Când am reușit, într-un târziu, să dezlipesc pa-
ginile între care nu-mi dăduseși voie să-mi arunc
privirea, n-am găsit mare lucru: unul dintre felurile
de pregătire a negrului, care avea două rânduri și
nu părea cine știe ce taină de nepătruns. Am citit
de atâtea ori cuvintele acelea, încât nimeni și ni-
mic nu mi le-a mai șters din minte: „Ia o jumătate
de uncie de alb de plumb și un bob de lapis amatita,
iar pe urmă freacă-le bine împreună, înainte de-a
le amesteca atent cu cleiul.“ Drept să-ți spun, nu
mi s-a părut ceva de care să ferești ochii unui copil.
Abia mai târziu am înțeles că te jucaseși cu mine.
Fiindcă tot arătasem că-mi plăcea negrul, te gân-
diseși să ajung la el prin mijloace proprii, fără alt
ajutor decât glagorea, atâta câtă aveam – făcând
încercări, amestecând pe potriveală, chemând în
ajutor zei și muze care, ca un făcut, taman atunci
aveau treabă prin alte părți. Doar pentru culoarea
neagră mi-ai ridicat piedica asta în cale. În rest,
Dumnezeu să te apere, meștere, acolo unde-oi fi,
mi-ai arătat cam tot ce trebuia să știe un artist.
42 *Acum, șubrezit de mândrie și pândit de boli cărora*

nici doctorii nu le-au aflat numele, mă uit în urmă și-mi spun că tare bine mi-a prins ucenicia la dumneata, chiar dacă în ziua când părințelul Battista, fratele meu cocoșat de poveri bisericești, ți-a bătut la poartă, cu mine de mână, am fost încredințat că viața avea să mi se preschimbe într-o caznă fără sfârșit.

Sfaturile dumitale, munca băieților cu care împărțeam atelierul și bucoavna lui Cennino mi-au deschis ochii, mi-au destupat mintea și mi-au strecurat în suflet nădejdea că va veni ziua când picturile mele vor împodobi pereți uriași din locuri de vază. Numai eu știu cum mă învârteam în așternut noapte de noapte, străduindu-mă să adorm și să mă descotorosesc măcar câteva ceasuri de sirenele care făgăduiau faimă și bani. Eram sclavul năzuințelor și pajul slavei. Stăteam într-o magherniță din Milano, dar visam la palatele Romei. Îți ascultam poveștile despre Tițian, dar mă sfredelea dorința de-a ajunge mai cunoscut ca Buonarroti. Nu lăsam să treacă zi de la Cel de Sus fără măcar să schițez câteva contururi — obrazul unei caise, tulpina unui crin — , dând curs poveței lui Cennino: „Cea mai desăvârșită călăuză din câte există e Natura. Urmeaz-o cu înflăcărare, căci ea singură întrece toate modelele."

Acheron și Acherontia, frații și prietenii mei muți, doar în miezul negrului vostru se ghicesc făgăduielile și primejdiile lumii. Îmi aduc aminte și acum cât de ciudat mă priveau ceilalți ucenici din 43 *atelierul dumitale, meştere Simone, şi cum te rugau din ochi să faci ceva şi să scoţi din mine ceea ce ei bănuiau a fi un duh necurat. Când pregăteau sau amestecau culori, judecau cu toţii în temeiul gândurilor luate de la alţii: că albul înseamnă pace, roşul, pasiune, iar verdele, spor. Dacă le pomeneai de negru, se ofileau sau plecau de lângă tine. Ori de câte ori îi puneai să prepare culoarea aceasta fără de care n-ar exista celelalte, parcă le cereai să înghită săpun. În schimb, când îmi venea mie rândul, mă aşterneam pe treabă cu flăcări în priviri. Mărunţeam coji de migdale şi le amestecam cu sâmburi de piersică arşi, pisând totul pe urmă în mojar până uitam de mine. Sau luam câte-o lampă cu ulei, o aprindeam cu grijă, să nu dau foc la pânzele întinse în atelier, şi pe urmă o ţineam sub o căldăruşă, crescându-i treptat flacăra şi apropiind-o la două degete de fundul căldăruşii, aşteptând apoi ca fumul iscat de flacără să bată în fundul încins şi să se prindă de el. Când mă vedeau Ferruccio şi Tarcisio, prietenii mei de scăldătoare, cum iau o lopăţică de lemn din cui şi curăţ cu ea pulberea fină care se prinsese de fund, îşi scuipau în sân, socotind că nu-i vedeam. Dar pâlnia de hârtie pe care scurgeam apoi pulberea într-un borcănaş le arăta – doar să fi vrut să se uite – că nu făcusem vrăji, ci pur şi simplu citisem cu isteţime prin şi printre rândurile tratatului.*

E uşor să-i înţelegi greşit pe oameni şi să vezi în
ei altceva decât ce sunt de-adevăratelea. Locuiesc

de-atâta timp la Roma și am auzit de toate despre mine. Ba c-aș fi trimisul lui Aghiuță, ba că însuși Mântuitorul mi-ar fi dat drumul pe pământ. Unii mă cred nemaipomenit, alții nechemat. Unii pun comenzile pe care le primesc de la cardinali, bancheri și conți pe seama felului cum aș fi știut să le sucesc mâna la spate cu ajutorul câtorva fete bune de gură și rele de muscă. Alții au aflat deja – deși le e cu neputință să spună de la cine – că în spatele numelui meu stă altcineva, care, cine știe din ce pricini, mi-a închiriat harul și priceperea lui fără să-mi ceară nici măcar un scud. Nimeni n-are habar cât am trudit și cât am învățat. Până să ajung la tine, meștere Simone, nu știam nici cum se găsește nordul, darămite că sinopia e totuna cu porfirul. Pictorii sunt îndeobște văzuți drept niște lumânări de carne peste care Dumnezeu a picurat darul culorii. Nu-i așa, meștere, și o știi la fel de bine cum o știu eu. Când ți se închid ochii de oboseală, când îți dai seama că-ți fug culorile din tablou, când simți că nu mai poți ține pensula în mână, îți vine să te lași. Nu e loc aici pentru pioșenii de doi bani. Iar dacă totuși o iei de la capăt, n-o faci pentru că a suflat Cel de Sus har peste tine, ci fiindcă vrei să le arăți altora că nu ești doar han pentru păduchi.

M-ai dăscălit cum se cade, meștere, acum pot să-ți mărturisesc. Pe vremuri, îmi vâjâiau în cap cuvinte care nu însemnau nimic: orpimento și giallorino, risalgallo și àrzica, in fresco și in secco. *Astăzi știu bine ce-i cu fiecare și la ce folosește. Am* 45 *stat și am băgat la cap tot ce mi-ai spus: cum se face cositorul verde pentru împodobire, cum se pregătește zidul umed pentru frescă dacă vrei să pictezi pe el, cum să iei tiparul unei peceți cu pastă de cenușă, care e deosebirea dintre pensula din păr de porc și cea din păr de veveriță. Când am intrat prima dată în atelierul dumitale, mi se părea că nu știu nimic – și poate tocmai de aceea m-am posomorât văzând că vrei să faci din mine un ucenic model, nu un pictor de înaltă școală. Când am plecat, aș fi râs de cel care mi-ar fi spus că-mi rămăsese vreo taină a picturii nedeslușită. Sau i-aș fi înfipt pumnalul în piept. Am măcinat și-am pregătit culori, am curățat peneluri, am întins pânze, iar mai târziu am început să umblu după comenzi. Când m-ai trimis la prima tocmeală, am crezut că începuseși să ai încredere în mine, fără să-mi treacă prin cap că de fapt voiai să mă mai înveți ceva și să-mi îmblânzești firea aprigă. O fi fost și vina mea, nu zic nu. Când, copil fiind, îi spui meșterului că vrei să fii un artist care își găsește neliniștea, meșterul se scarpină în cap și se uită în jur după foarfecele de tuns mândria. Dar măruntele noastre certuri au fost fleac pe lângă ce am deprins în atelierul dumitale. Am învățat la ce sunt bune cleiul de capră sau de pește, cum se face tempera, ce-i acela* cinerognolo, *cum se gruntuiește cu ipsos mărunt, cum se colorează fețele, mâinile și picioarele viilor sau morților, ce e mordantul și la ce folosește, cum* se lucrează pe prapuri, steaguri sau stindarde, cum *se pune aur pe catifele, cum se produc chivărele pentru turnire, cum se pictează pe sticlă, cum se împodobesc relicvariile, cum se alcătuiește un mozaic din țevi de pene și coji de ouă. Te-am prețuit mai mult cu fiecare zi, meștere Simone, și mi-am pus în gând, dacă mai apuc bătrânețea și nu mă omoară vreunul din mia de dușmani pe care mi i-am făcut în viață, să mă întorc cândva la Milano și să deschid un atelier în care să le spun copiilor tot ce mi-ai spus dumneata mie. Să le arăt cum se face hârtia înverzită din hârtie ordinară, să le dezvălui secretul de pregătire a ocrului, să le vorbesc despre pictarea veșmintelor „în ape", să le conduc mâna când desenează pentru prima dată conturi pentru diademele sfinților.*

Până o să vină ziua aceea, dacă o să vină vreodată, mă gândesc la felul cum i-am învățat pe alții dacă nu să iubească negrul, măcar să nu se îndepărteze de el îngroziți. Să nu-l respingă. Să nu-l alunge din artă, așa cum se pregăteau să facă doi-trei inși cu năzăreli de prețuitori de tablouri. Țin minte, chit că au trecut niște ani, de câte certuri am avut parte când m-am apucat de lucru pentru Capela Contarelli, despre care romanii au uitat deja că nu e o capelă dedicată unuia de-ai lor. Nici măcar numele bisericii, San Luigi dei Francesi, nu-i ajută să-și dea seama că așezământul a fost ridicat pentru francezii din Roma. Cât despre Contarelli, în spatele acestui nume se ascunde onorabilul cardinal Mathieu Cointrel, necum vreun 47

nobil italian, cum bănuiau unul și altul. Ei bine,
nici n-am început bine munca, și m-am trezit la
atelier cu un omuleț țâfnos, pe care credeam că-l
văzusem pentru ultima oară în viață cu mai bine
de zece ani în urmă. Uite că simt nevoia să te mai
laud o dată, meștere, chit că n-o să afli niciodată
câte rânduri și gânduri ți-am închinat. Pe cât de
mult mi-au folosit sfaturile și lecțiile dumitale, pe
atât am pierdut vremea în preajma acestui Giu-
seppe Cesari, care mi-a mâncat un an din viață
silindu-mă să pictez fructe și flori toată săptă-
mâna, fără să mă pot împotrivi. Asta era pictura
după mintea lui – trandafiri, frunze, mere, caise
și ciorchini.

Ce voia de fapt Cesari? Să mă înfurie cu pisălo-
gelile lui îndrugate cu glas de țârcovnic. Să mă facă
să îndulcesc negrul în care mă pregăteam să înfă-
șor patimile și viața Sfântului Matei. Să deschid
culorile, fiindcă, vezi Doamne, tablourile mele aveau
să ajungă pe ziduri de biserică, unde credincioșii
căutau pace și nădejde, nu umbre și amenințări
cernite. Bătea câmpii, ca de obicei. Ca să mă în-
duplece, a venit însoțit de Onorio Longhi, despre
care aflase că mi-era prieten, chiar dacă nu țin
minte să fi trecut un anotimp în care să nu-i pro-
mit că-l îngrop la doi stânjeni sub pământ. Cu
Onorio mă cunoșteam de doisprezece ani, de când
se uitase într-o doară la Copilul mușcat de gușter,
prima pânză pe care mă încumetasem s-o pictez
48 *după capul meu, fără să țin seama de sfaturile*

unuia și altuia. Îi plăcuse ce-mi ieșise din penel și-mi șoptise să-i vând pânza fie lui Antiveduto Grammatica, sienezul oploșit la Roma cu gând să facă avere din negoțul cu tablouri care înfățișau capete de oameni cu stare, fie lui Lorenzo Siciliano, pentru care făcusem, când și când, mici piese mai degrabă sortite evlaviei, față de care nu simțeam dram de mulțumire, dar care-mi dăduseră codrul de pâine și colțul de pernă.

Acum, la aproape trei ani de când Sfântul Matei și îngerul *împodobește Capela Contarelli, după ce la început moștenitorii au respins tabloul fiindcă ar fi fost, vezi Doamne, prea luat de-a dreptul din viață, îmi aduc aminte cu câtă mojicie m-am purtat cu Francesco Del Monte, protectorul meu din umbră, fără de care aș fi putrezit la Tor di Nona sau în alte temnițe. Îl văd și azi pe cardinal intrând la San Luigi dei Francesi, închinându-se cu înțepeneala obișnuită a rangului și apropiindu-se agale de peretele capelei, unde-l pândeam la picioarele tabloului, ca un dulău gata să sfâșie pe oricine s-ar fi dat la osul lui. Pesemne că Del Monte aștepta ceva care să semene cu izmenelile predicate pe atunci la Bologna și Florența, la Milano și Bergamo. Când a dat cu ochii de tablou, în loc să se lumineze mulțumit, așa cum nădăjduiam, a tresărit de parcă din ramă l-ar fi privit ochii unei năpârci. „Răzvrătit ca întotdeauna", mi-a spus el moale. „Mai bine un răzvrătit despre care se vorbește decât un oarecare nebăgat în seamă", i-am răspuns cu un glas din care țâșnea mândria,* 49 *făcându-l să-și rostogolească ochii peste cap și să-mi întoarcă spatele.*

A fost nevoie de multe descoaseri ca să-l fac să-mi spună ce nu-i plăcuse la tablou. La drept vorbind, ghicisem singur ce era, dar voiam s-o aud din gura lui. Țineam să-i ascult nemulțumirile la fel cum îi ascultasem, aproape nevenindu-mi să-mi cred urechilor, rugămințile de-a picta tineri în costume de bal și de-a mă învârti pe lângă el cu o cupă de vin în mână, cu o cârpă acoperindu-mi vintrele și cu nimic altceva pe mine. Voiam să-i silesc buzele rostitoare de vorbe spurcate să dea glas nemulțumirilor. Dacă tot mă perpelea amenințându-mă că mă dă afară din palat dacă mai pierd nopțile prin cârciumi (în loc să-i înfierbânt gândurile foindu-mă pe lângă el), măcar atâta mângâiere să am și eu. Până la urmă, și-a înghițit nodul din gât și mi-a spus ce nu-i plăcuse. Prea mult negru pe fundal și prea mult lumesc în pictarea sfântului și a îngerului. Am râs înduioșat și m-am stăpânit anevoie să-l iau pe după umeri și să-l zdruncin așa cum scuturi un chefliu mahmur în buza dimineții.

— *Ai înecat totul în catran, Miché. Sfântul și îngerul par azvârliți într-o căldare a iadului. Ce-i cu atâta negru în jurul lor?*

— *Așa cum pe deștept îl vezi cu ajutorul prostului, albul se vede cu ajutorul negrului. Sunteți om cu știință de carte, monseniore. Cunoașteți mai bine ca mine perechile care se ajută una pe alta.*

Și puteți să vedeți singur noblețea unei culori, în loc să vă luați după clevetelile țațelor .

— Fii bun și uită-te un pic la sfânt. Seamănă cu un boțoman care se uită-n jur să vadă dacă nu cumva l-a văzut cineva șterpelind de prin buzunare, mi-a spus el cu o voce mustind de silă.

— Sfântul a fost om înainte de-a fi sfânt, monseniore, i-am răspuns. Iar oamenii se mită, se strâmbă, surâd și se-ncruntă. Asta nu-nțeleg flașnetarii minciunilor din ziua de azi. La Quirinale și în academiile de artă, concepția oficială ofilește pictura, în loc s-o învioreze. Tablouri de sorginte religioasă, fapte mărețe, eroi împietriți în postúri de statui și basta. Iar când încerci să umbli măcar la mijloace, dacă în teme nu se poate, ți se dă în cap cu regulile. Desen, proporții, compoziție. Desen, proporții, compoziție. Desen, proporții, compoziție. Tehnică până la nebunie - altceva n-ai voie să auzi. Să vă spun ceva, monseniore. Dacă asta e marea artă a Romei, mai bine lipsă.

— Și ce te-a apucat să-l pictezi pe sfânt cu un genunchi sprijinit pe taburet? Bine că nu l-ai pictat țopăind pe masă sau dând peste cap o ulcică de vin.

— Vi s-ar fi părut mai firesc să stea încremenit când îngerul se pogora asupra lui? Să rămână cu spatele la el și să nu-l bage în seamă? Chiar nu puteți trece peste povestea asta prostească a nemișcării? A evlaviei încremenite?

— Nici cu îngerul nu-i lucru curat, să știi. După chip, ai spune că-i una dintre femeiuștile cu care te-ntinzi prin hanuri.

— Greșiți din prea multă patimă, monseniore. Cel care mi-a servit drept model a fost chiar tânărul pe care l-am așezat în prim-plan în tabloul cântăreților din sala de bal. Uneori gusturile alese se-ntâlnesc, nu vi se pare?

Nici azi nu știu de ce Del Monte m-a sprijinit mai departe, crezând orbește în putința mea de-a mă da pe brazdă, după toate porcăriile pe care i le-am spus, când ar fi putut foarte ușor să nu mai vrea să audă de mine. Nici azi nu știu de ce s-a zbătut atât, trăgând sfori chiar și pe lângă Sfântul Scaun, pentru a convinge comisia să-mi încredințeze mie și nu altuia lucrările de la Capela Contarelli. Fapt este că, fără sforăriile lui, astăzi nu mi s-ar mai face temenele pe stradă și nu mi-aș îngădui să-l plătesc pe Bartolomeo, băiatul care merge la doi pași în spatele meu și-mi duce spada. Asta când n-am chef s-o port eu la cingătoare.

Tablourile Sfântului Matei mi-au întărit gândul că negrul e culoarea de temelie a picturii mele. Cred că la asta se gândesc și criticii, cei mai mulți fără îndrituiri și har, care m-au făcut „tenebrist". Pe de altă parte, folosirea lui deplină e felul meu de-a răspunde unui oraș pe care încă-l simt dușmănos, chiar și după atâta vreme. Între mine și Roma nu încape iubire. Cetatea are o trufie care face rău trufiei mele. Ne îngăduim cu greu unul pe altul. Roma mă privește de la înălțimea propriei sale slave, eu încă nu pot să văd în ea altceva decât un laț pregătit să sugrume. Prin urmare, negrul din tablourile mele e cel mai bun cadou pe care

pot să i-l fac. Până la urmă, e un fel de a-i mur-
mura dojana pe care altfel n-ar auzi-o nimeni:
Uite ce-ai făcut din mine, uite în ce m-ai preschim-
bat, uite cum trebuie să dovedesc în fiecare zi, de
dimineață până seara, că sunt singurul artist ade-
vărat într-o tagmă de putori.

Știu că mi-ai arde două peste tărtăcuță, meștere
Simone, dacă ai vedea cum amân un lucru în-
ceput ca să mă avânt cu toată puterea asupra unei
pânze albe. Dar, de când mi-a încolțit gândul, nu
mai am odihnă. Trebuie s-o aștern în fața ochilor –
și asta cât mai repede. Ți-o mărturisesc cu toată li-
niștea, fiindcă știu că acum n-ai ce să-mi mai faci:
am două tablouri neisprăvite, la care lucrez în ace-
lași timp cu ducerea la îndeplinire a gândului celui
nou. Unul e un portret al Sfântului Ieronim, celălalt,
un Ioan Botezătorul tânăr, de o adâncă desfrânare,
după cum fără îndoială că ai avea dibăcia să vezi
dacă ai putea să mi te uiți peste umăr în liniștea
atelierului. Până și Lide, care e oricum, numai
rușinoasă nu, a clătinat din cap și s-a strâmbat
când mi-a văzut schițele. „O să-ți sară toată preo-
țimea-n cap dac-o să atârni așa ceva pe un perete",
a prorocit ea cu însuflețirea care-o aprinde mai cu
seamă când știe că bate la porți închise. „Nici măcar
Del Monte al tău n-o să te mai poată scăpa." Gestul
meu de lehamite n-a făcut nimic s-o liniștească,
după cum îți dai seama.

E-adevărat, Ioan al meu e despovărat de sfinte-
nie. Seamănă mai degrabă cu un tânăr care își
revine după o noapte pierdută, cu un petrecăreț 53

cufundat în dolce far niente, *cu un tovarăș de chef zvelt și vlăguit, pe care răsăritul îl prinde departe de patul lui. Întunericul pe care l-am pus în jurul său e ceva mai puțin adânc decât cel care-l învăluie pe Sfântul Ieronim. În cazul ăsta, tabloul e aproape gata, iar negrul e deplin, fiindcă pe el se arată două sfere care au ceva în comun: capul pleșuv al lui Ieronim și un craniu așezat ceva mai departe, pe măsuța la care sfântul citește dintr-un catastif gros, cu fruntea brăzdată de cute și cu pana în mâna dreaptă. Ce înseamnă? Trecutul îndepărtat și clipa pregătită să alunece în trecutul proaspăt. Altfel spus, un gând despre timp azvârlit spre lumea asta pentru care spațiul pare să fie singurul lucru vrednic de-a fi luat în serios.*

Bine, o să te întrebi, și-atunci pentru ce am lăsat deoparte cele două tablouri? Pentru o poveste a nopții pe care vreau s-o pictez cum știu că nimeni altcineva n-ar fi în stare s-o facă. Știe oricine că de obicei lucrez singur, fără ajutoare care să-mi amestece vopselurile și să-mi pregătească pânzele. Nu pentru că n-aș putea să-i plătesc, ci fiindcă n-am încredere în nici o mână străină care s-ar amesteca, oricât de puțin, în ceea ce fac. De data asta însă, uite că-mi îngădui să-mi iau un ajutor. Iar ajutorul ăsta al meu e un fluture de noapte, o făptură pe a cărei mantie stau semne pe care puține minți le deslușesc. Sunt luni de când gângania asta tainică îmi răscolește visele. Sunt luni de când,

noapte de noapte, sting lumânarea și pândesc la

colțul ferestrei, cu ochii afară, unde aștept ca micul meu musafir să se ivească la fel ca în vis și să se așeze pe un vârf de ram. De două-trei ori chiar mi s-a părut că-l văd, dar, după ce am clipit o dată, l-am pierdut. Nu pun preț pe ce cred alții despre mine, dar am văzut că sunt cu toții încredințați de un lucru: că plăcerea vieții de noapte mi se potrivește ca mai nimănui în orașul ăsta care se crede cu încăpățânare un fel de fântână a luminii. Ei bine, tocmai fiindcă sunt întunericul din miezul aprinderii, și fiindcă Acheron e fiul lui Helios, țin să las un tablou în care lumea să vadă iscălitura unei vieți. O poveste a nopții, a distrugerii și a morții brodată pe aripile unui fluture. Un muzeu al sfârșitului, altfel decât cele pe care le are sub ochi oricine intră într-o biserică. Altfel chiar și decât acel muzeu al sfârșitului care este opera mea. Decapitări, sfârtecări, răstigniri, trupuri străpunse de săgeți, lănci înfipte în carne, spade retezând gâtlejuri, chinuri fioroase ale martirilor tăcuți, sfinți omorâți ca vitele – parcă nici nu-mi vine să cred că au ieșit din mâna mea. Uneori îmi spun: ajunge, nu te-ai săturat? Cât sânge mai trebuie să curgă în tablourile tale ca să te simți răzbunat pe lume? Câte cruci mai trebuie duse în spate de condamnați? Câte capete mai trebuie să cadă sub secure? Gata, destul.

Totuși, fiindcă nu pot să mă opresc – dacă aș face-o, mi-aș pierde comenzile, iar dușmanii atât ar aștepta –, m-am hotărât să duc la bun sfârșit

55

tablourile deja făgăduite celor care au început să cumpere statornic de la mine și în același timp, mutându-mă de la un șevalet la altul, să-mi desfășor fluturele pe pânză. Tot de o crucificare e vorba, numai că de data asta osânditul nu e făptură omenească. Acherontia atropos, *oaspetele poftit de Morfeu în cotloanele minții mele, e cel mai nepretențios model din câte-am avut și din câte-o să am. Doar pentru atâta lucru și tot ar merita să-l înnobilez cu pecetea artei.*

Însă nu e numai asta. Mă mint degeaba și-i mint și pe cei care stau să-mi asculte povestea, meștere Simone. Dumneata ar trebui să știi mai bine ca toți ceilalți cât de ușor păcălesc lumea dacă-mi pun așa ceva în gând. Ții minte, nu mă îndoiesc, ziua când te-ai întors de la Milano, unde vorbiseși cu cei care-ți comandaseră o coborâre de pe cruce pentru San Fedele. Aveai de gând să termini lucrarea după ce te vei fi întors la atelier cu jumătate din bani. Ai intrat în încăpere, te-ai uitat la pânză și la început n-ai văzut nimic neobișnuit. Abia după ce ți-ai luat uneltele și ți-ai potrivit scăunașul în fața tabloului a început să ți se zbată ochiul stâng – semn de supărare adâncă. Brațul drept al lui Isus, de care tocmai urma să te ocupi, era deja pictat. Totul era desăvârșit, fără nici o deosebire între felul de-a picta al celui care dusese tabloul până acolo și cel care-l isprăvise. Și care eram eu. Ai pus scaunul la loc, mulțumindu-te să mormăi ceva despre felul cum uitaseși că ai terminat de

56

fapt coborârea de pe cruce. A fost ziua în care dumneata ți-ai dat seama că nu mă vei putea preschimba niciodată într-un vopsitor cuminte, iar eu am înțeles că, ucenicind mai departe la Milano, nu făceam decât să-mi tai craca de sub picioare. După cum știi, seara aceea liniștită din toamna lui 1588 a fost ultima în care am mai lucrat pentru bottega *Peterzano. Nu numai că simțeam că vrei să-mi retezi aripile, dar mă săturasem să lucrez toată ziua pe degeaba – banii, firește, îi umfla cucernicul meu frate Battista, care singur știe ce făcea cu ei. Așa că mi-am luat bocceaua, am plecat unde am văzut cu ochii și am ajuns să fac tot felul de munci mizere pentru o cană cu vin și-o bucată de pâine cu brânză. Am cărat găleți cu var, am pregătit tencuială pentru zidari, am descărcat roabe cu cărămizi și tot așa, gândindu-mă întruna la faima care avea să vină neîndoios, după ce voi fi găsit pe cineva care să-mi ghicească harul și să mă ajute să-l pun la treabă. Cândva, dărâmat de deznădejde și scuturat de friguri, m-am întors la dumneata, rugându-te să mă reprimești și să mă lași să ajung artistul care trebuia să fiu. Mi-ai deschis ușa și mi-ai spus că aveai nevoie de cineva care să-ți poleiască ramele de tablouri. Nu știu nici azi dacă ai vrut să-mi măsori mândria sau să mă umilești, ori dacă pur și simplu nu ți-ai dat seama ce spui. În ce mă privește, m-am răsucit pe călcâie și de-atunci nici că ți-am mai călcat pragul. Am ales să dorm pe sub poduri și în pivnițele hanurilor* 57 decât să-ți mai pun cumsecădenia la încercare. E adevărat, nu puteam să lucrez și să câștig dacă nu aveam o încăpere, și nu puteam să am o încăpere dacă nu lucram și nu câștigam, dar n-am mai vrut să stau la mila unor oameni deprinși să toarne viața în calapoade, farisei și mărunți ca picturile pe care le lăudau. Să nu-ți fie cu supărare.

Vorbeam de minciuni și uite, chiar adineauri am tras una cât casa. Căci visele în care mi se-arată fluturele negru n-au început acum câteva luni. Nici vorbă. Prima dată fluturele mi s-a arătat cu ani în urmă, pe când eram la Ospedale della Consolazione, cu fierbințeală, frisoane, gură uscată și piele gălbejită. Nu știam de la ce, iar când mi-a spus doctorul, mi-a venit să-l strâng de gât. „Ai băgat atâta mâncare stricată în tine, că mă mir că n-ai crăpat. Pun prinsoare că din usturoi rânced, mere putrede și cotoare de varză n-ai ieșit. De unde-ai mâncat, de prin gunoaie?" Dacă aș fi avut un cuțit, i-aș fi tăiat limba și l-aș fi silit s-o înghită, să moară otrăvit. Cum însă nu eram sigur nici măcar că aveam să mai fiu lăsat în spital până la întremare, m-am mulțumit să-mi iau o mutră tristă (nu c-ar fi trebuit să mă străduiesc prea mult) și să aștept urgisit. Norocul meu s-a numit Giovanni d'Arpino, un șmecher care se credea prieten cu pictura și care mi-a pus o vorbă bună pe lângă directorul spitalului. Directorul era nimeni altul decât monseniorul Fantin Petrignani, care după două-trei săptămâni m-a luat să stau la el și mi-a îngăduit să mănânc în fiecare zi la spital, în schimbul unor mici lucrări pentru feluriți prieteni.

Câtă vreme am așteptat să mă însănătoșesc la Ospedale della Consolazione, n-am stat de pomană. Petrignani și d'Arpino s-au îngrijit să am un colțișor al meu unde să pictez ce-mi trecea prin cap, când mă simțeam în puteri. Într-o bună zi, am început să schițez una dintre cele două lucrări despre uciderea lui Isaac. Cred că tabloul va fi ajuns între timp și sub ochii dumitale. Abraham tocmai se pregătește să împlinească porunca Domnului și să-și ucidă fiul, când e oprit de un înger. Îngerul îl roagă pe tată să-și cruțe băiatul și-i oferă un berbec pentru jertfă, în locul lui. Ei bine, am desenat, cu o mână neașteptat de sigură, personajele și apoi am trecut la amănunte. La câteva ore după ce am conturat cuțitul din mâna lui Abraham, visele mi-au fost tulburate de zborul în zigzag al Acherontiei. Am crezut că e o întâmplare, dar, după câteva zile, când am pus mâna pe pensulă și am început să pictez, fluturele mi-a trecut din nou prin vis – ca un făcut, și de data asta tot după ce-am lucrat la cuțit. Am căzut pe gânduri și m-am întrebat dacă nu cumva era un semn. Iar dacă da, cine mi-l trimitea și ce voia să-mi spună? N-a fost nevoie să mă întreb de multe ori. În scurt timp mi-am dat seama și zău că nu m-am simțit deloc în apele mele.

Fluturele se arăta pe alese și îmi cutreiera doar visele de după zilele când pictam ceva legat de 59

*moartea năprasnică. Dacă pensula mea închipuia
coșuri cu fructe, zulufi aurii sau cartofori gata de
măsluiri vinovate, nu se întâmpla nimic. Visam lu-
cruri obișnuite, care se destrămau ca fumul în prima
clipă de trezie. Dacă lucram la ceva atins de aripa
morții, aripile* Acherontiei *îmi fâlfâiau tăcut prin
niște unghere ale minții asupra cărora nu aveam
nici o putere. Am înțeles că nu putea fi vorba de o
întâmplare. Când îi pictam pe* Bacchus adolescent,
pe Narcis *sau* Odihna din timpul fugii din Egipt,
*fluturele se ținea departe de iatacul noptatic al
minții mele. Când munceam la o răstignire sau pic-
tam orice ar fi putut fi legat de moarte,* Acherontia
se înființa ca dulăul în prăvălia măcelarului.

*Nu știu dacă ai avut prilejul să vezi, meștere
Simone, dar conturul* Acherontiei *seamănă cu o
mască a diavolului. Când dansează la Veneția,
pierdut în forfota carnavalului, printre învârteli,
plecăciuni și trupuri asudate, Satana are pe chip
masca* Acherontiei. *Nimeni nu-l recunoaște, dar
toți simt ceva necurat în apropiere, de parcă min-
țile le-ar fi luate în stăpânire de un satrap glumeț
și nemilos. Prinsoarea lui e să le pătrundă tuturor
în gând și să-i piardă. Și ce deghizare mai potrivită
poate exista decât gingășia catifelată a unui fluture?*

*Dacă nu știai, meștere, înainte de a-și strânge
aripile și de-a se odihni în cupa unei flori, fluturele
seamănă cu o răstignire la scară mică.*

Iar numele popular al Acherontiei *este „Cap de*
mort".

3

Masa de ospăț era încălzită de lumina lumânărilor înfipte în suporturi de argint. Chipurile de pe pereții sălii binecuvântau adunarea, cu tot aerul lor dojenitor. Episcopi, cardinali, nunți apostolici, marchizi, duci și baroneți înveșmântați cu gust îi priveau pe meseni din ramele aurite în care fuseseră puși. Din loc în loc, câte o scenă de vânătoare spărgea mohoreala portretelor. Covoare aduse din Ispahan și de la turci acopereau pardoseala de culoarea cafelei cu lapte. O coloană micuță, ca a lui Constantin Porfirogenetul, străjuia într-un colț. Pe un piedestal de marmură neagră stătea un lucru pentru care toți colecționarii Romei și-ar fi golit pungile. Lucrul, o vază albastru-închis împodobită cu scene mitologice, fusese adus sub pază de unul dintre oaspeți pentru a fi văzut, admirat și mângâiat din ochi de înalții prieteni. Cardinalul Francesco Del Monte, posesorul lui, tresărea ori de câte ori unul dintre ei se ridica de la masă și se apropia de vază, chiar și fără să întindă mâna în direcția ei.

Dacă în crâșmele romane se înfulecau fripturi în sânge, se cântau porcoșenii și se pișcau hangițele

de fund, la Villa Farnesina, construită de Baldas-
sarre Peruzzi pentru bogătanul sienez Agostino
Chigi, domnea opulența. Frescele ei biblice, pic-
turile lui Rafael și Sebastiano Del Piombo după
Metamorfozele lui Ovidiu, tavanele casetate fără
cusur, candelabrele ca niște uriașe gângănii de
cristal, statuile din nișe și alegoriile în *trompe l'œil*
îi copleșeau până și pe oaspeții obișnuiți cu avuția
fără margini, dintre care cei unsprezece poftiți în
ziua aceea de gazdă aveau împreună bogății mai
mari decât restul urbei la un loc. Cerșetorii jerpeliți
și nefericiții care își arătau beteșugurile în Trastevere
nu păreau nici măcar din aceeași lume, darămite
din același oraș, cu musafirii sosiți la *palazzetto*-ul
ascuns printre chiparoși subțiri ca vârful de creion
și printre pini atât de teșiți, încât ai fi zis că plum-
bul norilor li se sprijinea de-a dreptul pe crengi.

Logia cu vedere spre fluviu era locul unde se ci-
tea din poeții latini, se vorbeau chestiuni teolo-
gice sau se făcea filozofie. Banchetele se țineau
tot acolo, pentru ca oaspeții să se bucure de adierea
vântului și de răcoarea venită dinspre apă. Tibrul
foșnea cuminte în apropiere, ducând cu sine amin-
tirea petrecerilor care pentru oamenii de rând nu
însemnaseră niciodată altceva decât dispreț față de
năpăstuiți. De pomină rămăsese un ospăț pentru
nobilimea romană, ținut cu aproape nouăzeci de
ani în urmă, la sfârșitul căruia gazda își pusese
servitorii să arunce în fluviu toate vasele și tacâmu-
rile din aur și argint. Risipa dezănțată îi lăsase cu

gura căscată pe meseni, chiar dacă totul fusese o simplă păcăleală – după plecarea musafirilor, servitorii intraseră în Tibru și scoseseră platourile și tacâmurile de pe fundul apei, din plasele fixate cu grijă înainte de începerea chefului.

Și acum, la nouăzeci de ani după acea rătăcire fără noimă, mâncărurile erau la fel de alese: boboci de rață rumeniți la cuptor, purcel de lapte cu șoriciul tare și dulceag, limbă de vacă înecată într-un sos de smântână pe care se vedeau puncte maronii, ca pe burta unei căprioare trândăvind în soarele toamnei, sosuri, salate și mirodenii aduse din Asia, vinuri de mai multe soiuri, de la roșul forțos la albul moleșitor, plus o puzderie de cofeturi și de compoturi de la gheață, la care bucătarii gazdei se pricepeau ca nimeni altcineva în Roma. Singurul care se schimbase era proprietarul, căci în cele din urmă Agostino Chigi scăpătase și fusese nevoit să-și vândă vila familiei Farnese, care dăduse reședinței numele actual. Însă, cu toate bucatele alese și cu toată strălucirea tacâmurilor, starea de spirit a bogătașilor nu era grozavă. Dimpotrivă.

— Așa ceva se vede foarte rar. E cel mai mare scandal din ultima sută de ani. Roma n-a mai cunoscut o asemenea umilință de la năvala Quintului, când bietul Clement a fost luat ostatic, iar caii năvălitorilor au fost trimiși să pască în San Pietro și-n Sixtină.

Roșu la față de furie, dacă nu cumva de la vinul din care băuse deja trei cupe, Paolo Spada tăcu și își înmuie mâinile într-un vas cu apă de trandafiri. Negustor fără pereche, dar începător în strângerea de tablouri și statui, Spada venise din Zattaglia la Roma însoțit de porecla *Vendetutto*, semn că șiretenia lui din născare i-ar fi îngăduit să vândă sloiuri de gheață la Polul Nord, apă în mijlocul Mediteranei și nisip în deșert.

Cardinalul Del Monte tuși încet și își împreună degetele grăsulii sub bărbie. Îi venea destul de greu să vorbească și nu se simțea în largul lui. Totuși, n-avea încotro.

— Să n-o luăm așa, Paolo. Unii dintre noi ar spune că avem bătăi de cap, e-adevărat, dar nu trebuie să ne speriem. Nu e dracul chiar atât de negru.

— Ba e negru, monseniore. E negru ca fundul ceaunului, spurcă tot ce-atinge, pictează scârbăvnicii și face pui. Ăsta nu mai e har, e prozelitism în toată regula. Prin oraș colcăie o droaie de bezmetici cărora ocrotitul ăsta al domniei tale le-a sucit mințile. Pictează ca el, beau ca el, jignesc lumea nevinovată ca el. S-a-ntors lumea cu fundu-n sus, Doamne iartă-mă.

Del Monte își pironi privirile asupra vazei pe care-o adusese la Villa Farnesina, căutând zadarnic în gravurile ei delicate inspirația pentru un răspuns aspru. Din fericire, vocea melodioasă a lui Vincenzo Giustiniani îl scuti de efort.

— E dreptul tău să fii pornit, Paolo, zise marchizul. Și n-o să încerce nimeni să schimbe ce crezi. Dar nu uita două lucruri: că Merisi e pictorul despre

66

ale cărui tablouri se discută cel mai mult la Roma în ultimii șapte-opt ani și că, din ce se-aude mai nou, nu vorbim de-un om sănătos la cap.

Del Monte tresări fără să vrea, necăjit de ultimele cuvinte ale prietenului său. Nu știa cine scornise povestea asta, dar de vreo două luni prin oraș se plimba zvonul că Merisi era nebun. Revoluția lui în pictură, spuneau unii și alții, era doar urmarea unei nerozii. Privire nouă? Aș! Aer proaspăt? Vezi să nu! Îndrăzneală? Haida-de! Nimic altceva decât boală așternută pe pânză, așa cum ar fi fost gata să arate, cu bucuria răzbunării, toți medicii cărora pictorul le sedusese nevestele.

Spada pufni.

— Dacă are găuri în acoperiș, băgați-l la balamuc. Oricum, acolo e locul lui. Mărul viermănos strică tot coșul.

— Arta înseamnă ceva mai mult decât vândutul mătăsurilor și al măslinelor, dragul meu, i-o întoarse Del Monte. O mulțime de artiști au fost luați drept nebuni fiindcă lumea nu era pregătită pentru lucruri noi. Gândiți-vă, sunteți oameni cu carte. Până acum, Roma n-a mai avut pe nimeni care să preschimbe lumina și întunericul în personaje ale tablourilor. În personaje de vază, chiar.

— Dacă toți cardinalii ar fi avut larghețea domniei voastre, monseniore, Roma ar fi fost acum un tăpșan plin de căcăreze și scaieți. Am un băiat de doisprezece ani și mi-e frică să merg cu el la biserică. Frică, înțelegeți? Oriunde-l duc, trebuie să-i acopăr ochii. Nebunul ăsta a umplut bisericile de sfinte cu fețe de curve și de scandalagii îmbrăcați în apostoli. E prea mult. Și dacă domniile voastre nu fac nimic...

— O să faci tu?

Întrebarea țâșnise de pe buzele lui Maffeo Barberini, care până atunci își văzuse de ce avea în farfurie, aparent netulburat de glasul celuilalt.

Spada nu răspunse, deși tare i-ar fi venit s-o facă. Dac-ar fi fost după el, l-ar fi prins în lanțuri pe Merisi, dar nu la Tor di Nona, ci în Cloaca Maxima, pe neștiute, ca să-l acopere scârnăviile orașului și să nu-l mai poată scoate la vedere nici unul dintre papițoii care se făloșeau că-l ocrotesc. Se ridică, trânti șervetul pe masă, ieși pe ușă, gata să dărâme un slujitor care aducea un platou cu friptură de prepeliță, și începu să se plimbe furios prin Sala delle Prospettive. Frumusețea încăperii ar fi putut domoli fierbințelile oricui, dar nu și pe ale acestui negustor iute la mânie, care se temea de fapt mai mult pentru bunul mers al propriilor socoteli decât pentru nevinovăția vătămată a fiului său, Bernardino.

— Paolo se-aprinde repede, îl scuză Anselmo Farnese, întristat că strădaniile lui de gazdă puteau fi năruite atât de ușor.

— Și nu crezi că are de ce? îl descusu Pietro Aldobrandini, căruia dregătoriile dobândite recent îi întăriseră vocea, făcându-l să vorbească de sus

oricui i s-ar fi nimerit prin preajmă.

— Știu eu, chiar are? se întrebă gânditor Farnese. Nu-l apăr pe Merisi, nu râvnesc la tablourile lui pentru colecția mea, cum fac alți prieteni – să mă ierte, e dreptul lor s-o facă. Însă nici nu mi se pare că trebuie s-o luăm așa. Are Roma alte necazuri, nu pânzele unui nebun cu lipici la femei.

— Și la bărbați! tună Aldobrandini.

— Ah, asta era, spuse gazda cu un zâmbet cumsecade. Ei bine, n-ai ce-i face, dragul meu. Ce vrei, trăim într-o lume unde asta se-ntâmplă de mult. Știu cât de aproape ți-e cartea sfântă, dar zău, nu te necăji mai mult decât e nevoie. Îți strici sănătatea și-avem nevoie de domnia ta în puteri. În plus, dacă ne descotorosim de toți cei cărora le-a păsat de fundul altuia, rămânem fără artă. Gândește-te la Buonarroti, bunăoară. Și la atâția alții.

— Buonarroti n-a suit tractirul pe pereții bisericii, Anselmo. Și nici n-a stricat mințile altora. Dacă n-avem grijă, Roma o să ajungă a doua Sodoma.

Farense râse scurt, scărpinându-se în cap. Îi era tot mai greu să rămână cumsecade în fața unui asemenea încuiat. Dacă n-ar fi avut nevoie de Aldobrandini ca să deschidă uși care altminteri i-ar fi rămas închise pe veci, i-ar fi zis vreo două. Așa însă, alese să-și păstreze buna-cuviință.

— Fă-mă să mă dumiresc, scumpul meu Pietro. Până la urmă, ce te înfurie la Merisi? Că e fustangiu, că-i plac și bărbații sau că e nebun? Ar fi cazul să te hotărăști.

69

— Ne-nvârtim în jurul cozii, domnul meu, se stropși Aldobrandini. Parcă n-ați fi cardinali. Parcă v-ați fi adunat de pe maidane. Chiar n-a aflat nici unul dintre voi de ultimele hotărâri ale Conciliului? Chiar nu vă pasă de ele? Chiar trebuie să vă țin eu predici despre cum se cuvine să arate pictura religioasă? (Farnese respinse pe mutește gândul, ducându-și mâinile la față, clătinând din cap și mimând groaza.) De cazul Merisi – da, da, Francesco, degeaba oftezi, a ajuns un caz – trebuie să ne-ngrijim cu mână de fier. Și-așa nemernicul ăsta a-mbolnăvit tot ce rămăsese sănătos în oraș. Știu că nu vă place. Știu că n-ar mai avea cine să vă umfle colecțiile pe bani puțini și să vă aducă putoriști la palate.

— Măsoară-ți cuvintele, Pietro, îl sfătui cu asprime Barberini. S-ar putea să-ți pierzi din prieteni.

— Atâta pagubă. Săptămâna trecută, Sfântul Părinte a ținut slujbă la Santa Maria del Popolo. După ce-au plecat enoriașii, m-a chemat la el și m-a întrebat cum pot să stea minunile lui Pinturicchio, Sanzio și Carracci la un loc cu mizeriile descreieratului ăstuia de Merisi. M-am făcut mai roșu ca mantia de cardinal și n-am știut ce să-i spun.

Ștergându-se grijuliu la gură după ce se bucurase de minunățiile pregătite de bucătarii lui Farnese, Domenico Montalto, care până atunci tăcuse chitic, se gândi că nu strica să ațâțe un pic pălălaia.

— Nu le-o lua în nume de rău celor care-l apără pe Merisi, Pietro. Până la urmă, ai sau ai avut și tu artiști care trăiesc sau au trăit pe spezele tale. Și să nu-mi spui c-au fost sfinți.

Proaspătul episcop de Ravenna izbi cu pumnul în masă, trezindu-l pe Amedeo Chigi, pe care tăria vinului și belșugul bucatelor îl prăvăliseră în genunile somnului.

— Nu poți să-i compari pe Tasso și Frescobaldi cu golanul ăsta apostat! Ce Dumnezeu, unul a fost poetul creștinătății, iar celălalt a făcut muzică liturgică. Era firesc să-i sprijin și să-i ajut.

— Păi și tablourile lui Merisi stau în biserici, nu se lăsă Montalto.

— Tocmai aici e buba. Mi-e scârbă de sforile care s-au tras să i se încredințeze comenzi pentru capele. Pictorii noștri din Roma, oameni cu frica lui Dumnezeu, strâng cureaua și abia își duc zilele, iar noi ce facem? Ținem în puf un lombard care-și bate joc de noi din clipa când iese din casă. Văd că te uiți urât, Francesco, zise Aldobrandini, privindu-l țintă pe Del Monte.

— Dac-ai fi trăit și tu măcar o lună în puful în care-a trăit el douăzeci de ani, n-ai mai vorbi așa, șopti acesta. Habar n-ai ce înseamnă viața unui urgisit.

— Astea-s prostii bune de umezit ochii gospodinelor. N-ai decât să te superi pe mine, dar nu așa se poartă un cardinal. Înțeleg că Merisi e protejatul tău, înțeleg că doarme la doi pași de camera ta și că-i faci toate poftele. Dar să consimți la mânjirea spiritului catolic în halul ăsta...

Aldobrandini nu apucă să-și ducă la capăt gândul. Marchizul Vincenzo Giustiniani se ridică de la ospăț, le făcu semn altor trei meseni – Odoardo

Crescenzi, Guglielmo Mattei și Domenico Montalto –, iar apoi ieșiră împreună din încăpere, sub ochii nedumeriți ai celorlalți. Pietro Aldobrandini își luă o mutră de iepure opărit, pe când Del Monte încercă zadarnic să pună o întrebare din priviri. Cei patru trecură pe lângă ei și străbătură Sala di Galateea, unde musafirii de odinioară ai lui Agostino Ghigi își alegeau curtezanele cu care își petreceau orele de după turnirurile culinare. Parcurseră holurile pe ale căror pereți se întindeau tapiserii migălite până la ultimul nod, iar pe urmă străpunseră căldura adunată în Sala delle Nozze, unde un pat uriaș, împodobit cu fildeș și incrustat cu pietre prețioase, păstra amintirea Imperiei, iubita flușturaticului Agostino, care își pusese capăt zilelor într-un miez de august cotropit de arșiță, după ce în mintea ei tulbure se furișase otrava gândului că bărbatului ei începuseră să i se scurgă ochii după altcineva. După ce trecură prin Sala delle Prospettive, din care negustorul Spada ieșise între timp pe altă ușă, și după ce își suciră gâturile cercetând grăbit galeria cu frescele lui Rafael, Giulio Romano și Francesco Penni, cei patru ieșiră în curte și se îndreptară spre chioșcul din mijloc.

— În alte împrejurări, l-aș fi chemat și pe Francesco, spuse Giustiniani înainte de-a se așeza pe o bancă de piatră. Dar m-am gândit că e mai bine să rămână acolo și să bage la cap. Din câte-l cunosc pe Pietro, n-o să lase lucrurile așa. Mai ales că știe că se poate bizui pe negustor. *Vendetutto* se pune în slujba oricui îl poate ajuta să-și garnisească punga.

— Ban la ban trage și păduche la păduche, scârțâi înțelept Montalto.

— Umblă vorba că nu și-a făcut averile doar plimbând blănuri și mirodenii dintr-un loc în altul, rosti Crescenzi. Oamenii mei mi-au spus că a ajuns să stăpânească, printr-un prieten care nu vrea să se-arate, trei sferturi din tractirele Romei. Știți ce-nseamnă asta, n-are rost să vă explic.

Într-adevăr, n-avea rost. Cu toate strădaniile lui Paul al V-lea de-a face din Roma începutului de secol un oraș cumsecade, lucrurile nu arătau cum și-ar fi dorit pontiful. Pe străduțele din Trastevere, în Campo dei Fiori și la Trevi, se întâmpla ca o târfă să aibă și zece clienți pe zi. Viața se trăia fierbinte în locurile de pierzanie. Legile erau ca să știe lumea cum să le nesocotească. Până și gărzile de la Quirinale, trimise să pună capăt dezmățului și să umple închisorile de păcătoși și păcătoase, sfârșeau adeseori cu nasul între țâțele curvelor care le șopteau îndemnuri deșucheate la ureche și se lăsau încălecate ca niște iepe nesătule. Peștii o duceau bine, căci, era lucru știut, foamea de carne proaspătă nu se putea stinge niciodată pe pământ. Când și când, câte-o fată fără minte rămânea borțoasă, iar atunci peștele care-i făcea rost de bărbați o trăgea deoparte, pentru ca după o săptămână fata să se reapuce de treabă și să aprindă iar așternuturile, ca și cum nu s-ar fi întâmplat nimic. Oricum, Paolo Spada

73

putea să afle o mulțime de lucruri doar rugându-și prietenul să pună întrebarea potrivită la locul potrivit. În paturile rutului pe bani, limbile se dezlegau una-două. Nici măcar secretele de stat nu rezistau când cel care le știa se trezea cu doi sâni legănându-i-se sub ochi și cu sfârcurile lor necăjindu-i buzele. Fetele care puteau să-i facă să vorbească pe înalții slujbași ai Romei ar fi fost în stare, fără îndoială, să se ocupe cum se cuvenea și de Merisi. Iar apoi să-l toarne.

Paolo Spada s-ar fi dovedit nesăbuit dacă ar fi nutrit asemenea gânduri, fiindcă asta însemna că nu ținea seama de două lucruri: pe de o parte, de istețimea sălbatică, risipitoare în felul ei, dar pe de-a întregul neșlefuită, a lui Merisi; pe de alta, de trecerea pe care-o avea lombardul printre curvele Romei, dintre care multe visau să calce pe urmele celor patru modele pe care Merisi le împărțea de aproape zece ani cu alți pictori din Roma: Caterina Vannini, Lide Melandroni, Lena Antognetti și Anna Bianchini.

— Să nu mă-nțelegi greșit, Vincenzo, dar poate că nu trebuia să plecăm de la masă, spuse Odoardo Crescenzi. Nu numai că l-am lăsat singur pe Francesco, dar ceilalți o să-și dea seama că suntem de partea lui Miché. Și așa cum noi credem despre ei că plănuiesc ceva, tot așa pot să creadă și ei despre noi.

— Numai că, spre deosebire de noi, ei n-au nici o iscoadă. Cel puțin așa trag nădejde, zâmbi

Giustiniani. Și oricum, Francesco nu e singur. Anselmo a rămas și el acolo. Nici n-ar fi avut cum să plece, doar e gazdă.

Mattei clătină din cap.

— Dacă prostia și invidia ar durea, lumea ar umbla urlând pe străzi. Nu s-ar mai înțelege om cu om.

— Când ți-o spuneam eu, Guglielmo, mă făceai cusurgiu, interveni Crescenzi. Uite c-ai ajuns la vorba mea. Iar eu am ajuns la vorba slujnicei care-i cosea maică-mii când eram mic: Unde e carte multă, e și prostie multă.

— Cine i-a spus Romei orașul celor șapte coline s-a pripit. „Orașul celor o mie de invidii" e mult mai aproape de adevăr, zise Mattei. Ce tâmpenie, să beștelești pe cineva pentru că are har, minte și curaj. Să nu vezi că omul ăsta încearcă să schimbe fața picturii.

— Ba tocmai c-au văzut, râse amar Montalto. Au văzut toți, nu doar gușații care țâțâie din buze pe lângă papă. Au văzut-o la fel de limpede maimuțoii care nu știu să țină pensula în mână și s-au simțit amenințați. Știți foarte bine cu toții că lucrul privit cel mai chiorâș în artă, și asta nu doar la Roma, e coborârea maeștrilor de pe socluri. Adică tocmai ceea ce împinge arta în direcția bună.

Giustiniani își mângâie țăcălia și oftă a lehamite.

— Întrebarea e, ce facem totuși cu Merisi? Trebuie să-i dăm cumva de înțeles că vor să-l jupoaie.

Crescenzi clătină din cap.

— Și ce crezi c-o să facă? O să-și schimbe felul de-a picta? O să aleagă alte subiecte? O să se apuce de maimuțărit maimuțe cu pensulă, tocmai acum, când o sută de pictori ai Romei îl maimuțăresc pe el? Sau te legeni cumva cu nădejdea c-o să înceapă să trăiască altfel?

Marchizul își privi încurcat inelul cu smarald pe care-l primise de la tatăl lui.

— Mi-e și frică să mă gândesc. Dar nu putem lăsa lucrurile așa. Până la urmă, nu e vorba doar de prețuirea noastră pentru pictura lui. Să fim cinstiți, comenzile pe care i le facem tot pe noi o să ne-ajute până la urmă. Tablourile din colecțiile noastre o să-și sporească valoarea de la an la an. Și mai e ceva. Cu toată lipsa lui de chef de viață, Paul al V-lea și-a dat seama cât prețuiește Merisi. Am prieteni la Quirinale care mi-au spus că se vorbește tot mai des despre el ca despre viitorul pictor al Sfântului Scaun.

— Păi tocmai ne-a povestit Pietro cum l-a muștruluit Sfântul Părinte la Santa Maria del Popolo, zise Mattei.

— Pe Pietro nu-l întrece nimeni la îmbrobodeli, îl lămuri Giustiniani. Nu uitați că-i poartă sâmbetele lui Merisi de când n-a vrut să-i picteze o miniatură pentru biroul personal. În plus, Paul al V-lea nu e omul care să se dea în stambă. Dac-ar fi avut ceva să-i spună lui Pietro, l-ar fi chemat frumușel la Quirinale.

Cei patru tăcură câteva clipe. Un pescăruș trecu pe deasupra lor și scoase un țipăt ascuțit, parcă bucurându-se că apele Tibrului nu erau departe. Câțiva nori zdrențăroși se târau agale pe cerul primitor al Romei. Giustiniani îi privi încruntat, cu mintea dusă în altă parte. Se gândea la proprietarul Villei Farnesina și se întreba dacă putea fi momit de partea lor. Dintre cei rămași înăuntru – și firește, fără a-l pune la socoteală pe vechiul lui prieten, Francesco Del Monte –, Anselmo Farnese era singurul pe a cărui ascuțime a minții i-ar fi plăcut să se sprijine. Nu numai că era un om de lume și o minte destupată, dar, din câte aflase Giustiniani, nu se dădea deloc în vânt după Aldobrandini, Spada, Contarelli, Odescalchi sau Barberini. Poftirea lor la masă era unul dintre lucrurile pe care erau nevoiți să le facă mai toți bogătașii Romei. Atât și nimic mai mult. În ce-l privește pe Amedeo Ghigi, acesta nici măcar nu putea fi luat în seamă de vreuna dintre tabere. Felul cum dormea pe el, cu sau fără ajutorul vinului, precum și moliciunea care-l cuprindea imediat după ce se dădea jos din pat erau semne de sănătate șubredă. Doctorul care-l văzuse cu două săptămâni în urmă clătinase din cap, dând de înțeles că sfârșitul nobilului era aproape.

— Și-atunci?

Întrebarea pusă tuturor de Montalto își așteptă răspunsul aproape un minut.

— Cred că știu ce trebuie făcut, Domenico, spuse Giustiniani. Dar mai întâi trebuie să stau de vorbă cu cineva. Și să văd dacă lucrul la care mă gândesc e bun sau nu.

— N-ar strica să te grăbești, Vincenzo. Ceva îmi spune că prietenii noștri dinăuntru n-au pierdut vremea cât am stat noi aici, la povești.

— Nici noi n-am pierdut-o. Altfel nu mi-ar fi dat lucrul ăsta prin cap.

Cei patru râseră ușor, fiecare în felul lui: Giustiniani pipăindu-și bărbuța, Crescenzi căscând a îndestulare, Montalto un stropșor îngrijorat, iar Mattei cercetându-l cu privirea pe marchiz și străduindu-se zadarnic să-i ghicească gândul.

Paolo Spada urcă ușor cele zece trepte ale intrării în biserica Santa Maria del Popolo, oprindu-se la jumătate să miluiască un olog răpănos. După ce schimbă lumina de afară pe semiîntunericul dinăuntru, își miji ochii și-l căută pe cel cu care își dăduse întâlnire. Încă nu venise. Așa ceva nu mi-a fost dat să trăiesc până acum, își zise Spada înciudat. Sunt ditamai negustorul, mă cunoaște tot Apusul și stau după un terchea-berchea. Îmbrăcat mai gros decât cerea vremea de-afară și purtând un capișon care să-i ascundă chipul de privirile curioșilor, Spada începu să se plimbe prin fața celor cinci capele ale bisericii. Porni din stânga și, în timp ce-și lăsa ochii să zăbovească asupra picturilor, statuilor și mormintelor din fiecare capelă, își aminti fără plăcere de felul cum oaspeții lui Anselmo Farnese – mai puțin cei care ieșiseră la aer, fără să spună ce-i apucase dintr-odată – despicaseră firul în patru și se certaseră ca niște copii din cauza lombardului pripășit la palatul lui Del Monte.

78

Se știa de ceva vreme că, fără voia lui, Merisi învrăjbise nobilimea romană. Colecționarii care-i comandau tablouri plătite cu patru-cinci sute de scuzi bucata vedeau în el o vacă bună de muls. Ceilalți cădeau pradă cârceilor de cucernicie și își vânturau evlavia, pentru ca romanii de rând să vadă cât de mult îl iubeau pe Dumnezeu și cum disprețuiau pe oricine ar fi fluierat în sfintele Lui lăcașuri. Paolo Spada nu avea decât dispreț pentru mironosițele rătăcite pe cărarea credinței oarbe, care dădeau ochii peste cap și-și făceau cruci peste cruci în văzul lumii, pentru ca în ascunzișul locuințelor lor să-și pună poalele în cap și să se dedea celor mai scârnave obiceiuri. Dinspre partea lui, liota de cardinali înavuțiți pe spinarea amărâților care nu mai văzusĕră o bucată de carne de la Sfintele Paști putea să se facă nevăzută de pe fața pământului fără să-l încerce umbra vreunei păreri de rău. Singura lor parte bună – nu a tuturor, a câtorva – era felul cum se străduiau să îndrepte cinstea terfelită a Romei. Unii, cum era Aldobrandini, susțineau scânteierea de nestemată a artei. Alții, de pildă Contarelli, aveau ochi deopotrivă pentru bunul mers al negoțului și dădeau bani buni pentru construirea unor vase mai solide, care să-i ducă mai repede pe negustori în Franța sau Spania. Din nefericire, nu erau toți din aceeași plămadă – dovadă orbirea lui Del Monte, despre care se înțețeau zvonurile că-l ținea sub aripa sa pe Merisi doar fiindcă trăgea nădejde că, la momentul potrivit, avea să-i vâre mâna în nădragi.

Tot plimbându-se cu pas măsurat, *Vendetutto* ajunse în fața Capelei Cerasi, locul de întâlnire cu omul care, spre supărarea lui, tot nu apăruse. Își aminti că-l cunoscuse pe monseniorul Tiberio Cerasi, trezorierul lui Clement al VIII-lea, un om a cărui iscusință în ale banilor îmbogățise vistieria papei. Știa că trezorierul cumpărase o capelă la Santa Maria del Popolo. Ceea ce nu știa era motivul pentru care Cerasi încredințase comenzile pentru lucrări unor artiști care nu numai că nu semănau câtuși de puțin unul cu altul, dar pe lângă asta nu se puteau înghiți: Annibale Carracci și Michelangelo Merisi. Poate fiindcă erau priviți de toți criticii romani drept înnoitori (cu un adaos pentru jigodia lombardă, la drept vorbind, recunoscu Spada, împotriva propriei lui voințe). Poate fiindcă amândoi pictau temele dragi Reformei Catolice – convertirea și martiriul. Sau poate pur și simplu fiindcă erau pictorii care-i plăcuseră cel mai mult.

Vendetutto își ridică privirea spre *Răstignirea Sfântului Petru* și clătină din cap. Se întrebă cum arătase prima încercare, care fusese respinsă hotărât de directorul de la Ospedale della Consolazione, sfetnicul de taină al lui Tiberio Cerasi. Cât de nerușinată putuse fi, dacă în cele din urmă proprietarul capelei hotărâse s-o dea jos de pe perete și s-o trimită înapoi la atelier, dând de înțeles că trebuia făcută din nou, și cu totul altfel? Paolo Spada se strâmbă nevăzut și se uită mai departe. Îi ajunseră două minute ca să se încrunte lămurit. Tabloul lui

Merisi era un bobârnac peste nasul tradiționaliștilor. O tiflă lățită pe patru metri pătrați. Manierismul bisericesc de până atunci, cu siluete deșirate, chipuri supte și mutrițe evlavioase, era aruncat la coș și înlocuit de lombard cu o pictură mustind de lumesc. Suferința cumplită nu mai avea căutare. În ciuda temei, personajele din tablou aveau aerul unor oameni chemați să dreagă ceva prin casă. Cei trei călăi ai Sfântului Petru erau îmbrăcați cu haine de zilieri și se opinteau de parcă ar fi ridicat de jos niște găleți pline cu nisip. Tălpile negre ale celui de sub crucea pe care stătea întins martirul îl umplură de silă pe *Vendetutto*. Ce batjocură! Cum să lași un asemenea nebun să picteze mai departe, ba încă să-i și comanzi tablouri pentru capele?

Negustorul își mută privirea de la călăi la cel căznit. Sfântul Petru semăna cu un bolnav dus pe targă, necum cu un martir și cu un stâlp al Bisericii. Ochi apoși, frunte pleșuvă, barbă hirsută și o mulțime de cute brăzdându-i fruntea și zbârcindu-i obrajii. Pictura avea un aer gospodăresc cu totul nepotrivit. Spada se mai uită o dată la bărbații care se îndeletniceau cu pironirea sfântului pe cruce. Ar fi putut face orice altceva: să tencuiască un zid, să scoată cartofi cu sapa din pământ, să sufle în foale sau să care piatră de râu pentru vreo casă. Și oricum, ceea ce vedeai întâi și-ntâi nu era suferința sfântului, ci truda torționarilor. Doi dintre aceștia fuseseră pictați stând cu spatele, iar unul chiar își bomba fundul cu nerușinare în încercarea 81 de-a ridica de jos crucea. *Vendetutto* pufni mânios. Dacă aşa arătau paşii înainte în pictură, mai bine să treacă drept înapoiat.

— Nu prea vă place, din câte văd.

Paolo Spada se întoarse brusc spre dreapta. Bărbatul pe care-l aştepta îl privea cu un aer pe jumătate curios, pe jumătate obraznic. Părul blond, strâns în coadă de cal, îi atârna peste cămaşa cărămizie vârâtă în pantalonii strânşi în jurul genunchilor.

— Tu eşti Ranuccio? întrebă negustorul, cercetându-l din cap până în picioare.

Tânărul dădu din cap cu un surâs.

— Cred că vă aşteptaţi să arăt altfel. Greşesc?

Vendetutto clătină din cap. Tomassoni nu greşea. Cel care-i mijlocise întâlnirea îi spusese negustorului că tânărul era un codoş periculos şi iute la mânie, care nutrea ambiţii de pictor, dar se pricepea mai bine să azvârle pumnale în oameni decât culori pe pânză. Spada luase de bune vorbele omului şi îşi închipuise un cuţitar ţigănos şi îndesat, cu lanţ de aur la gât, unghii murdare şi răsuflare puturoasă. În loc de asta, se trezise cu un băiat cu piele albă, dinţi strălucitori şi haine simple, dar de bun gust. Cine ar fi dat cu ochii de el l-ar fi luat drept un actoraş din trupele care coborau, mai ales pe vreme bună, dinspre târgurile Umbriei spre Roma, cu gândul să câştige aici banii pe care zgârciţii din Orvieto, Gubbio sau Perugia nu se înduplecau să-i scoată din pungă, oricât de îmbelşugată le-ar fi fost viaţa şi oricât de frumoasă piesa.

Cu urechea la cuvintele lui Tomassoni, Spada se uita în același timp la oamenii care treceau din când în când pe lângă ei, urmărind ce făceau când dădeau cu ochii de *Răstignirea* lui Merisi. Doar două sau trei cucuvele bigote se închinară și își scuipară în sân, de parcă în fața lor nu s-ar fi aflat o pânză colorată, ci o lucrare a Necuratului. În rest, cei care se opreau la Capela Cerasi se apropiau de tablou cu sfială, parcă nevrând să tulbure trebăluiala gospodărească a călăilor. Forța picturii se vedea de la o poștă. Pe chipurile oamenilor se oglindea bucuria întâlnirii cu ceva ce nu se mai făcuse până atunci. Și într-adevăr, dacă te opreai și te uitai mai bine, te așteptai să-i vezi pe cei patru bărbați din tablou începând să se miște. Poate chiar să vorbească.

— Ce părere ai? întrebă negustorul, arătând cu degetul spre *Răstignire*.

Tomassoni scoase un chițăit subțiratic.

— Îi știu pe toți, spuse el. Doi sunt de pe strada mea. Ăla cu haină roșie coace pâine, iar ălălalt, cu pantaloni verzi și cămașă galbenă, smulge dinți cu cleștele. Ăștia sunt călăii sfântului, brutarul și dințarul. Bașca un cerșetor care-și face veacul pe sub Ponte Sant'Angelo.

— Și sfântul? Sfântul cine e?

— Păi cin' să fie? Moș Azeglio, fratele spițerului din Flaminio. Un prăpădit care trăiește pe spinarea altora. Vine din când în când pe la spițerie, ca să-l miluiască doamnele. N-a muncit o zi în viață și uitați-l, acuși face șaptezeci de ani.

Strâmbătura lui Paolo Spada spunea destule despre părerea pe care-o avea acesta față de felul cum își alegea Merisi modelele. Auzise multă lume veștejindu-l pe lombard fiindcă nu ținea seama de nimic. Modelele trebuiau să arate într-un fel care n-avea nici cea mai mică legătură cu bărbații din *Răstignirea Sfântului Petru*. De altfel, Merisi pictase o sumedenie de tablouri în care urâțenia personajelor te izbea ca un ciomag. De pretutindeni apărea un cap hâd, o gură căscată, un obraz scobit sau pământiu, un chip sluțit de-o cicatrice. Singurele pânze la care te uitai cu plăcere erau cele pentru care pozaseră cei doi ucenici pe care Merisi îi creștea în atelierul lui și despre care cumetrele cleveteau la colț de stradă că ar fi avut și alte rosturi. Sau cele în care nu se găseau oameni, ci coșuri cu fructe.

Din păcate pentru el, *Vendetutto* nu se putea lăuda și cu supranumele *Compratutto*. Dacă la năut, satin și mătăsuri cu greu găseai negustor mai priceput ca el, în ce privește arta, gusturile lui de cumpărător lăsau uneori de dorit. De ce? Poate fiindcă nu știa să socotească prețul cuvenit sau poate fiindcă se lăsa stăpânit de simțămintele față de pictor se gândea mai puțin la cât de bun era tabloul. Cu puterea pe care i-o dădeau funcția și averea, Maffeo Barberini chiar râsese la un moment dat de eșecurile lui Spada în negoțul cu artă. „Pânzeturile sunt una, pânzele sunt alta, iubite Paolo", zisese el, încântat de găselniță și nebăgând în seamă căutătura dușmănoasă a negustorului.

Spada își amintea foarte bine prilejul cu care Barberini îl luase peste picior. Era singura dată când încercase să pună mâna pe un tablou al lui Merisi. Întâmplător, era aceeași pânză ce încinsese simțurile cavalerilor care-l tocmiseră – până la urmă,. de pomană – pe Tomassoni ca să le-o aducă, împreună cu alte fete de stradă, pe cea care-i pozase lombardului pentru *Sfânta Ecaterina din Alexandria*. Însă dacă pe cavaleri îi vrăjise frumusețea caldă a modelului, lui Spada îi plăcuse cât de luminos era tabloul. Negustorul avea o soție tânără și dibace în a-i trezi pofta de tăvăleală, așa că nu râvnea la Fillide Melandroni, cum făcea un sfert din bărbățimea Romei. Mișcat de blândețea feciorelnică a sfintei și de firescul culorilor, Spada îi aruncase lui Merisi o sumă la care pictorul strâmbase din nas. Când, două luni mai târziu, aflase că tabloul intrase în colecția particulară a cardinalului Francesco Del Monte, pe o sumă binișor mai mică, negustorul nu suportase jignirea și lăsase să crească în el o ură neagră față de Merisi.

— Tot nu mi-ai spus ce părere ai, îi aminti el lui Tomassoni, descleștându-și cu greu fălcile.

Blondul făcu un gest care prevestea ceva de rău.

— La așa modele, așa pictură, zise el, trăgând nădejde că invidia din glas nu avea să ajungă la urechile celuilalt.

— Pizma e priceperea celor fără har, Nuccio. N-ai reușit să spui ceea ce vezi cu adevărat.

Tomassoni se uită pieziș la comerciant și își înghiți răspunsul care-i stătea pe limbă. Încă nu era sigur că Spada era nume și nu poreclă, și nu-i ardea să afle pe propria lui piele.

— Ce motive aș avea să-l pizmuiesc? Sunt tânăr, nu trăiesc printre năpârci cu chip de om și am nopțile pline.

— Numai pe Fillide n-o ai.

Mâna lui Tomassoni alunecă ușor spre mânerul spadei, înainte ca negustorul să-l prindă de umăr și să-l lipească de el cu o prețuire prefăcută.

— Pe mulți de-alde tine sângele fierbinte îi ajută să moară devreme. Nu te prosti în lăcașul Domnului. Și păstrează-ți vitejiile astea ieftine pentru pipițele care-ți varsă bani în pungă.

Pus la colț, blondul găsi nimerit să schimbe vorba.

— Să-nțeleg că domniei voastre îi plac tablourile lui Merisi?

— Sunt tot ce poate fi mai dăunător pentru buna rânduială a romanilor, scrâșni Spada. Hidoșenie, groază și nerușinare – toate la un loc. Doar gândul că nobilii romani se bat pentru pânzele lui Merisi e o jignire scuipată pe obrazul Romei. Dar, trebuie să recunosc, canalia se pricepe. Are har, nu glumă.

— Ceva îmi spune că nu pentru asta ne-am întâlnit, *signor* Spada.

— Așa e, Nuccio, puiule, zâmbi uleios negustorul, slăbind strânsoarea umărului și lăsându-l pe Tomassoni să facă un pas în lături. Ne-am întâlnit fiindcă vreau să vedem împreună ce putem face pentru ca lucrurile să arate altfel.

Blondul își suflă o șuviță de pe frunte și se uită în jur. Santa Maria del Popolo se golise aproape de tot, iar lumina care scălda tablourile din Capela Cerasi se făcuse verzuie.

— Cum adică?

— Mai pe șleau, prietene, n-ar fi rău să-l înapoiem pe Merisi întunericului din care s-a născut și la care ține atât de mult, dacă te uiți bine ce tablouri pictează. Ce soartă poate fi mai nimerită pentru un tenebrist decât mângâierea de pe urmă a beznei?

Câțiva stropi de sudoare îmbobociră dintr-odată pe fruntea lui Tomassoni, cu toată răcoarea din biserică.

— Nu știu dac-ați venit la omul potrivit. La urma urmei, suntem amândoi negustori – fiecare în felul lui. Domnia voastră negustorește blănuri, mătăsuri și de-ale gurii, eu mă ocup de partea mai plăcută a vieții. Dar dac-am priceput bine...

— Ai priceput de minune, Nuccio, toată lumea te știe de băiat isteț. Vreau să m-ajuți să scap Roma de Merisi.

— Adică să-l omor?

Spada îl prinse ușor de cot și-l duse spre ieșirea din Santa Maria del Popolo. Se îndreptară împreună spre obeliscul din mijlocul pieții, cu aerul unor prieteni pe care soarta îi adusese întâmplător laolaltă.

— N-aș putea să-ți cer așa ceva. Te-ar lua oamenii guvernatorului, te-ar duce la Tor di Nona și de-acolo direct sub secure. Ce s-ar face armăsarii Romei fără ajutorul tău prețios? De la cine și-ar mai tocmi iepele cele mai năravașe? Nu, Ranuccio, nu vreau să împlânți pumnalul. Doar să întinzi capcana în care-o să cadă vânatul.

Tomassoni se uită în urmă, vrând să se încredințeze că nu auzise nimeni vorbele negustorului.

— Și de ce-aș face una ca asta?

Paolo Spada se opri și-și înfipse privirile în ochii spălăciți ai tânărului.

— Fiindcă arzi de nerăbdare s-o ai pe Fillide doar pentru tine. Și fiindcă știi bine că, atâta timp cât Merisi trăiește, așa ceva n-o să se-ntâmple.

4

Egregius in Urbe pictor. *Iar după o săptămână,*
Famosissimo pittore. *S-a întâmplat cu cinci ani și
ceva în urmă, meștere Simone, prin septembrie 1600.
N-am mai fost nici „dihorul", nici Miché, nici* Il lom-
bardo bastardo *(o răutate fără temei, căci, dacă
tata a murit când eram mic, nu înseamnă că n-a
trăit deloc pe pământul ăsta). Pentru o zi și-o noap-
te, am fost chiar* Dominus Michael Angelus Merisius
de Caravaggio. *Să te umfle râsul și alta nu. S-au
hotărât să mă facă „distins pictor al Romei" și pe
urmă „pictor vestit", cu nădejdea că sulurile de
hârtie cu scris frumos și podoabele suflate cu aur
o să mă facă să mă schimb. Să fiu altfel. Să renunț
la noul limbaj al picturii, la care țin atât de mult.
Să fiu ca ei, mai bine zis – îngust la minte, slu-
garnic, temător, harnic la făcut cruci și la pupat
dosuri. Dar oare nu-i o jignire să dai un înscris
de soiul ăsta cuiva care a spus din clipa când a
pășit în oraș că pentru el nu e nimic mai de preț
decât pictura și cariera? Pesemne că nici unul din-
tre cântăreții cu simbrie ai Romei n-a apucat să-și
dea vălul de pe ochi. Să vadă printre ce oameni
unsuroși se învârte și cât de ușor îi e romanului* 91

să treacă de la iubire la dispreț și de la giugiuleală la omor. Și nu doar atât. Fierbe aici o îngrozitoare fățărnicie, o mlaștină de fariseism pe care nu cred c-o mai are nici un oraș din lume. Mi-am dat seama de asta de la primul nud pe care l-am pictat tocmai cu acest gând: să le râd în nas fățarnicilor, să strig libertatea, să dau frâu liber clocotului dinăuntrul artiștilor adevărați. Pricepuții cu patalama care s-au uitat la el și-au făcut cruce și și-au dus mâna la gură, ca babele îmbrobodite când trece dricul pe stradă. Ce poți să aștepți de la niște nevolnici fără duh, ostatici între bandaje pe care nimeni și nimic nu le mai poate desface?

M-am tot întrebat cui trebuia să-i mulțumesc pentru aceste tămâieri de ochii lumii. La început nu mi-am dat seama, dar după ce am pus câteva lucruri cap la cap s-a făcut lumină și în mintea mea. (Parcă te-aud chicotind: auzi vorbă, lumină în mintea unui rob al beznei.) Lăudarea mea nu avea nimic de-a face cu priceperea sau harul. Nici vorbă, era un simplu tertip în lupta dintre Roma și celelalte centre artistice. Titlul de Egregius in Urbe pictor nu pe mine mă cinstea, ci orașul. Roma era premiată, nu eu. Eu doar ajutam la recunoașterea ei drept primul dintre orașele artelor. Iar la urmă, când Sfântul Scaun număra tinichelele primite de marii artiști, vedea că de fapt cei mai mulți erau romani și hotăra, în nesfârșita lui înțelepciune, să dea mai departe bani pentru arta Cetății Eterne, fără să bage în seamă Bologna, de pildă. E ca și *cum, doctor fiind, ți-ai pune priceperea în slujba cuiva care e oricum sănătos și n-ai mișca un deget pentru bolnavii care n-au pe nimeni să le aștearnă măcar o compresă pe frunte.*

Am vrut să dau tinichelele înapoi și să le zic vreo două de la obraz celor care mi le înmânaseră, dar mi-am luat seama la vreme. Dacă aș fi fost bezmeticul fără casă de acum treisprezece ani, a cărui primă grijă era să nu moară de foame sau de frig până a doua zi, n-aș fi stat pe gânduri. (Un gând prostesc, desigur, căci nu s-ar fi înghesuit nimeni să laude un vagabond care nu avea după ce bea apă, dar pricepi unde bat.) Cum însă între timp am ajuns să fiu primit în cercuri înalte și să mi se ceară părerea nu doar în lucruri legate de pictură, un asemenea gest ar fi însemnat să-mi tai craca de sub picioare. Pântecul plin te învață să fii cuminte și prefăcut. Știu, dar nu am ce face. Nu vreau să mă gândesc c-ar trebui s-o iau de la capăt – iar de data asta nu la Roma, ci undeva în sud, unde să nu mi se fi dus încă buhul de zurba- giu nemulțumit. La Messina, la Palermo sau poate, cu un strop de baftă, la Napoli. N-aș mai fi în stare să îndur atâta fudulie, invidie și îngustime a minții. N-aș mai putea să descarc geamantane din poștalion pentru un scud, să dorm pe apucate și să visez cu jind la ziua când mă voi aciua pe lân- gă cine știe ce matahală din nobilimea eclezias- tică, gata să-mi pună în față blidul de mâncare dacă nu-i ies din cuvânt și-i împlinesc toanele. Am aproape tot ce mi-am dorit: slavă, un atelier numai 93

*al meu, comenzi din ce în ce mai bănoase, cohorte
de oameni care mă maimuțăresc prin ce pictează.
Îmi lipsește doar liniștea de-a mă ști iubit. Nu de
Francesco Del Monte, cu subînțelesurile lui neruși-
nate, și nici de Vincenzo Giustiniani, cu dorința
lui vicleană de-a mă smulge de sub înrâurirea prie-
tenului său, cardinalul, pentru a mă furișa în
ceata lui de păpuși vorbitoare. Ci de singura femeie
alături de care aș rămâne tot restul vieții. O să-ți
vorbesc și despre ea când o să mă simt în stare.*

*Bănuiesc că egregius in Urbe pictor e, pe de altă
parte, un fel ocolit prin care mărimile orașului
mi-au dat de știre că mi-au iertat neroziile trecute.
Mă cunoști de când îți eram ucenic, meștere, și ții
minte că n-aveam chef să-mi râdă nimeni în față,
mai cu seamă când nu avea de ce. Ei bine, am
rămas la fel. Mă aprind repede și nu mă gândesc
ce-o să se întâmple mai încolo. Răspund pe loc la
jigniri și am grijă s-o fac apăsat – nu doar cu
vorba sau cu o piatră azvârlită în geam noaptea,
ci uneori chiar cu spada. Îmi dau seama că mă
paște temnița, dar n-am ce face. Oamenii papei îi
urmăresc pe duelgii și pe cei ce caută vrajbă la fel
cum se furișează ogarul după potârnichea do-
borâtă, dar asta nu-i împiedică pe cavalerii drep-
tății să-și adune martori și să-și măsoare puterile
pe câmpurile din afara orașului, pe dealurile unde
rar calcă picior de om sau în spatele câte unui zid
lăsat în paragină. Se bat până când își spală cinstea
cu sânge, după care se întorc în oraș, se înfundă în*
prima cârciumă și-și beau mințile cot la cot.

Puțini sunt romanii care știu mai bine ca mine cum arată închisorile pe dinăuntru. Cel puțin la Tor din Nona nu mai am mult și o să mă împrietenesc cu paznicii. Legile orașului sunt atât de ciudate și se aplică atât de strâmb, încât în capcana lor nimeresc vinovați și nevinovați deopotrivă. Iar dacă până să ajung la Roma viața mea a fost ferită de asemenea poticneli, de treisprezece ani încoace nu trece luna fără să intru în vreun bucluc. Și nu întotdeauna din vina mea. Soldații abia așteaptă să fac cea mai mică mișcare pe care ei o cred alăturea cu drumul și mă înșfacă. Aproape că am ajuns să nu mai pun la suflet treburile astea. E adevărat, se găsește întotdeauna cineva care să mă scoată de la zdup – altfel nu cred c-aș mai fi atât de împăcat cu soarta. Dar oricum, cine face legile aici se vede limpede că nu li se supune. Altfel n-ar fi ajuns la fel de rea faptă să spargi un geam și să omori un om.

„Numai după ce-o să-nveți să nu te mai lași târât în pățanii nesăbuite o să te poți crede un om înțelept." Asta mi-ai spus-o la câteva luni după ce ajunsesem la dumneata, meștere Simone, și mă încăierasem cu un oarecare Andrea, ucenic în bottega lui Ambrogio Ficino. Ni se încrucișaseră drumurile pe când duceam câteva comenzi și mă apucasem să-i spun că pictura însemna, după mine, culori ca niște cărbuni aprinși și limbi de foc șerpuind pretutindeni. A râs ca un guzgan scopit și mi-a spus că doar un fătălău putea să aibă asemenea păreri. I-am sărit la beregată, l-am tăvălit bine și cred că, dacă nu s-ar fi pus între noi un zdrahon care avea

95

treabă pe-acolo, i-aș fi scos un ochi cu degetele. Prefer să nu fiu înțelept, dar să știu că nu-mi scuipă nimeni în ciorbă.

De când am ajuns deținutul cel mai îndrăgit al temnicerilor romani, cuvintele dumitale îmi vin tot mai des în minte. Mă uit în urmă, mai mult înveselit decât cătrănit, și nu-mi vine să cred de câte ori am intrat și am ieșit din închisoare. Și mai ales din ce pricini. Prima dată am fost poprit fiindcă umblam prin oraș purtând la brâu o spadă fără să am vreun înscris că mi s-ar da voie. Eram cu Prospero Orsi și cu un negustor de artă pe nume Constantino, dacă-mi aduc bine aminte. Era o zi ploioasă de mai a lui 1598 și s-a întâmplat să fim luați drept atacatorii unui ajutor de bărbier care se alesese cu o bumbăceală groaznică la câțiva pași de spițeria lui din Flaminio. Soldații ne-au întrebat de sănătate și, văzându-mi spada care se ițea de sub pelerină, au vrut să știe cu încuviințarea cui mă plimbam în buricul Romei în felul ăla amenințător. Sigur, nu-mi dăduse voie nimeni – nici nu știam la ce ușă trebuia să bat ca să primesc îngăduirea. M-au săltat și m-au azvârlit într-o temniță unde mirosea a pișat și-a șobolani. Orsi și Constantino n-au pățit nimic, firește. Și-au văzut de drum netulburați, ca doi tineri de familie bună ce erau. Norocul meu a fost că mă cuibărisem deja sub aripa lui Del Monte, care și-a trimis oamenii să mă scoată de la răcoare, având grijă pe urmă să-mi țină una dintre predicile lui nesfârșite, care-l chemau pe Moș Ene și mi-l găzduiau sub pleoape.

96

De ce-ți povestesc totuși despre prima mea noapte la răcoare? Nu ca să te înduioșez, nici ca să-ți spun cât de rău îmi pare că nu ți-am luat în serios strădaniile de a-mi desluși foloasele bunei creșteri. Ci numai fiindcă pe gardienii mei de-atunci îi chema Farfalla și Nero. Cum mă vezi și cum te văd. Bun, nu bag mâna în foc că astea erau numele lor adevărate, poate doar erau porecliți așa. Fapt este că paznicii mei cufundați în întunericul temniței se strigau unul pe altul Fluture și Negru. Spune-i potriveală, dacă vrei. I-aș spune și eu, dar crede-mă că nu pot.

Din ziua aceea neprietenoasă de primăvară, întoarcerile mele în măruntaiele scârboase ale închisorilor din Roma au devenit obișnuință. Începusem să mă gândesc că urmau să i se dea onoruri celui care avea să mă închidă de cele mai multe ori. Am fost vârât la zdup pentru tot ce-ți poți închipui: spargerea unui geam cu un bolovan, jignirea unui doctor nepriceput, ascunderea unui pumnal, învinețirea unei curve obraznice. Împărțeam și primeam pedepse. Eram hărțuitorul hărțuit. Orașul mă privea de la o vreme cu un ciudat amestec de groază, curiozitate, prețuire, parapon și silă. O febrilă litanie a dușmăniei părea să-mi răsune în urechi ori de câte ori, ieșind din pâlcul meu de prieteni, eram silit să iau parte la vreo întâmplare din viața urbei. Simțeam priviri înciudate, auzeam șoapte în care gâlgâiau ocări, vedeam gesturi ale unei dușmănii parcă mai mari de la o zi la alta. Și, peste toate, mă ardea amintirea zilei când Valentino, 97

colecţionarul de tablouri cu care mă împrieteni-
sem şi care avea prăvălie lângă Porta Pinciana,
îmi făcuse cadou Tratatul bunelor maniere *al lui*
Pandolfo Pucci. Vasăzică asta eram până şi în
ochii unora dintre prieteni – un mocofan îngâmfat,
un prost-crescut fără lumină pe chip, un necioplit
puturos şi îndrăzneţ.

   De la a doua arestare încolo, nu mi-a mai păsat.
Nici câtă vreme rămâneam închis, nici cu cine îm-
părţeam temniţa, nici ce avea să-mi spună Del
Monte odată întors la palatul lui, unde eram ţinut
pe casă şi masă după plecarea de la monseniorul
Fantin Petrignani. Tor di Nona m-a găzduit din
nou între zidurile sale igrasioase în vara lui 1600,
când i-am mulţumit lui Dumnezeu pentru că am
fost arestat. Era atât de cald afară, încât statul la
mititica mi s-a părut de-a dreptul răsplată, fie şi
pentru cele douăsprezece ceasuri petrecute la ră-
coare, înainte să fiu pescuit iarăşi din măruntaiele
puşcăriei şi redat pisălogului şi încăpăţânatului
cardinal, un monument de asprime şi neîndurare
ziua, de faţă cu servitorii, dar de o moliciune depli-
nă în faptul nopţii, când gângurea pe lângă mine
cu pocalul de vin în mână şi mă ruga să-i spun
Cesco. De data asta, pricina închiderii a fost o cear-
tă mojică şi scârboasă cu doi dobitoci: un pictor de
mâna a patra pe nume Marco Tullio şi Flavio Cano-
nico, un sergent prost ca pâinea toscană, care fusese
până nu demult comandantul gărzilor de la Castel
98 *Sant'Angelo. Au râs amândoi de mine în gura mare.*

Tullio mi-a spus că până și o maimuță oarbă are un simț al măsurii în pictură mai bun decât al meu, iar Canonico m-a întrebat de ce credeam că pot să știu un lucru înainte să-l învăț. Am simțit că-mi țâșnește sângele pe nas de ciudă și m-am repezit asupra lor. Prospero a încercat să mă potolească, dar până să se bage între noi, îi umflasem deja pometele lui Tullio cu mânerul spadei (ei bine, da, o purtam mai departe, fie ce-o fi) și tocmai mă pregăteam să-l despielițez pe sergent. De nicăieri au răsărit însă câțiva soldați care m-au prins între săbii și m-au dus în locul în care începusem deja să văd a doua mea casă.

Spre lauda lui și mirarea mea, Canonico s-a arătat a doua zi la Tor di Nona și și-a luat plângerea înapoi. Nu știu ce sau cine l-a împins spre un asemenea lucru și, recunosc, nu mă așteptam să-l facă. Deh, viața îți aruncă din când în când, după atâtea ciozvârte greu de înghițit, câte-un dumicat moale și gustos. La fel mi s-a întâmplat cu Girolamo Stampa, poetul din Montepulciano care obișnuia să cutreiere beat pe străzile Romei, ciupind corzile chitarei și născocind balade despre ce crezi? Despre lipsa mea de bună-cuviință. I-am ars un toc de spadă peste cap și i-am înfipt niște genunchi în burtă, măcar să aibă despre ce să behăie. M-a iertat și el, deși guvernatorul tare m-ar fi vrut în lanțuri, după ce m-a făcut să-i făgăduiesc că n-o să mă mai ating în viața mea de el. În fine, la fel s-a întâmplat cu Mariano Pasqualone, un notar bogat, 99

ghebos și plin de negi pe față, care-i tot dădea târ-
coale Lenei Antognetti, unul dintre modelele pe care
le prețuiam din suflet (doar la Lide țineam mai mult,
dar aici e vorba de cu totul altceva). L-am prins
într-o seară lâncedă în Piazza Navona și am dat
cu el de pământ fără să-mi fie teamă că avea să
mă vadă cineva. Zile în șir am așteptat să fiu
ridicat din odaie și dus la închisoare, până când,
într-o duminică senină ca ochii de copil, m-am
întâlnit din nimereală cu Pasqualone pe stradă și
m-a încredințat că, oricât de mult m-ar fi dușmă-
nit, nu-i venea să mă pârască, fiindcă nu-i dădea
pace gândul că ar fi putut trece atâtea luni fără
să mă ating de pensulă și culori. Asta chiar că m-a
lăsat cu gura căscată.

Nu știu dacă mai țin minte toate dățile când
am fost vârât la zdup, meștere. Și n-are a face. Știu,
în schimb, că m-am răfuit mereu cu orașul și cu
oamenii lui, fiindcă totul era pe dos. Cine se cuve-
nea disprețuit era îmbrăcat în laude. Nepricepuții
păreau pregătiți la orice oră să-și vâre pumnalul
în gât pentru cele mai mărunte hatâruri. Iubirea
greșea adresa și bătea în ușa cui nu avea nevoie
de ea. Arta adevărată era arătată cu degetul, bat-
jocorită, tăvălită prin gunoaie. Nechemații luau fața
sculptorilor și pictorilor adevărați. Luptele pentru
putere se dădeau pretutindeni – la Quirinale, în
apropierea Sfântului Scaun, la Villa Mattei, în semi-
întunericul Palatului Apostolic, la Cancelarie, pe
coridoarele din palate, între cardinalii cu cea mai

mare trecere, pe străzile forfotitoare ziua și ocolite de oameni după căderea nopții. *Sărăcia, boala și foamea mușcau din trupul și așa bolnav al Romei ca o haită de lupi pe care nici cel mai iscusit vânător n-ar fi putut să-i răpună.*

M-am luat cu altele, meștere, și nu ți-am spus ce era mai însemnat. Am început lucrul la tablou. Nu mă grăbesc. Vreau ca Acherontia *să fie gata când va simți ea însăși că i-a venit sorocul. Migălesc întruna și rareori mi se întâmplă să fiu mulțumit de ce-am făcut. Aș vrea ca, după ce tabloul o să fie isprăvit, fluturele meu să împrăștie asemenea firesc, încât să facă să creadă pe oricine îl vede că e gata să-și miște aripile și să zboare din rama tabloului, ca un ostatic cu puteri nesfârșite, pe care nici o temniță nu-l poate ține între pereți. Dacă erai curios, visele ciudate continuă. De ultimul am avut parte cu câteva nopți în urmă, după ce peste zi schimbasem ce nu-mi plăcuse la* Iudit și Holofern. *Am visat un tânăr blond, cu părul strâns în coadă de cal, care s-a apropiat pe furiș de* Băiatul cu un coș cu fructe, *ținând un cuțit ascuns în pieptar. Uitându-se peste umăr, să nu fie văzut, a scos cuțitul, a scobit cu el în miezul pânzei și-a scos de-acolo un măr pe care-l cuibărisem între doi ciorchini, o smochină și niște cireșe. Dar ce să vezi, mărul nu era roșu cu galben, ca în tablou. Fără să-mi dau seama cum era cu putință una ca asta (dar cine-i oare nebun să se încumete la deslușirea viselor?), se înnegrise și arăta acum ca o ghiulea tăvălită prin smoală.* 101

Tânărul a surâs cu o bunăvoință nelalocul ei, după care a ținut fructul pe o bucată de scândură și l-a tăiat în două. Despicarea a fost făcută fără poticneli, cu o mișcare a mâinii care arăta o înspăimântătoare obișnuință. Privită din față, fiecare jumătate a mărului tăiat semăna cu un fluture, iar în carnea fructului ai fi putut bănui, ca printr-o perdea de pâclă, umbra unei tigve. Cât despre chipul băiatului care ținea coșul cu fructe, el nu mai era cel pe care-l pictasem în vara aceea de belșug și iubire a lui 1594. Cununa de păr negru, ochii adumbriți ușor și gura întredeschisă a mirare jucăușă nu mai erau. În locul lor răsărise, ca prin scamatoria unui circar drăcesc, chipul tânărului blond care tăiase mărul. Un chip cu trăsături rele, în care orice om cu scaun la cap ar fi citit primejdii și neliniști.

Ranuccio Tomassoni, peștele care vrea să se facă stăpân peste viața și patul Lidei, e blond și are părul prins în coadă de cal. De asta ce mai zici, meștere?

M-am întrebat de multe ori dacă din desele mele drumuri la închisoare s-ar fi putut naște o poezie a suferinței. Întrebarea prindea cheag mai cu seamă în momentele deznădăjduite care urmau ceasurilor senine ale libertății, când răceala temniței mă silea să-mi revăd viața și faptele cu alți ochi. Până la urmă însă am înțeles că aș fi.fost un fățarnic la fel de mare ca aceia de care îmi băteam joc dacă m-aș fi apucat să-mi plâng singur pe umăr. La drept vorbind, nu puteam osândi un oraș întreg pentru că nu-mi făcea pe plac. Nu le puteam bate obrazul tuturor romanilor fiindcă nu voiau să-mi accepte purtările. Recunosc, mi-am meritat cu vârf și îndesat întemnițările. Și când am aruncat o farfurie cu anghinare în capul unui ospătar, și când le-am spart ușa și obloanele Laurei și Isabellei della Vecchia. Și când am luat la bătaie un soldat care strâmbase din nas când trecuse pe lângă mine, și când am umplut Roma de versuri batjocoritoare despre mormolocul de Baglione. Ăsta sunt și nu văd cum aș putea să mă schimb.

Fiindcă tot am ajuns aici, meștere, ce om e ăla care trage sfori și se roagă de guvernator să te-arunce în temniță fiindcă ai râs de el în niște poezioare? Ca să nu mai spun că n-am fost singur în veștejirea poltronului ăstuia mieros, care ajunsese să se creadă cel mai însemnat cronicar de artă al Romei. Gentileschi, Leoni si Trisegni au lucrat cot la cot cu mine, dar, cum s-a întâmplat de-atâtea ori, am fost singurul care a tras ponoasele. Ottavio Leoni, un ușuratic care picta altare dimineața și frământa codane noaptea în atelier, avea rude sus-puse și știa că nu avea ce să i se întâmple, orice-ar fi făcut. Filipo Trisegni era alunecos ca țiparul și se pricepea să scape din cele mai iscusite capcane. Cât despre Orazio Gentileschi, flușturaticul care împrăștiase versurile prin oraș, aproape că nu se mai dezlipea de mine în vremea aceea. Îmi sorbea din ochi tablourile și cuvintele încă de când intrase în Capela Contarelli și văzuse 103

tablourile cu Sfântul Matei. Mă iubea cu toate cu-
sururile mele, cu toată gura mea spurcată. Și-atunci
cum aș fi putut să-mi dau în vileag unul dintre
puținii prieteni care ar fi fost gata să sară în foc
pentru mine?

Nec spe, nec mectu. *Știi ce înseamnă asta, meș-*
tere? „Fără nădejde și fără frică." Era vorba noastră,
care ne strângea laolaltă și în numele căreia pier-
deam nopți și făceam năstrușnicii. Nu le-am dez-
văluit niciodată prietenilor, de teamă să nu mă
creadă cu nasul pe sus, dar încă din ziua când
ajunsesem la Roma, îmi alesesem o vorbă numai
pentru mine: „Nu mă înclin și nu mă schimb". Fără
ifose latinești, dar lămuritoare.

Două săptămâni la Tor di Nona. Asta a fost nota
de plată pentru că mi-am șters încălțările cu faima
lui Giovanni Baglione. Nu mi-a părut rău. În
schimb, m-a mirat că nu s-a arătat Del Monte. De
data asta, preabunul cardinal, care mă ținuse atâta
vreme pe casă și masă în palatul lui, n-a mai venit
să mă scoată. Cu ce l-oi fi supărat, nu știu. Știu însă
că am ieșit de la zdup prin vrednica intervenție a
seniorului Philippe de Béthune, ambasadorul fran-
cez la Roma, care m-a întrebat chiar pe treptele de
la Tor di Nona:

— Știi de ce-am ținut morțiș să te scap, mon vieux?

— Domniei voastre îi vor fi rămas la suflet tablo-
urile mele de la San Luigi dei Francesi, am răspuns,
umflându-mă în pene și crezând că ambasadorul
simțise același lucru ca prietenul Orazio.

De Béthune, care după aceea avea să-mi facă
cinstea de a mă număra printre prieteni, a râs acru.
— Nici pomeneală. Nu mai pot eu de Cointrel și
de plecăciunile pe care i le faceți. Nu, dragă Miche-
lange, am făcut-o fiindcă mi-au plăcut poeziile
alea. Eram cu niște prieteni la Babuino, unde po-
vesteam vrute și nevrute, când ușa s-a deschis și
ne-am trezit cu amicul tău, Borgianni, care flutura
câteva hârtii și părea vesel nevoie mare. În urma
lui, alt prieten tot dintre scandalagiii tăi, fermecăto-
rul Pierluigi Tempesta. Roșii la față și cu ardei sub
coadă amândoi. Le-am făcut semn să se apropie
și le-am cerut hârtiile. Borgianni mi le-a întins cu
o anume părere de rău, de parcă s-ar fi despărțit
de harta unei comori, și a rămas pe loc, așteptând
să i le înapoiez. Am făcut-o, dar abia după ce-am
citit cu voce tare versurile, ca să se înveselească și
ceilalți meseni. N-a fost un gest foarte cuminte, dar
nici nu cred c-o să fiu rechemat în Franța pentru
atâta lucru. Oricum, am văzut și oameni mai
iubiți decât Baglione al tău.

Din păcate, de Béthune a plecat din Roma cu
un an și jumătate în urmă, iar în locul lui fran-
cezii ni l-au trimis pe François de la Courbette, o
acritură pe care trebuie doar s-o așezi noaptea pe
putină, ca să ai de dimineață murături cât să treci
iarna. Dumitale probabil că ți-ar fi plăcut să stai
de vorbă cu el, meștere. Acum îmi dau seama că,
într-un fel, semănați: amândoi cu grijă pentru
buna-cuviință, amândoi cumpătați de față cu alții, 105

amândoi fără haz, amândoi grijulii să nu vă scape
vreun cuvânt sau vreun gest de care să vă pară rău
mai târziu, amândoi robi ai purtărilor sclifosite.
Dar nu vreau să te supăr, Dumnezeu mi-e martor.
Vreau doar să-ți arăt unde a ajuns și ce i-a fost
dat să trăiască elevului tău care ți-a spus, la
plecarea din Milano, că nicăieri în lume profesorul
nu e mai important decât lecția pe care-o ține.

Așa. Înapoi la Baglione. Se zice despre răzbu-
nare că e arma proștilor, dar stau și mă întreb
uneori dacă nu cumva e mai degrabă a smintiților.
Căci știi ce-a făcut otreapa asta care a urcat pe
scara vieții țesând uneltiri și lingând funduri? S-a
apucat să scrie o carte în care m-a făcut praf. Asta
după ce-a pictat un tablou prin care – cel puțin
așa s-a lăudat prin târg – a dat un răspuns la ta-
bloul meu, Amor Vincit Omnia. *Spune și dumneata,*
cât de plicticoasă trebuie să-ți fie viața ca să în-
chini o atât de bună parte a ei unei răfuieli? Și
cum adică, un tablou ca răspuns la un altul? Ce
înseamnă asta, am ajuns să ne duelăm în picturi?
Ei bine, așa se pare. Baglione a pus mâna pe una
dintre pensulele lui din păr de porc (sunt singurele
în care se încrede) și a trântit o plăcintă de culori
cu titlul – să-ți stea mintea-n loc și mai multe nu –
Iubire sacră și iubire profană. *Și mai zice lumea*
că eu nu sunt întreg la cap și că sunt mâncat de
boală. Dacă un teolog ar scrie așa ceva, l-aș în-
țelege. Dar să fii pictor în Roma și să-ți pierzi vre-
mea în felul ăsta... mă rog, nici nu mai știu ce să

spun. Oricum, se pare că purtările lui de miro-
nosiță cu barbă nu vor rămâne fără urmări. Din
câte mi-a spus Del Monte, papa se pregătește să-l
facă nici mai mult, nici mai puțin decât Cavaler
al Ordinului lui Cristos. Pe de o parte, cine se asea-
mănă se adună. Era cu neputință ca Paul al V-lea
să nu-l prețuiască pe gândacul ăsta cucernic, pe
papițoiul ăsta spurcat și necinstit. Pe de altă parte,
dacă Baglione ajunge Cavaler al lui Cristos, am
avut dreptate când i-am spus, cu mai bine de cinci
ani în urmă, marchizului Giustiniani că, la nouă
oameni din zece, la Roma se răsplătesc fățărnicia,
buna purtare și spinarea făcută preș, nicidecum
patima, priceperea și harul. Dacă vrei dovezi, meș-
tere, uită-te la opera ultimilor doi pictori primiți în
rândurile Cavalerilor și-o să te lămurești. Domenico
Passignano e un nevolnic despre care știe toată
lumea că se zgârcește la vopseluri și că pictează
repede, neîngrijit și cu mintea doar la gologanii
primiți pentru comenzi. În ce-l privește pe Lodovico
Cardi, zis și Cigoli, știe oricine că împingerea lui
printre Cavaleri are la temelie prietenia strânsă cu
Galilei, nu altceva. Aproape că mă bucur că la
mine nu s-a gândit nimeni pentru o asemenea
cinstire. Frumos mi-ar fi șezut alături de prăpădiții
ăstia care nu știu altceva decât să strice aerul și să
poarte vorbe.

Și totuși, ce l-a făcut pe Baglione, măgarul ăsta
plesnind de ranchiună, să ceară arestarea mea? Ce
l-a împins să urce gâfâind la palatul guvernatorului, 107

să se uite de sus la amărâții care stăteau la rând
pentru o audiență de trei minute, luându-le-o trufaș
înainte, și să ridice glasul la gărzile care încruci-
șaseră armele în fața lui? Nimic altceva decât trei
poezioare clocite de Gentileschi, pe care le-am șlefuit
apoi, la un vin roșu de Montalcino, cu ajutorul lui
Longhi și Trisegni. Dacă nu-mi joacă renghiuri min-
tea, prima zicea după cum urmează:

Talentul tău e un morman de iască,
O gloabă care nu mai poa' să pască.
Lui Cupidon i-ai tras pe ochi o bască –
N-ajunge că-i croit din carne flască.

Pictura ta e-o ciulama de nuanțe
Pe care și-un slujbaș de la finanțe,
Ascuns printre registre și chitanțe,
Ar face-o mai frumoasă-n șapte stanțe.

Degeaba-ncondeiezi martiri și sfinți.
Oricine-i vede-ți strigă-n față: „Minți!"
Ne-am săturat de pictorași cuminți
Care se-nfig în fleici, deși n-au dinți.

Ne-am săturat de meșterii zugravi
Ce predică, întotdeauna gravi,
Stricându-i pe flamanzi și pe batavi
Cu arta lor de cintezoi suavi.

Dumneata ai fi bătut la ușa stăpânirii pentru
așa ceva? Ai fi găsit de cuviință să cerșești ascun-
derea mea de lumina zilei pentru o poezioară mâz-

gălită la umbra cănii de rubiniu? Nu, vezi bine că nu. Te-ai fi încruntat ca la vederea unei Madone cu mustăți, m-ai fi dojenit și ți-ar fi trecut. Ei bine, Baglione n-a lăsat lucrurile așa, fapt care mă face să cred că versurile noastre, așa stângace cum erau, l-au durut al naibii. Nu numai că m-a pârât guvernatorului, dar a încercat în toate felurile să-i ridice pe pictorii romani împotriva mea pentru – stai să-mi amintesc cum a zis... da, asta e! – pentru „amenințarea ascunsă cu perfidie în spatele tendințelor laicizante din tablourile religioase".

Grija pentru ochiul privitorului, de care vorbesc întruna cădelnițătorii scopiți din Roma, e fățărnicie și nimic altceva. Vezi Doamne, poporul e simțitor din fire și nu trebuie speriat prin lucruri greu de privit. Mai mult, când pictezi un țăran la câmp, ai voie să-l zugrăvești așa cum e, ars de soare și cu omoplații lucind, dar dacă pictezi un sfânt sau un personaj biblic, trebuie să-l faci din fum și abur. Or, așa ceva nu se poate, oricât s-ar da peste cap unii și alții. Adevărul este că mă învârt într-o lume prefăcută, meștere. O lume prefăcută și tâmpită. Până și Il Cerriglio, altădată o cârciumă cum scrie la carte, a ajuns un popas al sclifosiților. Dacă i-ai auzi ce le coace mintea despre pictură, te-ai lua cu mâinile de cap. Ca să nu mai pomenesc de frații Federico și Taddeo Zuccari, doi nătângi care-au întemeiat un fel de club la ei acasă, la câțiva pași de Trinita dei Monti, unde gașca lui Baglione se adună de două ori pe săptămână ca să bată câmpii. 109

Sunt oameni care habar n-au de căderea luminii,
de unghiuri sau de felul cum se adună umbra în
colțul unui tablou, dar se reped cu o dușmănie bol-
navă asupra oricui încearcă să aducă lucruri noi
în pictură. Nu poți să le spui că tabloul trebuie să
respire aerul vieții, fiindcă imediat se încruntă la
tine și te alungă. De pildă, după ce-am isprăvit Tri-
șorii, *am fost învinovățit că vreau să stric ce făcu-*
seră alții, cu voie de la stăpânire, dacă-ți vine să
crezi. De parcă arta ar trebui să stea sub clopotul
unui singur fel de-a gândi, de parcă noi, pictorii,
am fi nevoiți să folosim calapoade, ca la pantofi.

Nu ești curios să citești și a doua poezie închi-
nată lui Baglione? Cunoscătorii susțin că e ceva
mai slabă decât prima, dar n-are a face. Uite-o:

> *Ocrotit de Clement și de Paul,*
> *Cu talent cât porcul care scurmă,*
> *Ești berbecul pitulat în staul*
> *Și hrănit cu spiritul de turmă.*
>
> *Cap de oaie, frunte de nisetru*
> *Și curaj de iepure zburdalnic.*
> *Poate o să te-ajute Sfântul Petru*
> *Să slujești în bolgii drept paharnic.*
>
> *Viața ta, un lung prilej de bârfă.*
> *Opera? Condei aflat în doliu.*
> *Șarlatan cu-apucături de târfă,*
> *Cumpără-ți mai bine un lințoliu.*

Să nu uit. Ai văzut tabloul prin care Baglione dă, chipurile, răspuns la Amor Vincit Omnia? *Mai mare râsul. În primul rând, se vede cât de colea că, fără să vrea, zăludul mi-a furat tehnica de-a dobândi contraste. Și are aceleași tușe. Sigur, dacă-l întrebi, nu recunoaște nici să-l pici cu ceară, spre deosebire de Orazio și ceilalți prieteni ai mei, care sunt onorați să mă poată imita. În al doilea rând, ranchiuna țâșnește din pânza lui ca uleiul încins din tigaia fără capac. În aiureala asta de tablou, pe care umblă vorba că pizmașul vrea acum să-l vândă familiei Barberini, dragostea sacră, adică îngerul, se pune la mijloc și întrerupe taifasul dragostei profane cu Diavolul. Dragostea profană e un Cupidon care stă tolănit, cu fața spre îngerul pe care-l vede abia atunci și despre care poți să juri că-i fată, pe când Necuratul cine crezi că e? Ai ghicit, eu. Capul Diavolului e capul meu, atâta cât s-a priceput Baglione să-l redea. Te întreb, ce poate să însemne o asemenea încropeală? Și cum mai ai obraz să terfelești pictura altora când, vrând să-ți iasă ceva bun de sub penel, te trezești în loc cu o mâzgăleală vrednică de plâns?*

Multă vreme am pierdut cu măscăriciul ăsta. Prea multă. Nici n-are rost să-ți mai zic de a treia poezioară, mai ales că nu se deosebește de celelalte. Să ne întoarcem la lucrurile cu adevărat însemnate. Îți spuneam că am început să lucrez la Acherontia. *Nu-i deloc o treabă ușoară, să știi. La o pânză cu patru, cinci sau șase personaje, ai mai multe soluții de atragere a ochiului: felul cum cade lumina pe creştetul unui copil, muşchii unui luptător, privirea unui martirizat, arma ridicată a soldatului, fericirea unei mame, lacrimile unei fete deznădăjduite, asprimea unui episcop. Când piesa principală (de fapt, singura) a tabloului e o insectă, lucrurile sunt mult mai grele. Să ştii că am început să caut prin cărţi, să văd planşe cu fluturi, să-i întreb una şi alta pe cei ce se pricep. N-aş fi vrut să ajung la aşa ceva, la lucruri care mi se par nefireşti pentru pictură, dar n-am avut încotro. Am descoperit nu demult că s-a scris un atlas al fluturilor întocmit de doi naturalişti genovezi. Am făcut rost de el şi nu trece zi fără să-l cercetez, cu uluirea ţâncului care dă peste o mărgea colorată în nisip, găsind mereu soiuri despre care nici nu ştiam că există.*

Un singur lucru mă pune pe gânduri şi mă face să mă întreb dacă nu cumva povestea asta ascunde taina unei cumplite predestinări, pe care n-am puterea şi nici harul s-o dezleg.

Înainte, ori de câte ori pictam ceva legat de moarte, visam un fluture negru.

Acum, după fiecare zi în care lucrez la Acherontia, *visez ceva legat de moarte.*

Desluşeşte-mi ce vrea să zică asta, meştere, dacă poţi. Trebuie să mă grăbesc? Să dorm şi mai puţin ca să lucrez şi mai mult? Se strânge funia? Sau e doar parte din jocul divin-drăcesc al întâmplării?

Cineva, nu mai ştiu cine, m-a numit „pictorul nopţii veşnice". Tare aş dori să-l întâlnesc.

Copil muşcat de guşter

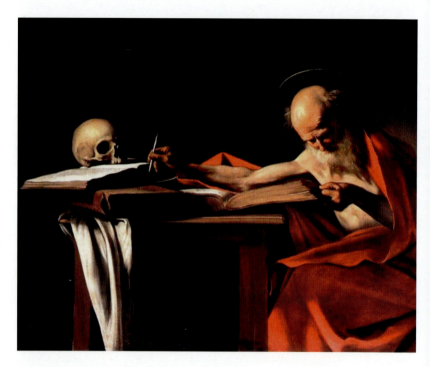

Sfântul Ieronim

Sfântul Ioan Botezătorul

Bacchus adolescent

Răstignirea Sfântului Petru

Convertirea Sfântului Pavel

Iudit și Holofern

Băiat cu un coş cu fructe

Coş cu fructe

Amor Vincit Omnia (Amorul triumfător)

Ghicitoarea

Sacrificiul lui Isaac

Meduza

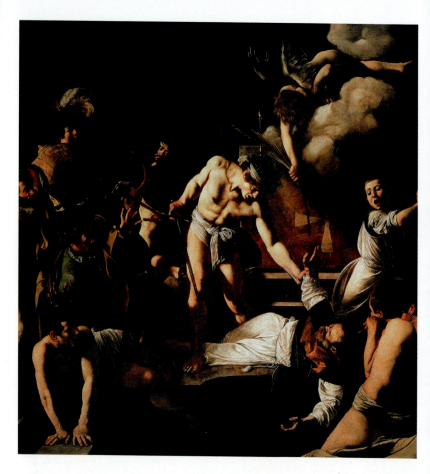

Martiriul Sfântului Matei

Moartea Fecioarei

David ținând capul lui Goliat

5

Osteria del Moro ținea deschis până spre zori, cum îi erau obiceiul și faima. Cei cinci tineri așezați la o masă mare din colț, în jurul tăvilor cu fleici prăjite, râdeau fără să țină seama de oamenii care se uitau la ei de la celelalte mese. În hohotele lor se oglindea veselia mereu înnoită a Romei. Localnici și străini deopotrivă trăiau vijelios, iar glasurile dinăuntrul caselor cu pereți coșcoviți se auzeau până spre dimineață, împletite în cântece de dragoste și dezmăț. Cârciumile aproape pustii cu un sfert de an mai devreme își chemau din nou mușteriii. Împăcată cu stăpânirea apăsătoare a lui Paul al V-lea, dar hotărâtă să nu mai abdice niciodată de la trăirea clipei, cetatea părea mai pregătită ca oricând să-și respingă dușmanii și să-și cinstească prietenii. Dansurile noptatice din jurul fântânilor, hârjonelile din Esquilin sau Campo dei Fiori, piesele de teatru din piețe, la care căsca gura pleava Romei, și drumurile dese la tractirele de la Trevi sau Viminale arătau cât de mult se plictisiseră romanii de plictiseală și cât de grabnic doreau să-și vopsească la loc traiul în culorile de care prinseseră drag. Faptul că orașul lor ajunsese un fel de nou Ierusalim nu părea să le tulbure planurile. Cât despre felul cum se străduia catolicismul să le înăsprească jugul, asta le mărea cheful de tăvăleală, în loc să-i preschimbe în momâi evlavioase și nevolnice.

Toate drumurile duceau la Roma, iar Roma își deschidea toate porțile. De aceea nu se mira nimeni când găsea prunci părăsiți la colț de stradă și urlând de foame, cerșetori cotrobăind prin gunoaie, pungași buzunărindu-i pe nevinovați la înghesuială, spadasini gata să împlinească răzbunări în schimbul unui pumn de scuzi. Primejdie, carne tare, cuțităreală – acestea erau noile cuvinte de pe fruntea orașului. Departe de iatacurile cu așternuturi de mătase, între care femei cu viața adunată în cearcăne pitulau cărticele neîngăduite și porcoase, pâlcurile de pini de pe coline adăposteau grozăvii. Ulițele erau pieptănate fără odihnă de ochii nou-veniților puși pe căpătuială. Romanii se mutaseră într-un fagure de mirosuri tari și ajunseseră o împestrițeală de meșteșugari, târfe, preoți, condotieri, mercenari, escroci, dansatori de trei minute, hoți de buzunare, panglicari, pomanagii, ghicitori în stele sau în palmă, duelgii cu chef, șarlatani și cartofori. Oameni fără rost se scurgeau spre oraș într-un nesfârșit drum al deznădejdii, dornici să găsească aici tot ceea ce nu li se dăduse în locurile de baștină. Cine se cufunda în întuneric și nimerea peste un vagabond înfruptându-se din hoitul unui câine își făcea cruce, iuțea pasul și nu întorcea capul. Cine găsea copii bâzâiți de muște și adulmecați de ciori în vreun cotlon de ulicioară mulțumea proniei că micuții lui aveau acoperiș deasupra capului și pâine până a doua zi. Câteva sute de pași mai încolo, soldați ale căror pipăieli erau respinse de târfele orașului le aruncau acestora noroi, pietricele sau crengi înfrunzite în ferestre și dezlănțuiau asupra lor puzderie de cântece spurcate. Coșmeliile înălțate lângă mausoleul lui Augustus tocmai pentru preotesele trupului nu cunoșteau liniștea decât între mijirea zorilor și prânz.

Pe cât de adâncă era jalea din locurile sărace, pe atât se însuflețeau birturile și hanurile, semn că nici măcar posomoreala adâncă a lui Paul al V-lea nu izbutise să usuce sufletul orașului. Ușile cârciumilor erau împinse de oricine adunase ceva peste zi, dar primii la zaiafet erau artiștii de toate felurile și mai cu seamă pictorii. Vinul gâlgâit nu dădea numai semeție, ci și poftă de arțag și de măscări aruncate în gura mare cui se nimerea. Nu puține erau serile când chefurile sfârșeau în pălmuiri și dueluri. A doua zi, pe ploaie, pe ceață sau pe soare, după ce mahmureala își lua gheara de pe cheflii, mulți se înapoiau în ateliere, își potriveau penelurile, își îmbinau culorile, își meștereau uleiurile și apoi zugrăveau pe pânză ceea ce văzuseră cu o seară înainte: mahalagioaice puhave și roșii în obraji, bucătărese cu sudoarea prelingându-li-se pe plite, cavaleri întărâtați până și de ideea respingerii, mistici prefăcuți,   117 slujnice gata să se lase pipăite pentru un ban încercat șăgalnic între dinți, jucători de cărți care te înșelau privindu-te în ochi, derbedei atrași de zumzetul din piețe. Alături de pictorii de prin partea locului găseai, în spatele ușilor neîmpodobite ale atelierelor, străini veniți din Franța și Olanda, bașca o droaie de tinerei dornici să scape de piedicile din Chiusi și Mantova, din Parma și Orvieto, din Piacenza și Forlì.

Petrecerile de la Osteria del Moro se înlănțuiau sălbatic în acest sfârșit de toamnă, ca și cum chefliii s-ar fi înțeles să-și scoată pârleala pentru timpul în care nu se mai văzuseră, fiind plecați care încotro cu treburi. Osteria del Moro avea o singură surată în ale cârciumăritului, unde bairamurile durau la fel de mult, chit că lucrurile despre care se vorbea erau mai puțin lumești decât s-ar fi așteptat vreun martor nevăzut. Crâșma se numea Il Cerriglio și era locul unde se întâlneau de obicei pictorii din afara Romei: bergamasci sătui de mohoreala Lombardiei, venețieni curioși să învețe orice de la oricine, piemontezi măcinați de mândrie, florentini scandalagii, bolognezi cu mintea căznită la Accademia degli Incamminati și prinsă în cleștele învățăturilor lui Lodovico Carracci. Însă nimic nu era pe măsura taifasurilor udate cu vin de la Osteria del Moro, în Trastevere, printre casele ținute sub bici de vânturile iscate pe Mediterana, unde hangiii se țineau treji cu fierturi băute pe furiș, ca să rămână în slujba mușteriilor fără urmă de osteneală sau nervi. Chiar și în puținele zile când orașul lâncezea, treburile de acolo nu cunoșteau răgaz. Iar trei dintre cei cinci prieteni de pahar adunați la Osteria del Moro strângeau bani nu doar așternând culori pe pânză, ci și cutreierând Italia sau Franța ca să vândă bijuterii și arme ușoare pentru domnițele care se simțeau în primejdie sau pentru dezamăgiții care ardeau să-și facă singuri dreptate. Pierluigi Tempesta, Angelo Caroselli și Orazio Borgianni petreceau luni de zile departe de Roma, și tocmai de aceea întoarcerea la matcă trebuia sărbătorită cu zgomot, căni date de pereți și cântece mustind de spurcăciuni.

Ceilalți doi meseni, Orazio Gentileschi și Bartolomeo Manfredi, lipseau rareori din oraș, alegând să-și facă mâna în tablouri pe care se fereau să le vândă cuiva, în loc să cutreiere prin orașe în care nu cunoșteau pe nimeni. De aproape trei ani, de când i se născuse drăgălașa Artemisia, Gentileschi era destul de greu de scos din casă. Manfredi, în schimb, așa copil cum era, căci abia împlinise optsprezece ani, ar fi putut sta singur în orice cârciumă din oraș, turnându-și de băut ore în șir și vorbind cu sine însuși dacă nu găsea însoțitor. Și totuși, grupul cheflilor nu era întreg. Doi dintre pictori lipseau. Onorio Longhi fusese chemat la căpătâiul unei mătuși pe punctul de-a muri, care avea bunătatea de-a se stinge tocmai când nepotului îi crăpa buza după bani. Cât despre Michelangelo Merisi, acesta rătăcea undeva „între sacru și profan", așa cum scrisese cândva despre el cardinalul Paravicini, în încercarea de-a i-l înfățișa în culori plăcute monseniorului

Paolo Gualdo din Vicenza. Asta însemna că Merisi tocmai pictase o nouă Madonă ce luase chipul unei fufe care se învoise apoi să-și deschidă picioarele sub el, astupându-și nările pe ascuns, ca să n-o ia cu leșin din cauza putorii.

— Între sacru și profan? Chiar așa a scris? Haida-de, pufnise Gentileschi cu ceva timp în urmă, când cuvintele cardinalului îi ajunseseră din întâmplare la urechi. Ce să spun, Miché și sacrul. De unde-o fi scos-o pișicherul bătrân?

Lipsa lui Longhi de la masă era mult mai ușor de trecut cu vederea decât a lui Merisi, cu toate fasoanele și ieșirile furioase ale acestuia din urmă. De câtăva vreme, pictorii adunați la Osteria del Moro alcătuiau un grup pe care romanii îl botezaseră *Caravaggeschi*. Aceștia nu admirau doar clarobscurul din tablourile lui Merisi și hotărârea cu care lombardul dădea de pământ cu manierismul și cu pictura tradițională, predate în academiile de artă, ci în primul rând felul de-a fi al acestui ins căruia îi plăcea să se ia de piept cu toți. La treizeci și patru de ani, Miché al lor se lăuda cu un trecut aflat doar la îndemâna răufăcătorilor vestiți sau a ucigașilor urmăriți de poteră, pe capul cărora se pusese preț. Tot atunci însă, influența lui asupra altor pictori era deja copleșitoare. Erau cu toții la unison, oricâte neînțelegeri ar fi avut cu Merisi: când lăsa cana cu vin sau spada și punea mâna pe pensulă, era alt om. Nimeni nu știa unde învățase felul de-a adăuga adâncime unor tablouri care până la el avuseseră

120

doar ceea ce le cerea tradiția. „Basoreliefurile pe pânză" de care vorbise cu invidie în glas Borgianni în timpul unui chef la parterul unui tractir erau fără seamăn în Roma barocă a începutului de veac. Miché nu dezvăluise nimănui de unde își trăsese gândul. Singurul care o bănuia era gazda lui din ultima vreme, monseniorul Francesco Del Monte, care-l văzuse de câteva ori zgâindu-se la sculpturile care împodobeau grădina și curtea interioară din locuința bunului său prieten, marchizul Vincenzo Giustiniani.

— Cinstiții domni mai doresc ceva? vru să știe binevoitor stăpânul Osteriei del Moro, uitându-se în jur după ospătari și gata să pocnească din degete ca să-i aducă stol la masa pictorilor.

— Niște vin și-o lămurire, don Enzo, răspunse Caroselli, adunând cu grijă firimiturile de pe masă și azvârlindu-le apoi pe fereastră, pentru vrăbiile care ciripeau nerăbdător.

Enzo așteptă răbdător, cu un zâmbet tencuit pe figură.

— Unde e și ce face blonda lui Miché?

Pictorii se puseră din nou pe râs, mai mult din cauza mutrei buimace a crâșmarului decât fiindcă ar fi vrut să știe ceva despre soarta Fillidei Melandroni.

— Cu părere de rău, dar nu-mi e dat să știu, rosti acesta ușor înțepat.

— Hai, jupâne, se aprinse Manfredi, cu fierbin-țeala obișnuită a celui mai tânăr dintre meseni. Și-un țânc de patru ani știe că, dacă vrei să afli ceva, nu

121

te duci nici la chestură, nici la ghicitoare. Cei care au habar de tot ce mișcă în oraș sunt cârciumarii și curvele.

— Atunci de ce nu merge domnia voastră la curve? i-o întoarse mieros don Enzo.

— Cer bani și-au vin mai prost ca al dumitale, jupâne.

Alte râsete înecară răspunsul lui Manfredi, înainte ca Pierluigi Tempesta să mai ceară două carafe de rubiniu. În voioșia lor noptatecă, patru dintre cei cinci *Caravaggeschi* nu văzuseră zvâcnetul scurt al unui mușchi pe fața lui don Enzo când auzise întrebarea lui Caroselli. Singur Gentileschi își dăduse seama că jupânul ar fi ales să vorbească despre vreme sau despre grânele de pe câmp în loc să dea vești despre Lide. Iar asta însemna că modelul lui Miché, mâța aia blândă care zgâria rău, punea ceva la cale, jupânul Enzo o acoperea, iar Miché nu știa nimic.

Într-un târziu, venețianul izbuti cu părere de rău să-și mute ochii de pe pieptul fetei. Șănțulețul dintre sâni, în care se odihnea un Crist fără îndoială fericit, îl atrăgea ca mirosul de carne friptă pe motani. Încercă să-și închipuie cum i-ar sta călărind-o pe blonda asta cu ochi viorii, dar se stăpâni când își dădu seama că începeau să-l strângă pantalonii. Se rugă să nu fie silit să se ridice în clipa aceea – Lide ar fi râs, fără doar și poate, de răzvrătirea piezișă a mădularului.

122

Carlo Saraceni se număra printre *Caravaggeschi*, iar priceputii în ale picturii își dăduseră seama că folosirea clarobscurului era aceeași cu a maestrului. În plus, deși nu făcea parte din grup, spunându-se despre el că ar fi fost „un artist de mâna a doua de primă clasă", nutrea pentru Merisi o admirație care ajunsese la forme aproape nebunești. Venetianul nu era nici pe departe singurul imitator al lombardului, dar nici unul dintre ceilalți nu se ticnise în asemenea hal. Ceea ce la alții era dovadă de pretuire la Saraceni se preschimbase în boală. Venetianul își dăduse de pomană hainele frantuzesti pe care le cărase cu el de la Veneția la Roma, pe când dorea să pară un ins școlit la curtile înalte ale Parisului, cu toate că nu călcase în viata lui pe acolo. În schimb, se uitase la felul cum se îmbrăca Merisi și începuse să-și aleagă haine de acelasi fel. Cei opt ani diferentă dintre ei nu se mai vedeau nici de departe, nici de aproape. Singura deosebire ținea de miros. Dacă veșmintele lui Merisi miroseau a sudoare, a vin trezit și a uleiuri amestecate, din hainele lui Saraceni ieșeau miresme care bucurau nările. De la o vreme însă, venetianul nu se mai atinsese de flaconul cu parfum, preferând să-și lase straiele să se îmbibe de izurile și zemurile propriului său trup tocmai pentru ca asemănarea cu Merisi să fie deplină. Mai mult, el începuse să caute pricină prin cârciumi și grădini, să-i scoată din sărite pe trecătorii în care bănuia fie și un fir de obrăznicie sau să facă prăpăd prin tractirele Romei. Nu-i 123

dăduse prin cap că poate tocmai de asta nu era
îngăduit în grupul de prieteni şi de admiratori ai lui
Merisi. Nu pricepuse că tocmai prețuirea nemăsu-
rată pentru lombard îl făcuse cândva pe Orazio
Gentileschi să-l declare „cel mai original imitator
din câți mi-a fost dat să văd".

Acum Saraceni stătea într-o rână pe un divan pră-
pădit şi-o asculta pe Fillide Melandroni, nevenindu-i
să-şi creadă urechilor.

— Eşti singurul care ar putea s-o facă, rosti cu o
voce rugătoare tânăra, mişcându-şi pieptul în aşa
fel încât noi săgeți ale poftei să se înfigă în trupul
veneţianului.

— Stai un pic, frumoaso, poate n-am auzit bine.
Fă-mă să-nțeleg, te rog. Vrei să mă dau drept Merisi?

Lide încuviință din cap şi îşi stăpâni un surâs când
văzu uluirea întinzându-se pe chipul veneţianului.

— O singură dată. Atât. O zi. Sau două.

— Dar de ce? se minună Saraceni. Ai de gând să
faci o farsă cuiva?

Tânăra se apucă să-i povestească, respingându-i
încercările de-a o întrerupe cu gesturi scurte – „Aş-
teaptă să termin" – şi ducându-şi la capăt gândul
sub ochii tot mai neîncrezători ai pictorului. Două
minute mai târziu, Saraceni îşi trecu mâinile prin
păr şi simți nevoia să îngaime:

— Ce te face să crezi c-aş putea să intru în pie-
lea lui?

— Oricum o faci deja de ceva vreme, răspunse
124 Lide. A văzut toată lumea, nu doar eu. Dac-aş putea

să pătrund în căpșorul ăla al tău de escroc vene-
țian, aș afla că, după mintea ta, chiar *ești* Merisi.
Poftim, ai prilejul să joci rolul pe care ți-l doreai de
atâta vreme. Ia-ți inima-n dinți și spune „da", Carlo.
La urma urmei, nu riști mare lucru. Și, crede-mă,
o să te veselești cum nu te-ai mai veselit vreodată.
Pentru asta pun capul jos.

Când voia să fie convingătoare, Lide strecura în
glas o căldură căreia nu i s-ar fi putut împotrivi nici
un eunuc surdo-mut. Saraceni mai furișă o privire
spre pieptul bogat al fetei, își înghiți nodul din gât
și întrebă ușor răgușit:

— Și cu ce m-aleg?

— În nici un caz cu ceea ce visezi când mi te uiți
în țâțe. Dar uite, o să-ți pozez pe degeaba pentru
primul tablou, dacă vrei. După ce m-ai văzut în pân-
zele lui Miché, nu mă-ndoiesc că te roade gândul
să-ți încerci și tu puterile. Însă pentru asta avem
destul timp. Uite ce-i, Carlo. Miché vrea să apere
pictura așa cum o vede el. Vrea s-o țină departe de
mironosițele în nădragi care se închină la sfinți și
la chipurile vestite ale Antichității. Din ce-am auzit
și mai ales din ce-am văzut, ești de partea lui Miché
și-a gândurilor lui. Păi atunci, dacă tot ții atât de
mult la el, nu crezi c-ar fi timpul să-i dai o mână
de ajutor?

— Îl ajut, cum să nu, dar ce vrei tu e-o aiureală.
Ce Dumnezeu, doar n-am dat în mintea copiilor!

Lide îl prinse de mână pe Saraceni și-l privi cu
un aer în care începea să se închege nemulțumirea. 125

— Văd că pricepi greu, Carlo. Crede-mă, n-avem chef de renghiuri – nici eu, nici Miché. De altfel, el nici nu știe că sunt aici, cu tine.

Fata văzu neliniștea de pe chipul venețianului și se grăbi să-l liniștească.

— Nu-ți face griji, nu vine după tine cu sabia scoasă. În atâția ani, n-a fost niciodată aici. Doar eu mă duc la el la atelier, el nu dă pe la mine. Și oricum, habar n-are de-ntâlnirea noastră.

Saraceni încă nu știa foarte bine cum stăteau Fillide Melandroni și Merisi. Dacă zăpăcita asta fugită din Siena era doar modelul lombardului și nimic altceva, el, unul, ar fi făcut o încercare. Sigur, nici un om întreg la cap n-ar fi visat să-și petreacă toată viața cu o târfă și nici fetele vesele de pe stră-zile Romei nu s-ar fi legat la cap fără să le doară. Dar venețianul bănuia că Lide nu era doar un model grozav, ci și o desfrânată cum nu erau multe. Un an-doi lângă o asemenea frumusețe nu i-ar fi stricat. Și oricum, dacă tot trebuia să joace rolul lui Merisi, măcar să se aleagă și cu bucățica asta îmbietoare, din care cu siguranță că lombardul se înfruptase pe îndelete. Ia uite, cum stai lâng-o nebună, cum o iei și tu pe miriște, se certă pictorul, zâmbind ca pentru sine și mișcându-și ușor sprâncenele. Își schimbă felul în care stătea pe divan și-și mai propti o dată ochii în pieptul târfei.

Lide nu mai avea mult și-și pierdea răbdarea. Știa că bărbații trebuiau luați cu binișorul și că adese-ori, în fața unei femei frumoase, se despărțeau de dreapta judecată. Totuși, tare-ar fi vrut ca venețianul să fie mai grijuliu la ce-i ieșea din gură decât la ce i se ghicea sub cămașă.

— Singurul fel în care poți să le-arăți nătărăilor ăstora că n-au dreptate e batjocura, spuse ea. Doar așa îi miști din credințele lor de cremene. Ei bine, la asta vreau să mă ajuți. Aș ruga pe altcineva, Carlo, dar n-am pe cine. Zău, ești singurul în stare să-l maimuțărească pe Miché în așa fel încât să nu-și dea seama nimeni. Numai tu poți să fii dublura lui.

— Dublura lui, îngână Saraceni, încă nevenindu-i să creadă că Lide nu glumea.

— Dacă-ți joci rolul așa cum am văzut că poți, n-ai cum s-o zbârcești, îl încurajă ea.

Pictorul se ridică de pe divan și se apropie de fereastră. Se uită pe strada răcorită de ploaie și la negustorii care își strângeau mărfurile din piață și le îngrămădeau grăbiți sub coviltirele căruțelor. Un trăsnet făcu să geamă cercevelele. Ploaia se întețea de la o clipă la alta și ceea ce păruse a fi o binecuvântare după arșița amiezii amenința acum să se preschimbe în năpastă. Două fete trecură în goană pe sub geam, acoperindu-și capetele mai mult de lumina fulgerelor decât de perdeaua de apă căzută din cer. Saraceni se înfioră de poftă la gândul că urgia de afară îl făcea ostatic acasă la Lide. Ce-ar mai fi vrut s-o frământe acum pe blonda asta zurlie, cu stropii furioși pisându-i geamurile și cu tunetele bubuindu-i în urechi mai ceva ca dorința. Și-o închipui dezbrăcându-i-se agale sub ochi, clipind   127 jucăuș și chemându-l alături de ea pe divan. Când se întoarse cu fața spre odaie, o văzu tot așa cum o lăsase, urmărindu-l cu un aer întrebător.

— În fond, nici nu-i mare lucru, Carlo. Trebuie doar să tragi o păcăleală câtorva inși.

Venețianul fornăi ca un cal care vede o năpârcă pe cărare.

— Inșii ăștia au bani să cumpere Roma, prințeso. Bani, putere și tot ce trebuie. Îți dai seama că, dacă se supără, mă lasă fără pâine? Ce fac atunci, m-apuc de cerșit? Îmi dai tu masă și casă?

Lide își învârti pe arătător o buclă căzută pe frunte și ridică din umeri.

— Gândește-te că i-ai face un bine lui Miché.

— Și un rău mie însumi. Mulțumesc.

Tânăra se ridică de unde stătea și se înfipse în fața pictorului. Lumina jucăușă de mai devreme îi fugise din priviri, iar în locul ei bărbatul citi ceva ce semăna neplăcut de mult cu disprețul.

— Atunci nu-l mai maimuțări prefăcându-te că nu mai poți de dragul lui, Carlo. Fii pictorul Saraceni, nu umbra din carne și oase a lui Merisi. Croiește-ți drum prin ce faci, nu prin cine imiți. Vezi-ți de viața ta și nu te mai cățăra pe-a altora.

— Stai, stai puțin…

— M-am săturat de lipitorile care vor să fie luate drept oameni, se mânie Lide. Te-mbraci ca Miché, duhnești ca el, cauți sămânță de scandal ca el, pictezi ca el. Sau, mă rog, așa crezi. Dar când vine cineva

și te roagă să-ți folosești însușirile astea pentru un

scop de ispravă, dai înapoi ca ultimul laș. Să-ți fie rușine. Gata, m-am lămurit cu tine. Pleacă de-aici și să nu te mai văd.

Saraceni îi prinse mâinile într-ale lui. Erau calde ca ale unei bucătărese care tocmai scosese plăcinta din cuptor. Calde, uscate și neliniștite.

— Nu dau înapoi. Dac-am spus c-o să-l ajut pe Miché, n-o să-mi iau înapoi cuvântul. Venețienii sunt oameni de încredere.

Lide auzise cu totul altceva despre ei, dar își opri părerea în gâtlej.

— Doar două lucruri mai vreau să te-ntreb, adăugă Saraceni.

— Ascult, spuse fata.

— Primul: care e cel mai neplăcut lucru care poate să mi se-ntâmple?

Lide râse ușor.

— Să vezi cum trăiesc câțiva dintre nobilii Romei și să te pocnească invidia. Altceva, nimic. Fii pe pace, n-o să vrea nimeni să se răzbune pe tine. Dac-o să se facă de râs, așa cum m-aștept, n-o să știe cum să acopere mai bine toată povestea. Ai dere, e un plan bun, zise ea, trăgându-și în fine mâinile din ale lui Saraceni.

— Ceea ce mă aduce la a doua întrebare, rosti acesta. Cine s-a gândit la povestea asta?

Lide clătină din cap, cu aerul unei întristări neprefăcute.

— Asta nu pot să-ți spun, Carlo. Nu te supăra, am jurat că-mi țin gura. În orice caz, e vorba de-un om cu scaun la cap.

129

Saraceni se strâmbă.

— Dacă mă-ntrebi pe mine...

— Nu te-ntreb.

Bărbatul rămase cu gura deschisă, parcă mirat că nu fusese lăsat să-și ducă vorba la capăt. După câteva clipe de muțenie, vorbi din nou.

— Și cu Merisi cine vorbește?

— Asta-i a treia întrebare, socoti Lide. Dar îți răspund: o să vorbesc eu.

— Crezi c-o să-l lămurești?

Fata zâmbi cu tâlc și-l întoarse pe venețian cu fața spre ușă. Saraceni făcu trei pași, dar apoi se răsuci pe călcâie și se opri în loc. Se căznea să-și pună ordine în gânduri și să adâncească planul pe care-l auzise din gura Lidei. Fata nu era în toate mințile, asta era limpede pentru oricine stătea mai mult de trei minute cu ea. Arzuie și frumoasă de pica, dar zdruncinată rău, ca în toate familiile de viță nobilă unde neamurile se căsătoreau între ele și făceau copii nedoriți de nimeni – când le era lumea mai dragă, apărea câte-un ciudat pe care nu mai știau cum să-l pitească. Deși n-o spusese cu voce tare, Saraceni credea cu tărie că planul cu pricina ieșise din mintea fetei. Povestea cu tainicul uneltitor din umbră era praf în ochi, fără doar și poate. Lide, cum spuneau hâtrii prin piețe, avea minte multă, dar nu toată bună. Altminteri, de ce-ar fi vrut o fată care primea totul pe tavă la Siena să plece din tihna unui conac toscan și să-și câștige pâinea vânzându-și farmecele cui se nimerea? Venețianul clătină din cap.

A pătrunde în mintea unei femei era la fel de greu cu a mâna o căruță pe un drumeag desfundat de ploile toamnei.

Afară potopul se potolise, iar soarele spărsese deja pătura de nori, grăbit să încălzească la loc orașul. Lumina de culoarea mierii se întorsese în încăperea de unde fusese alungată cu mai puțin de o oră în urmă. Blândețea ei și frumusețea Lidei păreau să aștepte doar penelul în stare să le topească una într-alta pe pânză.

— Ia spune, când îmi pozezi? Ai promis, o luă repede Saraceni.

— De îndată ce duci la-ndeplinire planul. Mai devreme nu, că iar începe să-ți umble mintea la prostii.

Venețianul se lăsă păgubaș. Nebună-nebună, dar știa ce voia. Părăsi casa fetei, uitându-se la stânga și la dreapta pe străduța pe care tropotitul copitelor suia pe ziduri și bătea în ferestrele adormite. Își privi hainele care erau aidoma celor ale lui Merisi și se gândi că, dacă l-ar fi văzut cineva ieșind atunci din casa scorojită a târfei, ar fi fost foarte mirat. Lide tocmai îi spusese că lombardul nu-i călcase pragul niciodată.

Timp de o zi, Carlo Saraceni trebuia să intre cu totul în pielea lui Michelangelo Merisi. Un venețian imita un lombard în inima Romei – asta da ciudățenie. Dar așa era planul și nu se îngăduia abatere. Mirosind ca Merisi, vorbind ca el și semănând bucățică ruptă, discipolul trebuia să ceară să fie primit de o parte din marii dușmani pe care-i avea Miché

131

în rândul preoțimii și al nobililor. În fața fiecăruia, el avea de jucat același rol: să stea cu ochii plecați, să-și recunoască nebuniile artistice și, pentru împăcare, să-l poftească la o masă pe care avea bucuria s-o dea peste o săptămână într-o cârciumă aflată departe de ochii lumii, pe o străduță din Campo Marzio. Saraceni era nevoit să-și folosească întreaga putere de convingere pentru ca nimeni să nu-l respingă sau să pună slujitorii să-l alunge cu bastoane pe spinare. Însă dacă-l juca pe Merisi cum făcea de obicei, venețianul nu avea de ce să-și facă griji – nimeni n-ar fi văzut vreo cât de mică deosebire între original și copie.

Aceasta era prima – și cea mai grea – parte. Partea a doua urma să se desfășoare la cârciumă, o săptămână mai târziu. Saraceni trebuia să stea la unul dintre capetele mesei și să dea impresia că era gazda luminaților oaspeți, pe când locul de la celălalt capăt rămânea gol până spre sfârșit. Din când în când, venețianul avea să se ducă la bucătărie sau la cămara cu merinde, chipurile ca să vadă că lucrurile mergeau strună, iar în locul lui avea să se întoarcă adevăratul Merisi, care până atunci va fi stat ascuns în apropiere și va fi tras cu urechea la ce se vorbea. În acest fel, adevăratul și falsul lombard aveau să-și treacă unul altuia răspunderea bunei desfășurări a ospățului, pentru ca la sfârșit să se ivească împreună, câte unul la fiecare capăt al mesei, spre ceea ce urzitorul planului spera să fie uluiala, furia și deopotrivă stânjeneala invitaților. Marchizul Giustiniani, căci a lui fusese ideea, nu se lăsase descurajat de împotrivelile prietenilor cărora le destăinuise ce avea de gând.

— Zău așa, Vincenzo, prea seamănă a piesă de teatru. În loc de costume ai tacâmuri, atâta tot, îl necăjise amicul său Montalto.

Giustiniani răspunsese fără să stea pe gânduri.

— Departe de Roma noastră, dragă Domenico, în Anglia cețurilor dese, trăiește un bard care mi-ar ține partea dacă m-ar cunoaște. Bardul ăsta, vestit fiindcă nu doar scrie piese, ci și joacă în ele, a spus cândva că „lumea-ntreagă e o scenă, iar noi toți, niște actori". Vezi cum se leagă lucrurile?

Carlo Saraceni nu auzise în viața lui de bardul din Stratford, iar despre Vincenzo Giustiniani știa doar că întorcea banii cu lopata, fără să-i dea prin cap că ar fi fost în stare să joace asemenea renghiuri. Om nu foarte destupat la minte, venețianului îi trebuiseră lămuririle lui Lide pentru a înțelege scopul farsei pe care fusese chemat s-o conducă. Fata i le dăduse cu o anume supărare în glas, întrebându-se dacă discipolul putea într-adevăr să-și imite maestrul și dacă nu avea să se dea de gol.

— Cinstiții nobili o să vadă câte-un Merisi în fiecare cap al mesei. Pricepi, Carlo? În felul ăsta, o să li se dea peste nas fiindcă nu s-au priceput să deosebească între talent și imitație, între original și copie. Și nu oricum, ci având lângă ei pe cineva care poate vorbi oricând. Povestea e simplă. Dacă nu-s în stare să vadă care este lucrul adevărat și care

133

făcătura, cum de mai au neobrăzarea să-și dea cu părerea despre tablouri? Ce dacă-s nobili? După o asemenea păcăleală, ar fi bine ca nimeni să nu mai plece urechea la năzbâtiile lor. Pictura trebuie judecată de cei care-o fac, nu de cei care-o cumpără. Degeaba ai bani dacă-ți lipsesc altele. În fond, poți să dai o avere pe-o aiureală despre care afli, de obicei când e prea târziu, că a fost făcută ca să-i înșele pe proști. Corăbierul din Genova nu le-a dus indienilor perle din caseta familiei, ci mărgele colorate. Iar naivii și le-au smuls din mâini și s-au încăierat pe ele. Acum ai înțeles?

Saraceni înțelesese – sau cel puțin așa spunea –, însă deslușirile lui Lide tot nu avuseseră darul să-l liniștească. Trecând acum prin dreptul prăvăliilor, cu privirile în jos, ca să ocolească băltoacele de pe străzi, el conchise lovindu-și tâmpla cu un deget: O nebună roagă un nebun să imite un alt nebun. Ce ți-e și cu viața asta. Bine măcar că frumoasa cu ochi viorii se învoise să-i pozeze. Măcar atât. De la porcul mistreț era bun și-un fir de păr.

Jupânul Enzo își zorea ospătarii să isprăvească mai repede de strâns. La bucătărie era liniște. Osteria del Moro se închisese până a doua zi spre prânz, când vacarmul și veselia aveau să se întindă iar, de la masă la masă, ca pojarul. Cârciumarul se pregătea să scoată catastiful și să vadă cât de bine încheiasc ziua, când ușa cârciumii se deschise, iar în cadrul ei se ivi unul dintre musafirii care plecaseră printre ultimii. Enzo se miră și nu prea. Se întâmpla destul de des ca vreunul dintre meseni, amețit de licori, să uite ceva de preț sau să se întoarcă pentru o carafă de luat acasă, unde-i căzuse cineva la așternut. Ieși dindărătul tejghelei frecându-și mâinile și făcând o plecăciune mai mult de formă.

— *Signor* Orazio, ce s-a-ntâmplat?

Gentileschi nu părea din cale-afară de voios, deși, cu nici o oră mai devreme, când ieșise din Osteria del Moro alături de ceilalți pictori, sporovăise și cântase în rând cu ei.

— Ciripește-mi unde-i Lide, Enzo.

Cârciumarul vru să dea din umeri, însă mâna pictorului îi apăsă umărul ca și cum ar fi vrut să-i dea de înțeles că frângerea unui os era joacă de copii. Pictorul era o huidumă despre care se spunea că ar fi putut deznămoli un poștalion încărcat fără ajutor de la nimeni.

Enzo se încovoie, gemu neputincios și făcu semn că era gata să vorbească. Pictorul își slăbi strânsoarea și așteptă.

— Nu-i frumos, zău așa. Să vă cheme Gentileschi și să vă purtați…

Cârciumarul nu apucă să-și încheie vorba de spirit, că simți din nou degetele ca niște clești ale artistului.

— Gata, gata, mai glumim și noi. Trag nădejde că barem cu plăpânda Artemisia sunteți mai grijuliu.

— N-am vreme de glume, jupâne, i-o tăie Gentileschi cu un glas ca sloiul pe șiră. Să te-aud, unde-i Lide?

135

Cârciumarul lăsă gluma deoparte.

— S-a dus să se vadă cu un pictor. Un *Caravaggesco* veneţian care s-a oploşit la Roma acum câţiva ani. Vine şi pe-aici uneori, dar nu prea ţine la băutură.

— Cum îl cheamă?

— Carlo. Carlo nu-ştiu-cum. Trebuie să-l fi văzut şi domniile voastre. Zănaticul care-l imită pe don Miché Merisi.

Gentileschi se strâmbă de parcă ar fi mâncat untură de peşte.

— Saraceni? Ce Dumnezeu caută Lide cu papiţoiul ăsta? E-un caraghios fără pereche. A-ncercat o dată să se-aşeze la masa noastră şi i-am făcut vânt. Credeam c-am scăpat de el.

Cârciumarul se scărpină în cap, semn că-i dădea inima ghes să mai spună ceva. Probabil c-ar fi fost mai înţelept să tacă, dar în mulţi spărgători de taine stă cuibărit simţământul că limbuţia lor poate schimba mersul istoriei. Îmbărbătat de privirile lui Gentileschi şi simţind încă arsura de pe umăr, Enzo deschise gura din nou.

— Înainte să-l ia pe maimuţoi, fata s-a mai întâlnit cu cineva. Nu ştiu dacă e vreo legătură.

— Sunt numai urechi, jupâne.

Când Enzo rosti numele marchizului Giustiniani, Orazio Gentileschi se încruntă nedumerit. Asta ce naiba mai era? Marchizul nu trecuse nicicând drept uşă de biserică, dar nici nu fusese văzut ziua în amiaza mare agăţând borfeturi pe străzi. Dacă poftea la giugiuleli, își astâmpăra mâncăriciul departe de ochii lumii, fără să se arate. Nu, hotărât lucru, alta era pricina pentru care Vincenzo Giustiniani găsise de cuviință să stea de vorbă cu Fillide Melandroni. Care era acela, Gentileschi nu știa. Dar ardea de nerăbdare să afle.

— Sper că nu ți-ai bătut joc de mine, Enzo, îi spuse el cârciumarului, înainte de-a deschide ușa Osteriei del Moro și de-a se pierde în faldurile nopții.

— Așa mă cunoaște domnia voastră? se fandosi jupânul, petrecându-l spre ieșire.

— Încep să cred că, deși toți par să se știe cu toți, nimeni nu cunoaște pe nimeni în orașul ăsta, mormăi Gentileschi și își văzu de drum.

6

La unsprezece ani am rămas fără tată, meștere Simone, și multă vreme i-am căutat înlocuitor. (Am crezut cândva că-l găsisem în domnia ta, dar nu mi-a trebuit mult să înțeleg că mă înșelasem.) Acum am aproape treizeci și cinci de ani și caut să fiu eu tatăl cuiva. Te miră, nu? N-ai fi crezut că înăuntrul secăturii fără suflet și fără Dumnezeu care spune lumea că sunt se găsește loc pentru asemenea lucruri. Și totuși, de fiecare dată când îl ascult pe Orazio vorbind despre micuța lui Artemisia, simt că mă încălzesc pe dinăuntru. Și de fiecare dată când îi văd străbătând de mână Piazza Mattei, oprindu-se în mijloc și stropindu-se unul pe altul cu apa din Fontana degli Ephebi, îmi pare rău că nu pot să-i pictez.

Gândurile sunt bune câtă vreme nu încerci să le dai viață. De îndată ce cobori cu ele din raiul unde sunt ținute în pământesc, în praful vieții, te năpădesc părerile de rău. Așa am pățit și eu cu gândul de-a crește pe cineva pe lângă mine – dacă nu un fiu de-adevăratelea, măcar un urmaș în duh și-n pictură. Orazio și prietenii lui alcătuiau 141 un alai de care mă trezisem înconjurat fără să vreau. Însă gândul meu era să cresc pe cineva în care să mă regăsesc cu totul peste ani, cineva care să plece la drum cu zestrea pregătită de mine. Am aflat cu prilejul ăsta ceea ce s-ar fi cuvenit deja să știu după ce trudisem cu atâta sârg la școala vieții: că între dorință și împlinirea ei stau multe primejdii. Socoteala de-acasă nu numai că nu se potrivește cu cea din târg, dar poate să te dea peste cap. Și să schimbe visul în sminteală.

Nu știu dacă am apucat să-ți povestesc despre băieții pe care i-am cules din cârciumi ca să fac din ei modele și pe urmă, când va fi venit vremea, pictori. Am încercat mai mulți, dar până la urmă am rămas cu doi: Mario și France. Pe Mario Minniti am pus ochii la mai puțin de un an de la sosirea mea la Roma, într-o noapte cu tărăboi, farfurii sparte și meseni răniți de cioburi și alungați. (Pe atunci ne strângeam ceva mai rar, căci banii erau puțini, iar faima mea, puțintică.) Eram cu grupul meu de prieteni, care mai de care mai beat, și-l ascultam pe Orazio lăudându-se că avea să facă din Artemisia, abia venită pe lume, cea mai cunoscută pictoriță a Italiei. Fetița era acasă, cu maică-sa, și dormea dusă, fără să aibă habar ce soartă strălucită îi pusese taică-său la copt după ce turnase în el ca-n butoi. În jurul nostru se cădea sub mese, se urla bezmetic și se făceau tot felul de întreceri prostești. În ce ne privește, râdeam cu toții de Orazio și ne încurajam unul pe celălalt să facem și noi fete și să le preschimbăm în rivale ale Artemisiei, când la o masă de alături ospătarul a început să se răstească la cineva. M-am întors și am nimerit cu privirile în căutătura speriată a unui băiat cu o coamă brunetă, care se străduia să-l înduplece pe ospătar să-l treacă în catastif, jurându-se că a doua zi avea să-i aducă banii pentru cana de vin și bucata de friptură.

— Dacă n-ai de-ăi creți pe dungă, ce cauți la cârciumă, copile? l-a certat ospătarul, fără să se sinchisească de îmbujorarea celui din fața lui.

Așa aghesmuit cum eram, mi-au plăcut chipul și sfiala tânărului, și l-am chemat la masa noastră. Am pus mână de la mână, i-am plătit mâncarea și băutura, după care am intrat în vorbă. Era de loc din Siracusa și venise, ca atâta lume, în căutarea covrigilor din coada câinilor romani. La început trăise de pe o zi pe alta, folosindu-și cârca și brațele la munci plătite prost. Pe urmă intrase ucenic de pantofar, iar după mai puțin de trei luni fusese îndrăgit de un cavaler toscan, care-l luase în slujba lui ca scutier. Dar încă de când trândăvea pe malul Mediteranei, fără griji și cu capul plin de gărgăuni, tânărul visa la ziua când avea să intre pentru prima dată în atelierul unui pictor.

Când i-am spus că visul era pe punctul să i se împlinească, tăciunii aprinși din ochii lui au licărit și mai tare.

— Ce-o să am de făcut? m-a întrebat repede, de teamă să nu-mi iau vorba înapoi.

— La început, nimic. Vii la atelier când îți spun și-mi pozezi. Ai grijă, uneori o să fie nevoie de trei-patru   143

ceasuri pe zi, poate chiar mai mult. Cu timpul,
dacă-ți dă inima ghes să-nveți meserie, te ajut.

— Și-o să fiu pictor?

— Poate, dar nu neapărat.

Mario era modelul pe care și l-ar fi dorit oricine:
frumos ca un zeu, grijuliu, răbdător și cuminte. Stă-
tea oricum îl puneam și nu întreba niciodată de
ce. (Dacă ar fi făcut-o, mi-ar fi venit greu să recu-
nosc că voiam să mă zgâiesc la el în toate felurile
și că uneori uitam și de tablou, și de cârceii care i
se puneau după ce stătea o oră nemișcat.) Câtă pic-
tură s-o fi prins de el, n-am habar. De doi-trei ani
s-a întors în Siracusa, unde, din ce mi-a spus ci-
neva care se întâlnise cu el, avea de gând să des-
chidă o bottega. După cum ți-am mai zis, la fel
plănuiam și eu, meștere, pe vremea când eram încă
la dumneata în atelier și mă gândeam ce frumos
ar fi să dau mai departe și altora ce învățasem la
Milano.

Cât timp l-am avut model pe Mario, am fost mul-
țumit. Chiar dacă o duceam prost și trebuia să mă
mut într-una, fiindcă nici o gazdă nu mă păsuia
la nesfârșit cu banii, zilele când mă vedeam cu el
la atelier mi se păreau daruri de la Dumnezeu.
Câștigam puțin și trăiam pe sponci, dar nu mă dă-
deam bătut. Știam că într-o bună zi norocul avea
să-și întoarcă fața și spre mine. Mai bine zis, spre
noi, fiindcă nu puteam să-l las deoparte pe Mario.
Spre lauda lui, n-a contenit cu îmbărbătările nici
în vremurile cele mai grele, când mi se părea că

*mi se închideau toate ușile. Avea un fel anume
de-a spune mereu ceva nou, de-a te face să zâm-
bești, și în felul ăsta nu mă lăsa să mă cufund în
deznădejde. Unde mai pui că-mi poza fără bani,
învoindu-se să-l plătesc abia după ce voi fi ajuns
să câștig pe măsura priceperii și harului. Dintre
toate modelele care mi-au pozat, unul singur a
mai făcut-o pe degeaba. Lide.*

*Ne-am împrietenit treptat, iar cei doi ani în care
am lucrat împreună au fost, cred, cei mai buni pen-
tru mine. Nu ca bani, dar în mod sigur ca înăl-
țime a picturii. Și oricum, pânzele izbutite atunci
au făcut să vină comenzile bănoase de mai târziu.
Țin minte că, de fiecare dată, primul meu gând era
ca tabloul să fie mai frumos decât modelul. Lucru
anevoios, fiindcă mușchii lui Mario, pielea lui ară-
mie, carnea pietroasă, chipul femeiesc și buzele de
târfă făceau din el o capcană pe două picioare.
Era foarte greu să nu-ți cadă cu tronc acest efeb
care se uita la tine cu priviri doldora de nevino-
văție prefăcută.*

*În zilele de vară, când căldura încingea acope-
rișul, îmi aruncam cămașa într-un colț, mă șter-
geam cu un prosop murdar și pictam cu sudoarea
izbucnindu-mi pe trup ca o boală de piele. Mario
năduşea mai rar, dar uneori până și pielea lui
arăta de parcă ar fi fost dată cu ulei. Când și când,
un firicel de apă i se prelingea pe piept, scăpat de
sub chica bogată. Mă uitam cu băgare de seamă la
Mario și mișcam pensula pe pânză, dar uneori îmi* 145

treceau prin cap tot felul de blestemății. După ce
încheiam ședința, stăteam ca două șopârle încăl-
zite de arșiță. Tolăniți pe pat sau întinși pe pardo-
seală, îndrugam vrute și nevrute, potolindu-ne
setea cu apă din găleată și așteptând ziua în care
tablourile mele aveau să prindă în sfârșit ochiul
oamenilor largi la pungă. Când trebuia să-mi dez-
lipesc ochii de pe trupul lui Mario, aproape că sim-
țeam cum îmi ard pupilele. Te încrunți cumva,
meștere? N-ar trebui. În câte ateliere nu s-au în-
chegat patimi nelalocul lor și nu s-au săvârșit pă-
cate pentru care biserica n-are alt leac decât focul
Gheenei? Ești oare atât de nevinovat să crezi că în
bottega *ta din Milano nu i s-au aprins nici unui*
băiat simțurile pentru un altul?

    Băiatul cu un coș cu fructe *e cel mai cunoscut*
dintre tablourile pentru care mi-a pozat Mario.
Odată cu el au venit și primele murmure. Un car-
dinal cu simțuri slabe și minte odihnită a spus că
pânza asta era o culme a desfrâului. Peste rotun-
jimea belșugului, zugrăvită prin coșul cu fructe, a
trecut cum trece poștalionul peste șarpele ieșit la
drum. Nici măcar felul cum mă lăsasem dus pe căra-
rea asta de unele chipuri venețiene ale lui Gior-
gione nu i s-a părut vrednic de luat în seamă. Nu,
monseniorul – nu-i dau numele ca să nu-l fac de
râs – s-a uitat doar la gura și la gâtul dezgolit ale
băiatului din tablou și s-a grăbit să conchidă: che-
mare la dezmăț sodomit, scârboșenii ascunse nedi-
baci, deșuchiere pe pânză. Claviculele lui Mario,

umerii lui rotunjiți îmbietor și mai cu seamă chipul

pofticios, de așteptare neîmplinită, l-au încredințat că Băiatul *era o pictură a curismului.*

La drept vorbind, m-aș fi așteptat ca judecata asta să cadă mai degrabă asupra lui Bacchus adolescent, *care dă destul de multă apă la moara cârcotașilor ușor de rușinat. În felul cum îl priveam pe Mario se strecurase, fără îndoială, o umbră de dorință vinovată. În gândul care a călăuzit mâna înclestată în jurul pensulei a foșnit gândul unei nerușinări și-al unei nesăbuințe. În felul său,* Bacchus adolescent *e o declarație de iubire neîngăduită, așa că am avut noroc că nu i s-a plâns nimeni guvernatorului. Cunosc oameni care au plătit scump pentru mult mai puțin. Cine se pricepe să se uite la Mario / Bacchus e izbit întâi și-ntâi de nerușinarea zeului, de renunțarea lui deplină, de mărirea lacomă a pupilelor. Ce nu știe nimeni e că gândul tabloului care să aibă în centru un bolnav îmi înmugurise încă de când zăceam fără speranță la Consolazione. La început, mă hotărâsem pentru un autoportret cufundat în deznădejde. Starea proastă și frigurile tot mai dese care mă scuturau în spital mă siliseră să amân lucrul și să aștept zile mai bune.*

Iar zilele au venit odată cu alegerea lui Mario ca model. Atunci m-am gândit să fac din Bacchus adolescent *locul în care mă întâlneam cu tânărul meu prieten și – speram eu – semnul unei viitoare contopiri. Ți-o mărturisesc, meștere, fiindcă știu că ți-ai dat seama și singur. Ei bine, da, tabloul acesta, pe care nătărăii l-au arătat cu degetul fiindcă nu înfățișează măreția unui zeu, are două modele, nu unul: capul este al meu (cu trăsături întinerite şi înfrumuseţate, fireşte), trupul, al lui Mario. Pe părul negru i se odihneşte o coroană de frunze galbene, verzi şi roşii, precum şi câteva boabe de strugure negru. Cine aruncă o privire junelui din tablou vede că are trupul mai descoperit decât capul. Mantia albă care atârnă pe el nu ascunde nimic. Mâna care ţine pocalul de vin roşu cheamă la împlinirea unei pofte ţinute prea mult în frâu. Bicepsul înfăţişează o bărbăţie dulce, aşa cum speram să găsesc în braţele lui Mario. Pieptul care se umflă uşor, parcă nesocotind albeaţa mantiei, îşi ţipă goliciunea. Pe cât de feciorelnic e trupul zeului, pe atât de desfrânată îi e figura. Ce semn mai limpede de rea înrâu-rire, ce mărturisire mai apăsată despre ce voiam de la Mario după ce ieşea din rolul modelului?*

Când a văzut tabloul, Mario n-a spus nimic, dar tristeţea din ochii lui mi-a fost de-ajuns. M-am temut să nu-l pierd, să nu mă trezesc într-o bună zi şi fără model, şi fără discipol, şi fără prieten. Am încercat să dreg cumva lucrurile cu următorul tablou pentru care mi-a pozat, dar n-am făcut decât să înrăutăţesc lucrurile. Copilul muşcat de guşter, *pânza care l-a încredinţat pe Onorio Longhi că nu risipeam vopseluri degeaba, l-a pus şi mai rău pe gânduri pe Mario. Aici totul era străveziu. Pictasem guşterul în locul şarpelui, fiindcă – ştii bine – acesta din urmă nu putea fi folosit în afara picturii din biserici, unde se ivea mereu la fel, înco-lăcit pe o creangă şi sâsâindu-şi chemarea la păcat cu limba despicată. Muşcătura jivinei îl înfioară*

pe tânăr și-i boțește chipul. O cută i se cască între
sprâncene. În ochi îi stăruie ceva între spaimă și
mirare. Gura i se deschide ca pentru țipăt. Degetele
răschirate ale mâinilor nu se botărăsc dacă să res-
pingă sau să primească. I-am arătat tabloul lui Mario
și s-a îmbujorat. Înțelesese, mai repede decât aș fi
crezut, că pofta gușterului ascundea altceva, că
mica vietate era un pețitor tocmit pentru supunerea
cărnii. Mi-am amintit cât de fierbinte mă rugase
Del Monte să-i pictez o pânză cu tineri în straie de
bal. Și am râs amar văzând cum se întorcea roata.
Când cardinalul încercase să-mi spună că-i plă-
ceau băieții, abia mă stăpânisem să nu-i strig în
față disprețul. Acum, când ajunsesem eu să râvnesc
la Mario, gândul respingerii lui mă otrăvea. Eram
scârbit și încins, cutreierat de furie împotriva pro-
priilor mele slăbiciuni, dar totodată ars de rușinea
refuzului.

A trebuit să-l îmbunez într-un fel pe Mario, alt-
minteri ar fi plecat și-ar fi umplut târgul cu mâr-
șăvii. I-am făgăduit că la următoarea comandă
aveam să-l zugrăvesc într-un fel care să-i placă.
Câteva zile n-am mai trecut pe la atelierul în care
mă lăsase să muncesc D'Arpino. I-am dat liber lui
Mario, urmând să reluăm lucrul într-un viitor pe
care nici unul dintre noi nu-l putea ghici. Am răs-
colit apoi cârciumile Romei, arțăgos și cu mintea
muiată în vin. Am snopit un potcovar care mă între-
base de sănătate. Am pus mâna pe-un pietroi și
am spart un geam care habar n-am al cui era. I-am
ars un picior unui câine care mă mârâise când 149

trecusem pe lângă el. Am bătut la ușa Annei Bian-
chini și m-am lăsat în seama mâinilor ei dibace
și-a limbii ei scormonitoare.

Când am intrat din nou în atelier cu Mario, îi
pregătisem deja o surpriză. Înăuntru ne aștepta
Valentina, o tânără cu un aer feciorelnic, care l-a
făcut pe Mario să dea înapoi. A crezut că pusesem
la cale o ticăloșie și mai mare. L-am liniștit cu un
zâmbet părintesc și m-am îndreptat spre șevalet,
dându-i de înțeles că nu aveam vreme de pierdut.

— Vezi că ți-am pregătit niște haine de negustor
după paravan. Ai grijă cum le-mbraci, le-am luat
cu împrumut. Hai, nu tândăli.

Mario s-a uitat pe rând la mine și la Valentina,
neștiind ce să spună. Până la urmă, s-a îmbrăcat
cum îi cerusem, a ieșit de după paravan și s-a înfipt
în mijlocul atelierului.

— Ia să te văd.

Efebul ispititor din celelalte tablouri devenise
amintire. Mario arăta ca un fiu de negustor luat
în călătorie de tatăl lui pentru a-l deprinde cu de-
desubturile meșteșugului. Era îmbrăcat din cap
până-n picioare, cu un costum de catifea cafenie,
cizme negre și o pălărie cu pană albă.

— Bun. Acum treci lângă Valentina și lasă-ți
mâna în mâna ei. Curaj, nu mușcă. Întoarce un pic
capul spre dreapta. Mai mult. Așa, rămâi așa.

Am așezat-o și pe Valentina cum voiam și m-am
pus pe treabă. Nu-i spusesem lui Mario, dar în ta-
bloul ăsta nu el era cel mai însemnat, ci fata. Într-o
săptămână, Ghicitoarea a fost isprăvită. Am avut

*grijă să fac în așa fel încât ochiul privitorului să
cadă pe chipul Valentinei, pe aerul ei iscoditor, pe
veșmintele de aceeași culoare cu ale lui Mario, pe
ochii în care juca o abia văzută compătimire. O
parte dintre nevolnicii care au văzut mai târziu
tabloul au răsuflat ușurați: dezmățatul s-a dat pe
brazdă, i-a venit mintea la cap. Alții au strâmbat
din nas: ăsta nu e Merisi, ia priviți, personajele n-au
strop de viață, sunt ca două păpuși uitate în cuferele
unui teatru. Gata, pân-aici i-a fost. N-o să-i mai dea
nimeni comenzi după leșinătura asta de doi bani.*

*Cât despre Mario, s-a uitat la tablou măcinat
de o teamă pe care n-a izbutit să și-o alunge de pe
chip. Glumele lui, care altădată umpleau atelierul,
nu s-au mai auzit. Nu mi-a spus nimic, și nici n-ar
fi fost nevoie: îi simțisem descumpănirea. A fost o
clipă când am crezut că-și încleștează pumnii, dar
poate că mi s-a părut. Cercetând pânza cu ochi goi,
văzându-se cu mâna stângă în șold și cu dreapta
odihnindu-i-se între degetele Valentinei, care-i des-
lușea viitorul, s-a trezit el însuși în pielea unui
ghicitor pus să străpungă pâcla unei minți tulbu-
rate. Și a înțeles două lucruri: că alunecase în pla-
nul doi, în spatele Valentinei, și că prietenia noastră
era pe punctul să moară. Când a plecat din atelier,
s-a întors spre mine și a șoptit cu un glas sugrumat:*

— N-am vrut să fie așa.

*A ieșit pe ușa atelierului și n-a mai apucat nici
să vadă privirea mea șireată, nici să audă râsul
înfundat al Valentinei. Cu atât mai mare i-a fost
uimirea când, găsindu-l după o lună pe malul* 151

Tibrului, unde se uita la soarele care aprindea cupola de la San Pietro, i-am spus că primisem o nouă comandă și că-l așteptam la locul cunoscut. A venit la fel ca prima dată, ca și cum nu s-ar fi întâmplat nimic. S-a așezat turcește, așteptând să-mi pregătesc pensula și culorile, după care a trecut în locul unde stătea de obicei și unde lumina i se putea odihni pe chip în voie. I-am dat să îmbrace o cămașă de pânză albă cu mâneci largi și i-am prins o bucată de pânză de aceeași culoare în plete. Când m-am apropiat de el, a zâmbit ca și cum ar fi vrut să-și facă singur curaj. După ce m-am întors la șevalet, și-a aranjat o buclă, și-a umezit buzele – poate dintr-un început de dorință, poate fiindcă îi era sete, nu știu – și nu s-a mai mișcat.

Așa cum Ghicitoarea *a fost pentru Mario o ame-nințare pe pânză,* Cântărețul din lăută *a însemnat reluarea unor vechi strădanii. Nu știu dacă ai apu-cat să-l vezi, meștere, la fel cum nu știu dacă ți-ai spus vreodată părerea despre vreunul dintre tablou-rile mele. De fapt, nici n-ai fi avut cum să dai cu ochii de el, poate doar dacă ai fi bătut drumul de la Milano la Roma cu poștalionul și-ai fi fost poftit la palatul Del Monte. Cardinalul a trimis un slu-jitor să ia tabloul din atelier când încă nu se us-case vopseaua, atât era de nerăbdător să-l soarbă din ochi și apoi să-l așeze într-una dintre sălile palatului, față în față cu băieții în costum de bal pe care mi-i comandase cu doi ani mai devreme. Parcă-l văd trecând de la un tablou la celălalt, mângâindu-l pe fiecare cu priviri flămânde, iar pe urmă ducându-se la ușă, zăvorându-se ca să nu dea cineva peste el, descheindu-se la probab cu obrajii învăpăiați și gura cleioasă și făcându-și bucurii singur.*

Mario s-a uitat îndelung la Cântăreț*, dornic să deslușească atât ce era zugrăvit pe pânză, cât și ce nu se vedea cu ochiul liber. Ochii i s-au oprit asupra lăutei pe care muzicantul o ținea ca pe o iubită ce-i adormise în brațe, asupra viorii peste care se rezema arcușul, asupra celor două partituri, dintre care una era deschisă. Ce era muzica pe-atunci la Roma? Solul iubirii. Ce erau serenadele? Cântece prin care cineva își mărturisea dragostea, fără să știe dacă avea să-i fie sau nu împărtășită. Băiat isteț, Mario a priceput pe dată că tabloul pentru care pozase nu era doar o comandă făcută la vreme, ci și un nou fel de a-i spune ce simțeam pentru el.*

Când s-a întors spre mine, i-am citit învoirea în priviri. Și puțin îmi păsa dacă o făcea de stinghereală sau de teama că o nouă respingere ar fi pus capăt o dată pentru totdeauna prieteniei noastre. Pur și simplu era gata, se copsese. M-am ferit să mă port ca un vânător care își încolțește prada și se bate singur pe umăr pentru agerime. La fel cum mă feresc acum să-ți spun cum a fost. N-o să stau să te fac părtaș la ce am încercat atunci. Freamătul și amețeala unor clipe ca acelea trebuie zăvorâte în minte, fără cuvinte și culori. E mai bine așa. Mă mulțumesc să-ți spun că a doua zi Mario a plecat, iar de atunci nu l-am mai văzut.

Am plâns după el? Nici pomeneală. 153

L-am blestemat? Nu. Ce rost ar fi avut?

Mi-a părut rău după el? Cu siguranță. În afara tablourilor menite să îmbrace ziduri de biserică, pânzele pentru care mi-a pozat el au fost cele mai izbutite din tot ce-am făcut. N-o spun doar eu, ci și alții care le-au privit.

Am găsit pe altcineva în locul lui? Vezi bine. Dacă nu ești peisagist (ceea ce eu, unul, n-aș putea fi niciodată), ești nevoit să-ți găsești modele. Spre norocul meu, le aveam, gata să-mi pozeze și trezite din somn. Lide, Anna și Mario m-au ajutat în ceea ce îmbufnații mereu la datorie ai Romei au numit „pictură de alcov". Iar odată plecat Mario, trebuia să găsesc pe cineva pe care să-l folosesc în locul lui fără să mă colinde părerea de rău. Un tânăr arătos, zvelt și cu poftă de viață, gata să mă ia așa cum eram și să-mi pozeze pentru cele mai îndrăznețe tablouri. Aveam deja în cap gândul unui ulei pe pânză care să-i opărească pe sclifosiții în anterie. De îndată ce-am găsit modelul, m-am apucat de lucru.

M-am ciocnit de France Buoneri într-un miez de noapte smolită, pe când ieșeam din casa unei curve din Sant'Angelo. Umbla creanga pe străzi, fără să se uite pe unde mergea, cu o cămașă vinețe vârâtă în niște pantaloni negri și cu o jiletcă verde-închis. Era cu ochii mai mult pe sus, sfredelind bezna cu privirea și căutând nici el nu știa prea bine ce. Mi-a plăcut din prima clipă, deși nu semăna deloc cu Mario. Sau poate tocmai de aceea. France era smead, bucălat, cu o gură care cerea întruna de mâncat și de băut și cu dinți în stare să spargă pietre. Pe obrazul stâng, o urmă de cuțit stătea măr-turie felului cum își petrecea timpul. Avea călcă-tură de mâță sălbatică, ochi de țigan și zâmbet de pungaș care înșală la cărți.

Când s-a dezbrăcat pentru prima zi de lucru la Amorul triumfător, mi s-a sculat pe loc. Mi-a venit să mă arunc asupra lui chiar în clipa aceea, dar mi-am amintit cât suferisem alături de Mario și m-am stăpânit. Numai că France, bun ghicitor în nădragi, mi-a simțit nevoia și s-a grăbit să mă ajute. Falnic în goliciunea lui ciocolatie și dezvelindu-și dinții, s-a apropiat de mine, mi-a dat jos cămașa, mi-a descheiat nasturii pantalonilor și a început să mă mângâie. Nici n-am apucat să-i răspund bine și s-a lăsat în genunchi în fața mea, făcându-mă să scap pensula din mână. Și-a îngropat capul în vintrele mele, m-a măsurat cu un aer știutor și a spus înfundat:

— Natură vie.

Avea haz, pușlamaua. O jumătate de oră mai târziu, încă mânjiți de propriile noastre zemuri, lipicioși și sătui de carnea celuilalt, ne-am reluat rostul și locul: eu la șevalet, France în fața mea, îm-pietrit în felul obrăznicit în care-i spusesem să stea. Dacă l-aș fi rugat pe Mario să stea așa, ar fi roșit și-ar fi făcut o glumă după care ar fi roșit și mai mult. În schimb, France a dat din cap fără să arate o cât de mică stânjeneală, s-a crăcănat cu neru-șinare, a întins mâna dreaptă, ca și cum ar fi ținut niște săgeți la vedere, și și-a lăsat stânga pe lângă trup.

155

Amorul triumfător *nu mi-a adus doar mânia lui Giovanni Baglione, de care ți-am vorbit, ci și o droaie de păreri, care mai de care mai trăsnită. Una dintre ele pleacă de la numele latinesc al tabloului,* Amor Vincit Omnia. *N-am ridicat bine pensula de pe pânză, și s-a și găsit un deștept care să mă lege de Virgiliu. Dăduse el peste un vers din* Bucolice — Omnia vincit amor et nos cedamos amori — *și pusese, vezi Doamne, lucrurile cap la cap. Poate c-ar trebui să fiu mândru de părerea acestui ins despre mine, ba chiar să-i mulțumesc fiindcă mă bănuise de citit. Numai că* Amorul *meu n-are legătură nici cu Virgiliu, nici cu dictoanele latinești, nici cu cărțile Antichității, prin care am zăbovit cam cât stă capra la țap. Faptul că țin minte câteva vorbe nu mă face știutor de latină. Și nu am mândria deșartă de-a mă împăuna cu un lucru pe care știu că nu-l stăpânesc. E plin orașul de gânsaci cu ifose, care cred că dacă s-au rezemat o dată de Arcul lui Constantin, gata, s-au îmbibat de tot ce e străvechi și prețios.*

Alți pricepuți, care stau să caute nod în papură oricui, dar nu pot vedea pădurea din pricina copacilor, s-au apucat să sape după înțelesurile ascunse ale pânzei. În mintea lor a prins cheag altă neghiobie la fel de mare: că tabloul cu nerușinatul zeu în pielea goală e felul în care mi-am mărturisit iubirea pentru marchizul Vincenzo Giustiniani, în al cărui palat Amorul triumfător *a și ajuns până la urmă. E ca și cum ai spune că dacă pictezi o vulpe vie, îți bați joc de vânătorii care n-au izbutit s-o ucidă. Dar ce crezi că i-a făcut pe isteții ăștia să se gândească la Giustiniani, meștere? Ei bine, lucrurile care se aflau în spatele ștrengarului. Îngrămădisem mai multe, după cum mi-au venit în minte: un portativ, un sfert de glob pământesc, o vioară cu arcuș (le mai folosisem și altădată, știu), un creion, o parte dintr-o armură, niște instrumente trebuincioase în geometrie și o coroană nobiliară. Atât le-a trebuit dezlegătorilor de ițe, care s-au apucat să spună că adevăratul nume al tabloului ar fi trebuit să fie* Giustiniani Vincit Omnia. *Oare nu asta voiam să arăt, că preacinstitul marchiz își vădea însușirile în toate cele – politică, muzică, astronomie, matematică, arta războiului și desen? Oare instrumentul desfăcut în „V" pe portativ nu era inițiala de la prenumele marchizului? Când am răspuns că nu, s-au dezumflat toți, punându-se și mai tare pe chibzuit. Era mai mare dragul să-i vezi cum își storceau creierii.*

Cum însă n-au ajuns la nimic bun privind înțelesul tabloului, oamenii au prins să se gândească la alt lucru de viață și de moarte: ce face Amor cu mâna stângă, pe care și-o ține la spate, chit că France Buoneri stătuse cu ea atârnându-i pe lângă șold când îmi pozase? Ce ascunde pezevenghiul? Nu cumva un arc pe care urmează să-l dea la iveală spre a săgeta pe cineva, mai cu seamă că are trei săgeți în mâna dreaptă? Sau poate capul și gâtul unui vultur ale cărui aripi i se înalță pe 157 *deasupra umerilor, cine știe? Oho, câte n-am auzit. La drept vorbind, pe când îi pictam părțile rușinoase (altă fierbere și cu ele, după cum cred că-ți închipui), pe France l-au încercat niște mâncărimi în fund și la un moment dat, nemaiputând să îndure, a început să se scarpine.*

Și totuși, ce-am vrut să spun cu tabloul ăsta, nu? Parcă te-aud, parcă îți simt nerăbdarea și paraponul. O, Doamne, și ce simplu e. Amor, cel cu picioarele desfăcute și cu mătărânga la vedere, e iubitul nostru oraș, de care se îndrăgostesc și pe care vin să-l încalece toți. Iar el îi primește, cu zâmbetul pe buze și cu mădularul gata de răspuns.

Sunt sigur că ai văzut și dumneata, meștere. Amor citit de-a-ndoaselea e Roma. Roma copiilor dezbrăcați pe malul Tibrului și-a curvelor adunate de Paul al V-lea în biserici. Roma urzitorilor răuvoitori și-a poeților flămânzi. Roma hoților, pungașilor și actorașilor cu buze femeiești. Roma cârciumilor, palatelor și grădinilor. Roma piețelor strălucind în crucea zilei. Roma omorurilor din iubire și a bocitoarelor despletite. Iar Roma asta a noastră, ne-am născut sau nu în ea, iese călită și învingătoare din toate încercările. Roma Vincit Omnia.

După cum vezi, trăiesc ca să râd de alții și mă simt bine așa. Comanditarii din coliviile aurite ale orașului sunt mai ușor de înghițit când le mai dă cineva peste nas. Smerenia prefăcută a papistașilor îmi stă în gât, mai ales că mă lovesc de ea zi după zi. Mulțimea de cardinali e mai afurisită decât ciuma și holera la un loc. Și-atunci, măcar atât să fac și eu, să râd de mutrele lor grave, sprijinite pe trei rânduri de gușe. Să le pun sub ochi îngeri care iau fețele proscrișilor de la porțile orașului sau pe ale zurbagiilor alături de care bat cârciumile noapte de noapte. Să merg la morgă, să mă uit la hoiturile pescuite din Tibru sau din ascunzători pe unde mișună șobolanii și să fac din ele modele pentru apostoli și martiri. S-o pictez pe Lide în chip de sfântă. Măcar atât. Fățărnicia nu se lecuiește cu temenele, ci scuipând adevăruri în obrazul celor care își astupă urechile și nu vor să le-audă.

De unde-am plecat și unde-am ajuns – mai mare râsul. Tânjeam după un fiu de căpătat și m-am trezit cu doi iubiți. Voiam să las în urmă pe cineva ca mine și, când colo, am mototolit așternuturi cu niște băieți despre care nu știam ce hram purtau sau dacă nu cumva se aleseseră cu vreo boală rușinoasă. Mă visam întemeietor și am ajuns un țap cu porniri contra firii.

Îmi vin mai departe la urechi tot soiul de năzdrăvănii despre mine. Din ce în ce mai multe și din ce în ce mai departe de adevăr. Moara bârfelor macină fără încetare. Oameni așa-zis cu scaun la cap melițează de dimineață până seara și se bucură când au prilejul să poarte vorbe. Roma despre care tocmai îți vorbeam adineauri se face, de la o zi la alta, un labirint de minciuni, uneltiri și prefăcătorii, o hartă a pierzaniei, un lupanar fără sfârșit. Vorbitul pe șleau alungă prietenii și cheamă necazurile. Cu cât vezi mai multe plecăciuni, cu 159 atât trebuie să te aștepți la mai multe înjunghieri pe la spate. Minciuna face legea în oraș, de la Quirinale până la ultimul tractir, ceea ce arată că viața e o curvă pentru bogați și săraci, pentru virtuoși și decăzuți.

Cea mai nouă scorneală e că-mi pierd mințile, o iau razna și fac tot felul de nefăcute. Dacă ți-am mai povestit despre asta, iertare – înseamnă că nu cu capul stau prost, ci cu ținerea de minte. Oricum, se găsește mereu cineva gata să jure că m-a văzut sărutând pietrele de pe Via Appia, hârjonindu-mă cu statuile din Campidoglio, vorbind cu pisicile din Domus Aurea sau cocoțându-mă în pinii care străjuiesc termele lui Caracalla. Sănătatea mea a ajuns în gura tuturor. La Ospedale della Consolazione se fac prinsori legate de anul (nu foarte îndepărtat, din câte-aud) când o să crăp. Cu trei seri în urmă, m-am trezit cu Lena și Anna bătându-mi neliniștite la ușa atelierului. Le-am deschis cu o cană de vin în mână și mi-am dat seama că veniseră pregătite pentru un rău fără seamăn.

— Te simți bine? a întrebat Anna, trăgându-și sufletul.

Am dat din cap cu o ușoară nedumerire.

— Nu trebuia?

— Sigur te simți bine? N-ai pățit nimic? a vrut să știe Anna.

Mi-a sărit țandăra și le-am tras înăuntru pe amândouă, gata să rup hainele de pe ele și să le arăt cât de bine mă simțeam. M-au oprit ochii Lidei, care mă priveau dojenitor de pe o pânză de care

nu mă mai atinsesem de trei luni. M-am mulțumit
să le fac semn să se așeze pe unde găseau loc și
le-am adus și lor niște vin.

— Ce v-a apucat? le-am întrebat, după ce s-au
încredințat amândouă că nu eram nici bolnav,
nici nebun.

— N-ai ieșit din casă de două zile. Nu te-a mai
văzut nimeni. Am crezut...

— Cine vă bagă prostiile astea-n cap? S-a-ntâm-
plat de nu știu câte ori să stau închis în atelier cu
zilele și nu s-a speriat nimeni. Nu mai plecați ure-
chea la toți zevzecii.

Le-am descusut pe fete și am aflat că zvonul por-
nise de la Fantin Petrignani, directorul de la Con-
solazione, pe care l-am crezut o vreme om de ispravă,
dar care mi-a dovedit că nu era altceva decât un
măscărici plin de sine. Din gură-n gură – deși poate
c-ar trebui să spun „din ură-n ură", căci tot mai
mulți sunt cei care nu-mi mai suferă nici umbra –,
străzile și birturile Romei au aflat că nu mai pot
să cobor din pat, fac pe mine și mi-a amorțit toată
partea stângă. Mai aveam puțin și-mi dădeam
duhul – așa știau toți: surtucarii care abia mai ve-
deau să vâre ața în ac, neisprăviții de lângă zidu-
rile aureliene, fierarii cu mâini bătătorite, măcelarii
din piețe și slujnicele trimise de stăpâne să cumpere
cele trebuincioase de prin prăvălii. Până și prie-
tenii mei pictori ajunseseră să creadă năzărelile
astea. E-adevărat, nu toți, doar câțiva.

Am râs cu Anna și cu Lena de necazurile pe care
nu le aveam, dar n-am suflat o vorbă despre cele

161

*care începuseră totuşi să-mi dea târcoale. Ţie pot
să-ţi spun, meştere, fiindcă eşti pictor şi înţelegi mai
bine ca oricare altul beteşugul care ameninţă să-mi
strice viaţa. Negrul pe care-l iubesc atât de mult,
negrul din desimea căruia răsare până şi Amor,
pungaşul cu mâna la spate, s-a hotărât să-mi iu-
bească şi el ochii. Încep să nu mai văd cum trebuie.
Un tiv negru mi se-arată în colţul ochiului stâng,
pe când peste dreptul mi se aşază din când în
când un văl de lacrimi. La început mi-am zis că
nu era nimic, gândindu-mă că de vină era fumul
lumânărilor din atelierul unde pictam mult după
ce se întuneca. Când însă lucrurile au arătat la
fel şi ziua, m-am speriat un pic. Dacă nu mai pot să
pictez, s-a zis cu mine. Nu ştiu să fac altceva, în
afară de scos lumea din sărite. Din ce-o să trăiesc
dacă o să-mi acopăr şevaletul? Întrebarea mă roade
tot mai des. La doctori nu pot să mă duc, fiindcă
n-am încredere. M-ar curăţa cu zâmbetul pe buze,
la ce nopţi am petrecut cu nevestele lor. Del Monte
mă priveşte cu din ce în ce mai mare răceală, iar
cu o săptămână în urmă a lăsat să scape ceva
despre o viitoare plecare a mea din palatul lui.*

*Singura nădejde rămâne Lide, dar asta doar dacă
scapă de peştele ăla blond. N-o înţeleg şi, drept să-ţi
spun, nu mă înţeleg nici pe mine. Iubesc o curvă,
adică pe cineva pentru care iubirea e doar pe bani.
Am pictat-o în toate felurile, am făcut din ea prin-
ţesă, martiră, curtezană, zeiţă, ucigaşă sau spă-
lătoreasă. Am încercat s-o cuceresc măcar prin*

tablouri, dacă altfel nu s-a putut. Şi nu ştiu nici

până azi dacă simte ceva pentru mine sau nu. Dacă dincolo de carnea ei albă, în care mi-am lăsat urmele mâinilor, buzelor și dinților, mai e ceva. Sau dacă, dimpotrivă, Lide vede în mine doar un mușteriu care întâmplător se pricepe să pună culori pe pânză și să deseneze femei mai mult sau mai puțin îmbrăcate. Nu mi-a răspuns niciodată la întrebarea asta. În cel mai bun caz, m-a luat în brațe. În cel mai rău, și-a strâns hainele și a plecat. Nu că n-ar avea unde să se ducă. Nobilii romani ar da orice s-o găzduiască, mai ales că mulți s-au înfruptat – și nu o dată – din farmecele ei.

Lide, ispita care se învârtejește pe străzile Romei. Floarea păcatului. Fructul cel mai zemos din pomul vieții.

Uneori îmi spun că, în ciuda înfățișării lor îngerești, femeile sunt născocirea diavolului. Și nu-i de mirare. În fond, diavolul e un înger prăvălit.

La unele popoare, el se arată ca un fluture negru, cu aripile desfăcute.

Iar asta îmi amintește că nu ți-am mai spus nimic despre Acherontia. *O s-o fac altă dată. Acum mi se închid ochii.*

7

În haine de primăvară, Roma era o mireasă jinduită la grămadă. Pețitori din patru zări încercau să-i intre în voie, să-i afle tainele, să-i măsoare tăria sau moliciunea. Unii umblau sfios pe lângă pereții mâncați de mucezeală, alții își puneau la treabă cutezanța și se băteau cu pumnii în piept. O viermuială pestriță luase în stăpânire orașul. În piețe, vânzătorii de pește cu nasurile încrețite de mirosuri își strigau marfa și chemau lumea cu gesturi largi. Sporovăiala zecilor de precupețe urca pe zidurile caselor ca un nor de vorbe chitite să încălzească tălpile lui Dumnezeu. Hoțomani iuți de mână și cu sânul pe jumătate plin pândeau nebăgarea de seamă a negustorilor ca să șterpelească orice se nimerea, gata s-o ia la picior dacă erau văzuți. Roabele din care băieți tocmiți cu ziua descărcau bunătăți erau privite cu ochi iscoditori și hulpavi. Păsări de toate soiurile se cocoțau pe statui și pe fântâni, unde se ușurau în voie, căutându-și apoi alte ținte și lăsând soarelui grija să usuce găinațurile și ploii datoria să le spele.

Însă primăvara romană nu izbutea să înveselească toate sufletele. Înăuntrul caleștii împodobite

167

care se hurduca pe străzi, trasă de doi cai care parcă se opinteau să scape dintre hulube, cardinalul Marsilio Odescalchi scoase o batistă mototolită din mânecă și își șterse fruntea. Căldura nu-i făcea bine nici măcar în ceasurile petrecute acasă, în vila îngropată între pini, unde putea să stea îmbrăcat după cum poftea, darămite când trebuia să se înveșmânteze după rang și să se înfățișeze pontifului. Stacojiu la față și asudat, monseniorul bănuia că nu fusese chemat la Quirinale pentru firitiseli și vorbe bune. Starea lui, nici așa grozavă, se înrăutățea cu fiecare hâțânare a caleștii. Boala mușca pofticios din Odescalchi de câțiva ani, iar de când doctorul adăugase guta pomelnicului de beteșuguri, cardinalul privea fiecare zi ca pe o încercare hărăzită de bunul Dumnezeu pentru ispășirea unor păcate cărora le pierduse șirul. Și ca și cum astea n-ar fi fost de-ajuns, îl aștepta întâlnirea cu un om în apropierea căruia doar gândul la bucuriile vieții se preschimba într-o erezie bună de lecuit pe rug, în piața publică. Căci primul lucru care lipsea din zestrea Serenisimului era serenitatea.

Într-un târziu, caleașca se opri în curtea pietruită a palatului Quirinale. Când vizitiul sări de pe capră și lăsă în jos treapta ușiței, Odescalchi coborî cu aerul unui condamnat care se îndreaptă spre podișcă. Mâna acoperită cu pete de ficat regăsi în cârjă singurul prieten care-l ajuta să meargă dintr-un loc în altul. Jalnic, își spuse monseniorul. Am trei picioare, dar mi-ar veni mai ușor să mă târăsc. Gândul că avea de urcat o mulțime de trepte îl descurajă și-i aduse noi broboane pe frunte. Odescalchi se opri după câțiva pași, se mai șterse o dată cu batista și oftă ca să nu înjure. Porni ticăit mai departe și încercă să-și abată grija de la durerea pe care i-o pricinuia fiecare pas, gândindu-se iarăși la pricina pentru care fusese chemat de Sfântul Părinte. Dar n-o ghicea și pace. Oricum, vești bune nu aveau cum să fie. Nu numărase nici una de la suirea lui Paul al V-lea pe jilțul de la Quirinale.

Dacă ar fi fost după el, monseniorul n-ar fi mutat reședința papală pe unul dintre cele mai înalte dealuri ale Romei. Ar fi lăsat-o unde fusese până atunci, aproape de Tibru, de castelul Sant'Angelo și de podul pe care se ajungea în Trastevere. Însă cu vreo șaizeci de ani mai devreme Pius al V-lea se dusese la cardinalul Ippolito d'Este, la palatul de pe dealul Quirinale, la mică depărtare de ruinele templului ridicate în vremuri străvechi în cinstea lui Romulus. Pontifului îi plăcuse nu doar priveliștea, ci și aerul mult mai bun decât cel din apropierea Tibrului. Prin urmare, pusese să se ridice o capelă lângă palatul lui d'Este, unde venise apoi să se reculeagă la fel de des cum o făcea între zidurile Vaticanului. Palazzo del Quirinale îi plăcuse și lui Grigore al XIII-lea, urmașul lui Pius la tronul papal. Mai mult, acesta hotărâse că locul era prea frumos ca să rămână o reședință de vacanță și începuse să se gândească la preschimbarea lui în casa Sfântului Scaun. Chemat degrabă, arhitectul lui preferat, Ottavio Mascarino, schimbase nu doar înfățișarea, ci și mărimea palatului. Bani se puteau cheltui oricâți. Mascarino pusese să se înalțe un Turn al Vânturilor care pentru bărbatul din jilțul purpuriu arăta puterea Bisericii Catolice, pe când pentru romanii obișnuiți nu era nimic mai mult decât o nouă cheltuială nechibzuită.

Moartea lui Grigore al XIII-lea îl adusese în Sfântul Scaun pe Sixtus al V-lea, care se hotărâse să cumpere întreaga moșie a familiei Carafa și să meargă mai departe cu lucrările începute cu ani în urmă. Se schimbase doar arhitectul. Noul pontif avea nevoie de cineva a cărui minte să zburde nestăpânit, așa că se gândise la istețimea și priceperea lui Domenico Fontana, care în scurtă vreme făcuse din Palazzo del Quirinale ceva ce Ottavio Mascarino nu apucase să facă și poate că nici n-ar fi izbutit – un loc de o măreție care îți tăia răsuflarea, unde nu se găsea doar casa Sfântului Scaun, ci și a Curiei pentru care Sixtus al V-lea tocmai iscălise un decret de reformare din temelii. După moartea pontifului și după alți trei bărbați care stătuseră pe Sfântul Scaun, îi venise rândul lui Clement al VIII-lea, primul papă care apucase cu adevărat să petreacă vreme multă la Quirinale. Dacă până atunci se muncise din greu la lărgirea palatului, Clement se îngrijise îndeosebi de grădini, amfore greceşti urcate pe coloane de piatră, scări, cascade și o serie de fântâni pentru care apa venea de la Acqua Felice, între care se distingea Fontana dell'Organo.

Cum Leon al XI-lea, ales după moartea lui Clement, fusese papă mai puțin de o lună, grija lui pentru Palazzo del Quirinale nu apucase să se vădească. În schimb, urmașul său, Paul al V-lea, cercetase cu ochi nu foarte prietenoși palatul refăcut cu atâta migală și dăduse glas unei păreri la care mulți se așteptau: bani aruncați de pomană. De altfel, romanii nu încetau să glumească între ei, spunând că Sfântului Părinte i s-ar fi potrivit, poate, mai bine temnița de la Mamertinum, unde umorile sale ar fi intrat în înțelegere cu beciurile reci și igrasioase. Plimbat de arhitecți prin curtea de la Quirinale și prin parcuri, pontiful nu se lăsase vrăjit de nimic. În schimb, avusese bunătatea să vadă că treptele de marmură ale scărilor în spirală erau neobrăzat de largi, că întreținerea covoarelor de flori costa o avere, că spectacolele de muzică în care instrumentele scoteau sunete ca lacrima la apropierea de fântâni erau o aiureală și că jocurile de apă care-i luau pe nepregătite pe privitori, stropindu-i din cap până-n picioare, ar fi putut plăcea doar unor copii înceți la minte sau unor oameni săraci cu duhul.

Dacă în privința spațiilor fusese răutăcios, Paul al V-lea avusese grijă să dea glas dorinței care, după părerea lui, era probabil cea mai însemnată: aceea ca blazonul familiei Borghese să se găsească în fiecare încăpere, fie ea sală de consiliu, oficiu al Curiei, cabinet de lucru sau dormitor. Însemnele heraldice ale îngerilor străjuind un vultur negru cu aripile desfăcute se iviseră peste tot, așa cum dorise pontiful. Capela Paulină, făcută după Sixtina lui Michelangelo de la Vatican, și Sala Regia făceau din Quirinale un muzeu pentru ochii puținilor aleși. Ușile lor se deschideau spre șase săli de recepții în care, de data asta, ceea ce trebuia să ia ochii nu era măreția, cât cumpătarea. Spre deosebire de încăperile celelalte, aici stăruia mai puțin un aer de *palazzo* și mai mult de mănăstire.

Într-una dintre aceste săli împodobite cu tapiserii din damasc roșu, cu margini aurite, poposi acum monseniorul Odescalchi, după o bucată de vreme în care citise de câteva ori asprimea unui drum al pocăinței. Încă două chemări de-astea de la Sfântul Părinte și s-a zis cu mine, își spuse el, sprijinindu-se în cârjă și gâfâind ca după căratul unei pietre de moară. Abia după ce își trase sufletul și se prăbuși într-un jilț văzu că, în celălalt capăt al încăperii, un bărbat voinic, întors cu spatele la el, se aplecase din genunchi și cerceta cu privirea un scrin incrustat cu meșteșug. Bărbatul se răsuci pe călcâie și cardinalul îl recunoscu pe negustorul Paolo Spada, care se aplecă respectuos.

— De frumoasă vreme avem parte, monseniore, zise el cu un glas în care se citea orice, mai puțin voioșie.

Răsuflând anevoie, Odescalchi se uită chiorâș la Spada. Dacă voise cumva s-o dea pe glumă, strădania lui rămase fără urmări. Însă monseniorul simți că nici *Vendetutto* nu era în apele lui, bănuind că poftirea la Quirinale nu i se făcuse nici lui pentru mulțumiri și bătăi pe umăr. Mai mult, chemarea lui odată cu negustorul îl făcu pe cardinal să ghicească de ce se aflau acolo. Iar asta nu avu defel darul 172 să-l înveselească.

— Abia dacă vremurile ar fi și ele ca vremea am putea să ne bucurăm, Paolo.

Vendetutto încropi un zâmbet care sfârși în strâmbătură.

— Dar chiar *sunt* la fel, monseniore. La fel de schimbătoare.

Odescalchi dădu încet din cap, ca și cum s-ar fi înfruptat pe îndelete din ascuțimea negustorului.

— Cu voia lui Dumnezeu, poate că n-o să mai avem parte de atâtea schimbări, murmură el, uitându-se spre ușa pe care se aștepta s-o vadă deschizându-se dintr-o clipă în alta.

Spada înțelese unde bătea Odescalchi și își potrivi mustața cu mâna.

— Hm. Trei papi în trei ani – e cam mult, ce-i drept.

— Nu-i vorbă, Sfântul Părinte pare în puteri, spuse cardinalul, știind că, pe lângă el, Paul al V-lea era un bărbat desăvârșit. Nu ca Leon, Dumnezeu să-l ierte, care s-a îmbolnăvit la patru zile după ce-a fost ales.

Vendetutto făcu un gest de lehamite.

— Leon nici n-ar fi trebuit să ajungă papă. Știa toată lumea că avea o sănătate șubredă. Era bolnav copt de câțiva ani, dar și-a băgat Aldobrandini coada. El cu prietenii lui francezi. Ar fi făcut orice să-i râdă în nas lui Filip al Spaniei. Se vorbește că Henric al IV-lea a pus la bătaie trei sute de mii de scuzi pentru ca Leon să urce în jilț.

— Dintre care cei mai mulți au ajuns în sipetele lui Aldobrandini, mormăi Odescalchi, stăpânindu-și un șuierat de pizmă. Strașnică păcăleală. Mai cu seamă dacă te gândești că Leon a fost ales pe 1 aprilie. *Poisson d'Avril*, cum ar spune amicii francezi ai lui Pietro, în frunte cu poetul ăla care-a compus versuri ale batjocurii cu nemiluita.

Înainte ca negustorul să ceară lămuriri despre numele poetului șugubăț, ușile sălii de recepții se dădură în lături, iar secretarul lui Paul al V-lea le dădu binețe celor doi oaspeți și-i înștiință că Sfântul Părinte era gata să-i primească. Spada și Odescalchi îl urmară fără să spună nimic. *Vendetutto* o luă la picior voinicește pe un coridor tivit cu statuete care stăteau cuminți în nișe, dar se opri văzând că monseniorul nu ținea pasul. Rezemat în cârjă, Marsilio Odescalchi avea căutătura unei oi șotânge, pe care turma o lăsa în urmă spre a-i fi bine lupului. Negustorul se întoarse, îi spuse cardinalului să-l prindă de braț și în felul acesta cei doi înaintară împreună spre cabinetul de lucru al papei, pe a cărui ușă strălucea mândru blazonul auriu cu negru al familiei Borghese.

Dacă Odescalchi era lac de apă sub hainele grele, Paul al V-lea nu părea câtuși de puțin apăsat de povara veșmintelor papale, ba chiar ai fi zis, văzându-l, că nu i-ar fi prins rău un foc asupra căruia să-și întindă mâinile. Sfântul Părinte răspunse sec plecăciunilor, întinse dreapta spre a-i fi sărutată, îi făcu semn secretarului să-și caute de drum și-i pofti pe oaspeți să se așeze pe cele două scaune mari, aflate de-o parte și de alta a mesei de lucru.

Spada se supuse cu o vioiciune neobișnuită pentru vârsta lui, pe când Odescalchi se lăsă să cadă cu un zgomot care ar fi stârnit zâmbete oricui, mai puțin pontifului. Cei care-l cunoșteau pe acesta din urmă șopocăiau că-l văzuseră râzând ultima dată pe la șapte ani, când un armăsar își răsturnase călărețul într-o fântână din mijlocul Florenței natale.

— Îngrijește-ți sănătatea, Marsilio, catadicsi să-l sfătuiască Paul al V-lea, cu o privire care nu spunea nimic.

— Grija Sfântului Părinte mă bucură peste poate, bâigui stins Odescalchi.

— Cât despre domnia ta, Paolo, ești zdravăn ca un tăietor de lemne.

— *Gratia Dei*, susură Spada, mulțumind Atotputernicului printr-o înclinare a capului.

Papa puse punct drăgălășeniilor de început și trecu la ceea ce-l îngrijora. Se uită de la negustor la cardinal și înapoi, ca un cumpărător care nu se hotărăște între două bucăți de stofă. Tuși încet, ca pentru a da de veste că începea perdaful.

— Ce-a fost în capul vostru? Cum de v-ați lăsat prinși în capcană? Cum de-ați ajuns bătaia de joc a Romei? Râde tot orașul de voi. Nu vă cer să fiți *santi e beati*, ci doar să nu ajungeți bufoni. Și să nu meșteriți împotriva lucrării mele și a lui Dumnezeu.

Spada și Odescalchi se priviră unul pe altul, neștiind ce să răspundă, dar pricepând că pricina pentru care fuseseră chemați la Quirinale era masa de pomină la care ei doi și alți nobili se treziseră

175

cu Michelangelo Merisi – și nu cu unul, cu doi. Cât despre Paul al V-lea, acesta părea și mai acru decât de obicei. Parcă trecuse o veșnicie de la vorbele lui curtenitoare de la început.

— Nu ne-ar trece prin minte să vă stingherim lucrarea, Sfinte Părinte, îngână Odescalchi, nu foarte sigur că asta se aștepta de la el.

Papa dădu din cap ca pentru sine și își puse mâinile pe masă, cercetându-și-le câteva clipe. Se chinuia să-și ascundă supărarea, dar tremurul degetelor îl dădea de gol.

— Nu-mi dau seama dacă pricepi cu adevărat *cât* de prost a căzut renghiul ăla de doi bani, Marsilio. Cât de prost a căzut pentru *mine*, fiindcă, până la urmă, dacă voi vreți să ajungeți de râsul curcilor, e treaba voastră. Nu numai că Merisi v-a învârtit pe degete, dar, din câte-am aflat, l-a avut ajutor pe Carlo Saraceni.

Paolo Spada și-ar fi dat o mână și un picior să afle cine dăduse fuga la Quirinale ca să povestească întâmplarea din Campo Marzio. În ce-l privea pe maimuțoiul acela care se rotea după lombard ca floarea după soare, *Vendetutto* îl privea cu ura bună de îndreptat asupra tuturor celor care se făloșeau mai mult decât se cuvenea. Și nu înțelegea de ce faptul că fusese la masa buclucașă era atât de vătămător pentru bunul nume al nobilimii romane și mai ales al pontifului. Ca și cum i-ar fi citit în gânduri, Paul al V-lea îl lămuri cu același glas pe jumătate obosit, pe jumătate mânios.

176

— De unde vine Saraceni ăsta, oameni buni? Din Veneția, nu? Așa. Cu cine mă lupt eu chiar acum pentru jurisdicție ecleziastică? Nu cumva cu Veneția? Ba da. Și nu cumva, dacă Saraceni o să trâmbițeze toată povestea la el acasă – eu cel puțin așa aș face în locul lui –, venețienii o să aibă încă o armă de luptă împotriva Romei? Ba o să aibă. O să se-mprăștie vorba ca pălălaia când suflă vântul. Toată lumea o să ne ia de proști și o să ne pierdem ultima brumă de bun renume. Nu-mi vine să cred că oameni în a căror judecată mă încred – mai bine zis, mă încredeam – pot să cadă în asemenea capcane. Și să nu-și pună niște întrebări. Marsilio, ești cardinal și știi ce bătăi de cap am cu venețienii. Chiar nu te-ai gândit cum ne faci să arătăm?

La Paul al V-lea, folosirea pluralului când vorbea despre sine însuși nu era semn de prea mare prețuire de sine, ci de iritare. Și, la drept vorbind, pontiful avea de ce să fie supărat. Abia trecuseră două săptămâni de când Sfântul Părinte așezase republica Veneției sub *interdictus*, după ce conducerea venețiană întemnițase doi preoți. Cearta era greu de stins, și veche. Sprijinind cu îndârjire jurisdicția ecleziastică, Paul al V-lea stârnise certuri peste certuri între Biserică și conducerea seculară a Veneției, recunoscută la rându-i prin mândrie și căposenie. Venețieni învățați, în frunte cu preacinstitul Ermolao Barbaro, doreau ca Biserica să nu aibă jurisdicție în tribunalele civile. Adulmecând anumite chichițe pe marginea cărora lumea se putea

177

învârti în jurul cozii la nesfârșit, papa se pierduse în savantlâcuri împodobite cu expresii latinești, pentru ca până la urmă să vădească o deplină împotrivire la ce doreau venețienii. Ca să nu rămână mai prejos, aceștia avuseseră plăcerea de-a da două legi care se băteau cap în cap ca ouăle de Paști cu Sfântul Scaun. Prima dintre ele oprea înstrăinarea pământurilor și caselor în folosul Bisericii, pe când a doua punea în vedere preoțimii să ceară îngăduința autorităților civile dacă voia să ridice noi lăcașe de cult. Veneția nădăjduia astfel ca puterile statului și ale Bisericii să rămână despărțite. Papa le pusese în vedere venețienilor că legile acelea erau cu neputință de înghițit la Quirinale, crezând că răzvrătirea lor avea să se blegească, iar lucrurile aveau să reintre în normal. Dar în loc să primească dojana și să se astâmpere, venețienii îl puseseră la treabă pe Paolo Sarpi, învățat de renume în dreptul canonic și consilier teologic al republicii, despre care se știa că pe timpul lui Clement al VIII-lea își scrisese cu mulți eretici tobă de carte și care vorbise în numele Veneției, găsind apoi vreme și putere pentru mai multe epistole legate de procedură, trimise la Quirinale spre a fi citite de ochii grijulii ai lui Paul al V-lea. Pontiful aproape că privise cu părere de rău *interdictus*-ul, dată fiind prețuirea pentru Sarpi. Însă prețuirea era una, iar interesul Sfântului Scaun, alta. Erudiția venețianului nu scăpase autoritățile republicii de o excomunicare pe care pontiful o decisese cu inima grea, dar cu siguranța de sine a celui care făcea ce trebuia făcut.

Așa stând lucrurile, pătrunderea unui pictor din Veneția în păcăleala trasă de Merisi nobililor romani era ultimul lucru de care avea nevoie Paul al V-lea. Pontiful se gândea mâhnit la deșertăciunea lumii, nepărând să guste felul în care lucrurile de preț ale Romei fuseseră luate în derâdere de un lombard încârdoșat cu un venețian. Asta era soarta marilor cetăți, să fie întotdeauna dorite și luate la ochi. Dar această lovitură era de două ori veninoasă. Renghiul din Campo Marzio nu numai că slăbea puterea papei în disputa cu republica rebelă a Veneției, dar arunca o lumină proastă și asupra nobililor, mulți dintre ei cardinali. Întrebarea care s-ar fi putut ivi în gândul și pe buzele oricui era de bun-simț: dacă niște oameni nu puteau deosebi între cel care maimuțărește și cel care e maimuțărit, ce temei aveau să vorbească despre tablouri și să decidă care era bun și care nu?

— Nimic nu m-a făcut să bănuiesc că Merisi ne întinsese o capcană, Sfinte Părinte, se auzi vocea slugarnică a lui Odescalchi. Cât despre Saraceni, nu-l văzusem în viața mea. De unde era să știu ce-o să se-ntâmple? Și ce-aș fi putut să fac? se dezvinovăți el, desfăcându-și brațele ca într-o răstignire închipuită.

Paolo Spada încuviință cele spuse de monsenior dând din cap. Grozav i-ar fi plăcut să-și șteargă din gânduri batjocura din Campo Marzio, dar nu putea.

Carlo Saraceni, de a cărui ivire la ospăț aflase, firește, abia la sfârșit, ca de altfel toți mesenii, îl maimuțărise cu atâta naturalețe pe Michelangelo Merisi, încât *Vendetutto* se întrebase de ce ținea morțiș venețianul să picteze, când ar fi putut să-și crească mult mai iute faima și averea făcându-se actor, agățându-se de o trupă care colinda târgurile și uimind lumea cu ușurința cu care intra în pielea unuia și-a altuia. Sigur, Spada putea să dea vina pe lumina slabă din cârciumă, care cufundase chipurile într-un clarobscur asemănător celui prin care blestematul de lombard atrăsese privirile tuturor de la primele tablouri. Asta însă nu îndreptățea orbirea din clipa când Merisi cel neadevărat le bătuse la ușă ziua în amiaza-mare, cu lumina soarelui învăluindu-l ocrotitor, spre a le spune cât de bucuros s-ar simți dacă i-ar primi umila poftire la masă. De asemenea, *Vendetutto* putea să cheme în apărarea lor tăria vinului care se suise la capul oaspeților, carafă după carafă, înmuindu-le picioarele și împăienjenindu-le ochii. Asta dacă nu cumva vreo ticăloasă de la bucătărie deșertase vreun șip adormitor în băutură, la porunca celui care plătise masa. Dar oricâte pricini ar fi căutat Spada, adevărul ieșea la iveală aidoma cobrei din coșul îmblânzitorului: fuseseră duși de nas ca niște prichindei.

Tocmai de aceea *Vendetutto* aștepta din ce în ce mai nerăbdător un semn de viață de la pușlamaua căreia îi ceruse ajutorul în Capela Cerasi din

Santa Maria del Popolo. Deocamdată, până să se folosească de capcana pe care avea să i-o întindă Ranuccio Tomassoni lui Merisi, negustorul căzuse el însuși într-o capcană. Viața alegea să-și bată joc în cele mai nepotrivite momente, își zise el înfuriat. Vânatul se scuturase pe neașteptate, preschimbându-se în vânător. Merisi nu numai că nu fusese vârât cu gâtul în laț (expresia așternea o încântare deplină pe chipul lui *Vendetutto*), dar le dovedise musafirilor din Campo Marzio că puteai uneori să te uiți fără să vezi. La sfârșitul ospățului, când Saraceni se ivise în fața lui Merisi, stând fiecare la câte-un cap al mesei, pe chipurile celor din cârciumă se zugrăviseră neîncrederea, buimăceala și până la urmă supunerea în fața adevărului că băutura fusese mai tare decât erau ei pregătiți să ducă. Cineva deprins să țină la tăvăleală noapte de noapte, cu o femeie fâșneață pe genunchi și cana mereu plină, s-ar fi purtat, poate, altfel. Oaspeții lui Merisi, în schimb, se uitaseră la el și la Saraceni ca bătuți cu leuca, își dăduseră coate unul altuia și sfârșiseră prin a se mângâia cu vorba lui Maffeo Barberini: „Ce lucru ciudat, domnilor: un ecou pentru ochi".

— Nu pricep de ce-a trebuit să răspundeți chemării la ospăț, bombăni mai departe Paul al V-lea. Și de ce nici unuia dintre voi nu i s-a părut ciudată. La urma urmei, câți pictori v-au mai poftit la masă până acum? Doar știți că mulți trăiesc de azi pe mâine. Asta ca să nu mai vorbesc de cuviință. Un nobil al Romei nu se poate înjosi lăsându-se văzut într-o cârciumă cu un pictor, chiar dacă-i e prieten. Apropo, Del Monte și Giustiniani, nobilii cei mai apropiați de Merisi, n-au călcat pe-acolo. Și oricum, ce-ați crezut c-o să se întâmple? Chiar v-ați așteptat ca Merisi să vă spună că era gata să se dea pe brazdă? Nu-mi vine să cred că v-ați putut lăsa trași pe sfoară în halul ăsta. Înseamnă că toate vorbele care se spun despre șiretenia voastră sunt fără temei.

Marsilio Odescalchi și Paolo Spada îndurară mai departe vorbele grele ale Sfântului Părinte, știind că orice-ar fi spus – dacă ar fi găsit ceva de spus – le-ar fi făcut mai mult rău decât bine. Pe când Paul al V-lea trecea de la dojenirea lor la o predică ad-hoc despre cumpătare, cu trimiteri la viețile câtorva eremiți de poveste, monseniorul și negustorul se gândiră, fiecare în parte, la lucruri mult mai pământești. Cardinalul își aminti de treptele pe care le avea de coborât și hotărî că o nouă sosire la Palazzo del Quirinale mai devreme de trei luni i-ar grăbi, pesemne, despărțirea de lumea asta mai mult decât ar putea s-o facă icterul, astmul și guta laolaltă. La rândul lui, lui *Vendetutto* îi fugi gândul de la Michelangelo Merisi la Carlo Saraceni, chibzuind care dintre ei merita o moarte mai chinuitoare și ajungând la hotărârea înțeleaptă că, din moment ce se prefăcuseră a fi unul și același, li se cuvenea să sfârșească la fel.

În vreme ce Sfântul Părinte îi dăscălea cu obișnuita lui ursuzenie pe Odescalchi și Spada, în Campo Marzio, pe un tăpșan în care dădeau străzi împânzite de pribegi fără rost, nu departe de crâșma unde nobilii romani poftiți la masă fuseseră luați peste picior de lombard și de cel care se dăduse drept el, Ranuccio Tomassoni năduşea sub soarele de primăvară. N-o făcea alergând după fuste, ci după o mingiuță din piele de câine, în care izbea zdravăn cu o paletă de lemn și care i se întorcea din paleta tovarășului de joc aflat la vreo treizeci de pași, de cealaltă parte a unei sfori prinse între doi pari bătuți în pământ. Cei doi tineri aveau grijă să trimită mingiuța într-un loc îngrădit de un șănțuleț ale cărui margini fuseseră umplute cu pământ roșiatic. *Pallacorda* era un joc nou, pe care romanii îl luaseră, ca pe toate ciudățeniile, de la francezi. În Terni, unde crescuse Tomassoni, jocurile de soiul ăsta erau necunoscute. La Roma, în schimb, mofturile pariziene ajungeau repede și rămâneau mult. Lumea bună din Franța iubea peste măsură toana asta scornită, spuneau unii, ca o nouă unealtă de cucerire a inimilor femeiești. Și-atunci, de ce să nu fie primit cu brațele deschise în Campo Marzio și în alte cartiere cu viață năvalnică și somn pe sponci?

— Gata, nu mai pot, gâfâi Tomassoni, lăsându-se în iarbă și aruncându-și paleta cât colo. Hai să ne tragem sufletul, Rico.

Enrico Vigliante, prieten din copilărie și tovarăș de nebunii al codoșului, se apropie fără să pară ostenit din cale-afară. Asta poate și fiindcă, la același număr de căni cu vin date pe gât, dormea cu trei ceasuri mai mult pe noapte decât Nuccio.

— Ni-l tragem, dar nu prea mult. Dac-apucă să ți se răcească mușchii, nu-i bine. Faci febră și după aia abia dacă mai poți să te dai jos din pat. Ce s-ar alege de frumusețile Romei fără tine?

— Ai dreptate, ar fi vai și-amar de ele.

Nuccio zâmbi șmecherește, smulse un fir de iarbă și se gâdilă cu el pe față. Nu știa de când jucau, dar după socoteala lui trecuse cel puțin un ceas și jumătate. *Pallacorda* te vlăguia mai rău decât alergatul, ca toate întrecerile în care trebuia să fii cu băgare de seamă și la ce făceau ceilalți. Iar dacă prindeai o zi fără nori și vânt ca aceasta, osteneala îți măcina genunchii și te pleoștea ca pe o floare nestropită. Însă Tomassoni știa că doar jucând cu Vigliante o dată la două zile putea, la momentul cuvenit, să-l cheme la luptă pe țapul îngâmfat care voia să i-o fure pe Lide. Dacă tot nu avea cum să-l dovedească pe Merisi la pictat și la frânt inimi, măcar la *pallacorda* să-l înfunde, mai cu seamă că lombardul părea, de la o zi la alta, tot mai tras la față și mai fleșcăit. Pe lângă asta, nu auzise despre el să se dea în vânt după jocul cu palete de lemn. În schimb, mândria fără margini nu i-ar fi îngăduit să se țină deoparte.

Traiul de codoș îl ajuta pe Tomassoni să afle lucruri pe care alții nici măcar nu le bănuiau, căci nimic nu dezlega mai ușor limba unui bărbat decât destoinicia mâinilor femeiești. Pironiți în așternuturi, mușteriii fetelor lui Nuccio – măcelari și nobili, cavaleri și croitori, paznici și spițeri – se trezeau vorbind vrute și nevrute. Se umflau în pene, își trâmbițau cutezanța sau averile și, din când în când, lăsau să scape porumbei pe care Nuccio îi aduna și-i fereca în cușca ținerii de minte. Viclean și uns cu toate alifiile, el știa însă că, pentru a le stăpâni mai bine pe târfe, trebuia să le descopere și lor tainele. Așa că le învrăjbise încetul cu încetul, turnându-le în urechi tot felul de povești și având grijă să-i strecoare fiecăreia un motiv de pizmă față de alta. Patru dintre fete, printre care și Lide, nu se lăsaseră îmbrobodite, dar săgeata pizmuielii se înfipsese atât de adânc în inimile celorlalte, încât nu trecuse mult și Nuccio începuse să culeagă roadele a ceea ce semănase.

Așa aflase, de pildă, că sprințara Anna Bianchini, ale cărei priceperi de preoteasă a cărnii răsfățaseră floarea nobilimii din Roma, se îmbătase atât de rău într-o noapte, încât se apucase să frece mădularul unui cal priponit în fața unui han și-l făcuse să-și reverse snaga tulbure și vâscoasă peste fața ei. Pescuind mai departe în smârcurile vieții, Tomassoni dăduse și peste taina Lenei Antognetti și a Caterinei Vannini. O făcuse cu ajutorul unei știoarfe sătule să mulgă boașele stafidite ale șontorogilor care-i intrau în pat, pe când celelalte două aveau parte de bărbați care le zdrobeau pulpele, le mușcau de sfârcuri și făceau să umple hanurile cu țipete de încântare. Fata trecuse odată pe la ușa Lenei și auzise altfel de gemete decât cele care zgâriau de obicei pereții încăperii. Curioasă din 185 fire, împinsese ușor ușa, cât să vadă ce se petrecea înăuntru. În patul cu așternuturi moi, despletite și fără să le mai privească nimic pe lume, Lena și Caterina se încolăciseră una în jurul celeilalte și își lingeau rușinea. Fundul ridicat al Lenei, sânii ei proptiți pe pântecul Caterinei, gambele arămii ale acesteia și icnetele îngemănate o stârniseră pe fată, care își vârâse o mână între picioare și se bucurase laolaltă cu celelalte două, fără ca asta s-o împiedice mai târziu să-l ia deoparte pe Nuccio și să-i destăinuie dezmățul peste care, vezi Doamne, dăduse fără voia ei. Tomassoni o mângâiase ocrotitor pe păr, o răsplătise cu un căpitan de corabie tare în mădular și zâmbise mulțumit că le avea în sfârșit cu ceva la mână pe cele două desfrânate.

Cât despre taina Lidei, ea era, fără îndoială, cea mai prețioasă. Și cea mai întunecată. Peștele fusese cât pe-aci să-l dea în vileag cu aproape un an în urmă, în cârciuma lui jupân Girolamo de lângă Piazza Navona, când cârciumarul cu mustața cât vrabia îl zădărâse, ca de fiecare dată când Nuccio îi călca pragul, spunându-i că lumea pălăvrăgea despre fată și Merisi. Tomassoni luase foc și fusese cât pe-aci să-și dea drumul la gură. Trântise cana cu vin, fără să se ferească de stropii care-i pătaseră cămașa, și se zborșise înciudat la Girolamo.

— Sunt singurul om de care Lide nu poate să se-ascundă. Fiindcă numai eu îi știu taina. Iar dacă taina asta iese la iveală, Lide ajunge ori să atârne în ștreang, ori să doarmă sub poduri și să fure de prin gunoaie ca să aibă cu ce să-și ducă zilele.

Pentru Lide lucrurile stăteau însă mult mai rău decât îi dăduse de înțeles Tomassoni cârciumarului șchiop. Spre norocul lui Nuccio, hoinarul care-i dezvăluise grozăvia murise zdrobit de roțile unei căruțe într-o noapte fără lună. Codoșul se înstăpânise astfel pe taina pe care Lide Melandroni o târa după ea de câțiva ani, fără să știe că, la oricare ceas din zi și din noapte, un cuvânt din partea lui, șoptit la urechea cui trebuia, ar fi făcut-o să atârne în ștreang. Căci hoinarul plecat într-o bună zi după vreascuri într-o poiană de la marginea Romei coborâse să se spele în apele Tibrului și se oprise la douăzeci de pași de mal, la auzul unui plâns de nou-născut care făcuse să-i înghețe sângele în vine. Se pitise în spatele unui copac rămuros, stătuse nemișcat o vreme, iar pe urmă, scoțând capul cu băgare de seamă, văzuse o tânără care se așezase în genunchi, cufundase în apă ceva învelit în cârpe și rămăsese așa, cu mâinile în apă și cu umerii zguduindu-i-se nestăpânit. Hoinarul încremenise, necrezându-și ochilor. Pe urmă voise s-o ia la fugă spre mal și să împiedice nenorocirea, dar își dăduse seama că ar fi ajuns prea târziu. Rămăsese unde era, așteptând ca tânăra să plece de-acolo. Într-un târziu, aceasta se ridicase și, scoțând niște urlete sfâșietoare, de om care-și ieșise din minți, trecuse în goană pe lângă el. În clipa aceea, hoinarul o recunoscuse îngrozit: era una dintre curvele lui Ranuccio Tomassoni care ieșeau de la slujba ținută doar pentru ele în fiecare duminică la Santa Maria in Traspontina, așa cum rânduise Sfântul Părinte. 187

Hoinarul își făcuse trei rânduri de cruci și se ho-
tărâse să-i dea de veste codoșului, mai cu seamă
că, din câte spuneau oamenii, acesta umbla să-i
câștige inima fetei.

— Hai, scularea. Ai lenevit destul.

Glasul lui Vigliante îl smulse pe Ranuccio din
mâlul amintirilor. Nuccio se ridică, puse mâna pe
paletă și pe mingiuța de piele și își ocupă locul
de o parte a sforii prinse între pari. Nu voia s-o
dea de gol pe Lide și să-i scurteze viața. La urma
urmei, era a lui. Trebuia să fie. Nimeni n-avea
dreptul să râvnească la ea. Conții, negustorii și
marinarii care o tăvăleau în așternuturi se bucurau
de nurii și de mângâierile ei, dar nu-i puteau
ajunge la suflet. Un suflet păcătos, nu-i vorbă, dar
cu atât mai pe placul cuiva ca el. Iar dacă adevă-
rata primejdie venea din partea lui Merisi, ei bine,
avea să se îngrijească de el cât de curând, mulțu-
mindu-l astfel și pe Paolo Spada. Dacă planul lui
mergea bine, nu era departe ziua când lombardul
avea să sfârșească în vârful unei spade, ca puiul
rumenit în frigare. Până atunci însă, Nuccio tre-
buia mai întâi să se deprindă cu afurisitul ăsta de
pallacorda.

— Ține-te bine, Rico, spuse el cu un rânjet, îna-
inte de-a plesni mingiuța. Am de gând să scot untul
din tine.

8

De la o vreme, nu prea mai știu ce-i cu mine. Nădușesc pe nepusă masă. Mi-e pe rând cald și frig. Acum ard, după cinci minute sunt sloi. Pungile vinete de sub ochi mi s-au adâncit. Câteodată tremur și-mi clănțăne dinții. Parcă nici spada n-o mai țin în mână la fel de ușor ca altădată. Nu se mai poate așa. Îmi termin comenzile și pe urmă, întâmplă-se ce s-o întâmpla, chem doctorul. Îmi termin comenzile? Ușor de zis. Am în lucru cinci, dintre care două cam de multișor.

Plus un tablou pentru Lide. Plus Sfântul Ieronim, la care nu mai am mult. Plus Acherontia.

Dar altceva voiam să-ți spun.

E vremea scopiților, meștere Simone.

Vremea călăuzelor scofâlcite pe drumul spre pierzanie.

Vremea mofturilor, a fandoselilor și a înșelăciunilor.

Asta nu vor să priceapă cei care mă arată cu degetul pentru cruzimea unora dintre tablouri: că pentru binele lor întocmesc o poetică a groazei. Că pentru smulgerea lor din mlaștina în care se afundă tot mai adânc fac din pictură un teatru al cruzimii. 191

Se uită la pânzele înecate în beznă și sânge cu mâna la gură, de parcă s-ar teme să nu-și verse mațele pe pardoselile bisericilor. Vor să fie mințiți cu blândețe, să li se împuie capetele cu prostii, să ia doar carnea macră din blidul vieții și să nu se atingă de zgârciuri. Merg înainte ca scaietele după măgar. Se mint singuri, iar când se găsește cineva care să le deschidă ochii, îl dau deoparte cum ar alunga o muscă.

Asta e una dintre pricinile pentru care n-au ochi să mă vadă. Celălalt e că le aduc aminte, prin tablourile mele, de cât de trecătoare le sunt trupurile și viețile. Iar asta îi râcâie înfiorător. Își petrec ore întregi în fața oglinzii și se împodobesc până peste poate, femei și bărbați laolaltă, dar după ce le dai la o parte gătelile și sulimanurile, nu vezi altceva decât viitoare hoituri.

A venit clipa să-ți mărturisesc că am făcut și alte drumuri la Tor di Nona, în afara celor despre care ți-am spus. Nu fiindcă mi-ar plăcea chinurile semenilor, ci fiindcă am vrut să văd cu ochii mei cât poate îndura un om. Și cum se poartă când îl pun călăii la cazne. Aveam nevoie de lucrurile astea pentru ca nimeni să nu găsească nimic neadevărat în ceea ce urma să așez pe pânză. Ascuns într-un colț, cu o pelerină și o glugă trasă pe cap, ca într-o carte de doi bani, am fost de față la căznirea multora. Am văzut guri deschise, nări podidite de sânge, mădulare cutremurate de spasme, boașe strivite, unghii smulse, mâini răsucite, mușchi gata să plesnească, ochi bulbucați, vintre sfredelite *cu fierul roșu, oase zdrobite cu ghioaga, tăieturi presărate cu sare, cururi străpunse, obraji descărnați cu gheare de fier, urechi tăiate, vene pocnind la tâmple, limbi smulse, chipuri tescuite până nu se mai știa ale cui fuseseră. O, Doamne, și ce mi-au auzit urechile! De o parte, rugăminţile și urletele de animal înjunghiat ale celor căzniţi, de partea cealaltă, scârboșeniile ieșite din gura călăilor. De o parte, zbierete care-ţi ridicau părul în cap și strigăte de îndurare, de partea cealaltă, mojicii și glume fără perdea. Cine își închipuie că torţionarii își fac treaba cu fălcile încleștate nu știe pe ce lume trăiește. Sunt slobozi la gură ca vizitiii poștalioanelor, glumesc aruncându-și unul altuia tot felul de porcării și umblă cu uneltele de cazná de parc-ar fi niște măcelari care știu că, sub satârul lor, carnea nu mai are viaţă și nu mai simte nimic. Așa îi tratează pe ostatici, ca pe niște hălci însângerate asupra cărora trebuie să-și desfășoare priceperile. Nu-i mișcă dacă sunt bărbaţi sau femei, tineri sau bătrâni, iscoade sau trădători, tăbăcari sau marchizi, sănătoși la cap sau rătăciţi, întregi la trup sau schilozi. Pentru ei e totuna.*

Încetul cu încetul, am început să-mi fac curaj și să mă apropii de cârligele de care erau atârnaţi unii ostatici sau de mesele pe care erau întinși alţii. Mă uitam la sumedenia de scripeţi, cuţite, clești, securi, roţi și pene de lemn, gândindu-mă că, la o sută de metri depărtare de iadul ăsta neștiut, viaţa curgea firesc, cu bunele și relele ei. Călăii aflaseră că aveam încuviinţarea guvernatorului (ce glumă a sorții, să cer voie să intru la închisoare cuiva care mă închisese de atâtea ori) și nu se sinchiseau de mine. Își vedeau de-ale lor ca și cum n-aș fi fost acolo. Mă lăsau să mă strecor printre ostatici și să simt izul de putreziciune care venea dinspre unii dintre ei. Treceam dintr-un atelier al caznelor în altul, ca într-un drum al sfârșitului de lume. Mă încovoiam de silă, mă lipeam de pereți și mergeam cu pas nesigur, cu băgare de seamă să nu nimeresc cu tărtăcuța în vreo făclie și să-mi ia gluga foc. Vedeam oameni asudați de spaimă, cu tot frigul din temniță, fiindcă știau că, mai devreme sau mai târziu, avea să le vină și lor rândul. Auzeam scâncete, rugăciuni și blesteme. Mă oțeleam și mergeam mai departe, cu privirea alunecându-mi peste obraji țeposi, piepturi scobite, cămăși muiate de sudoare, umeri zdrumicați, tălpi negre și degete în care cocea puroiul. Ce vedeam mi se înfigea în minte și rămânea acolo, ca urma unei arsuri pe care știi, încă de când o capeți, că o s-o duci cu tine în mormânt.

Din tot ce-am văzut, m-au zguduit mai cu seamă gurile celor întemnițați. În negrul lor stă groaza cea mai adâncă pe care mi-a fost dat s-o văd. Nu cred să fie o mai bună redare a iadului decât prin gura deschisă a unui ostatic. Mai cu seamă a unuia pus la cazne. Tablourile lui Arcimboldo sunt scorneli jucăușe pe lângă hăul ăsta de catran și pucioasă, închis la sfârșit sub capacul cărnii. Toată hidoșenia lumii încape acolo, între două buze despre care n-ai habar

194

dacă s-au umflat de sete sau de pumni. Și poți oare, ca artist, să nu pui așa ceva pe pânză? Poți să te ascunzi după gândul ieftin că lumea vrea ca arta să însemne doar bine, frumos și culori vesele? Dacă lucrurile ar sta în felul acesta, ar trebui ca oamenii să nu se mai uite la nimic altceva decât la smerenia lui Sanzio și la fecioarele lui Botticelli. Dar nu-i așa. Și dacă până acum n-a avut nimeni îndrăzneala să cerceteze frumusețea urâtului, sunt hotărât să fac eu pasul ăsta în numele tuturor. N-au decât să creadă despre mine că răscolesc mlaștina din om, că mă dau de-a dura prin noroiul vieții și că ar fi trebuit să-mi duc zilele într-o peșteră. Știu mai bine decât toți care mi-e rostul pe pământ și nici prin cap nu-mi trece să mă abat de la el.

Tor di Nona mi-a dăruit câteva modele despre care criticii, în nepriceperea lor gargarisită, socotesc că mi le-am ales tot de prin birturi. Of, dacă oamenii ăștia ar sta mai puțin cu nasul în cărți și s-ar îngriji mai mult să-și trăiască viața, ar pricepe că oricine îți poate servi drept model – câteodată chiar fără să-și dea seama. Pentru un asemenea lucru nu-i nevoie de patalama. Trebuie doar ca pe chip să ți se plimbe luminile și umbrele adevărului. Și n-are a face dacă ai obrazul neted sau zbârcit, câtă vreme în trăsături ți se ghicește o taină cât de măruntă.

Prin urmare, mi-am luat modelele de unde am putut. Am dus la atelier cărutași și spălătorese, tăietori de lemne și slujnice, spițeri și hangițe, circusanți 195 *și târfe. Când n-am putut să-i pun să pozeze, cum a fost cu ostaticii, le-am ținut minte chipurile și le-am refăcut când le-a venit vremea. Sigur, au fost și oameni care au aflat că mă atrăsese chipul lor abia când și l-au văzut pe pânză și n-au mai putut face nimic. Așa s-a întâmplat, de pildă, cu Porzia, doica îmbătrânită a lui Del Monte, pe care am folosit-o fără știrea ei la Iudit și Holofern, pentru un personaj fără mare însemnătate. Ba chiar cu Petruccio, potcovarul cu barbă roșcată de lângă Ponte dei Quattro Capi, al cărui chip i l-am împrumutat lui Holofern (dacă mă gândesc bine, singura care mi-a pozat în atelier pentru pânza asta a fost Lide). Sau cu rotofeiul Calogero, bucătarul cardinalului, pe care mi s-a părut nimerit să-l pictez în* Sacrificiul lui Isaac *și despre care se vorbea aiurea pe ulițe că-mi căzuse cu tronc.*

Prin gurile căscate din tablouri se revarsă groaza în fața morții. Răzvrătirea și neputința se topesc aici într-o singură căutătură. Și să știi, meștere, că nu-i ușor să pictezi cum se cade o gură deschisă. Trebuie să ai grijă de o mulțime de lucruri: cât se vede din limbă, ce culoare au dinții, cum se schimbă căutătura întregii fețe. Holofern, de pildă, pare să se înece în șuvoiul de sânge care tocmai îi țâșnește din gâtlej. Ochii holbați și gura căscată larg sunt semne că bărbatul își dă duhul chiar în clipa aceea. Moartea se ivește la fel de urâtă în Sacrificiul lui Isaac, *despre care ți-am pomenit adineauri. Lipit cu țeasta de lespedea de piatră, Isaac deschide* gura cât poate de mult, de parcă n-ar mai avea

aer. Mâna lui Abraham îi e încleștată pe gât, făcân-
du-l pe privitor să creadă că fiul lui ar putea să
moară sugrumat. În ce privește Meduza, pe care
Del Monte vrea să i-o dăruiască unui prieten de
nădejde, la fel e și aici: în mijlocul cununii de șerpi
care ține loc de păr se află doi ochi măriți peste
poate și o gură în care dinții de sus și cei de jos se
văd la fel de bine. Nu șerpii stârnesc groaza celui
care se uită, nici sângele care curge din gât, ci ochii
și mai cu seamă gura.

Pesemne însă că tabloul în care spaima de
moarte se vădește cel mai puternic e Martiriul Sfân-
tului Matei. *Mă gândesc că din cauza asta mi l-or*
fi trimis comanditarii de două ori la atelier să-l
refac – fără folos, fiindcă n-am schimbat nimic
din ce voiau. Sunt treisprezece personaje în tablou,
cu tot cu sfântul și cu bărbatul pus de regele Etio-
piei să-l omoare. Pe când ucigașul îl ține de mâna
dreaptă pe sfântul prăvălit, pregătindu-se să-i îm-
plânte sabia în piept, cei din jur sunt zugrăviți
dând înapoi, de parcă ar fi călcat într-o încâlceală
de vipere. În afara ucigașului, pe al cărui chip stă-
ruie o ură fără zăgaz, alte trei personaje stau cu
gura deschisă, adunând astfel deznădejde, frică și
răzvrătire: un cavaler în tunică verde, un bărbat
cu șalele acoperite de o cârpă și un copil cu amân-
două mâinile ridicate, ca și cum ar vrea să se apere
de o nenorocire.

Îmi aduc aminte că, imediat după ce-a văzut
tabloul suit pe perete în Capela Contarelli, Francesco 197

Del Monte, care, după cum ți-am spus, mă ajutase să capăt comanda, a plecat de la San Luigi dei Francesi, a intrat valvârtej în maghernița unde lucram și m-a luat la rost:

— Ce-i porcăria aia? De ce-ai îngrămădit atâția oameni în tablou?

— Așa a lăsat scris Cointrel în testament, i-am spus. El a vrut-o, eu doar am dus-o la îndeplinire.

Cardinalului nu i-a plăcut răspunsul, dar a trebuit să-l înghită.

— Și de ce, mă rog, stau unele personaje cu spatele? Cum vrei să le vadă lumea fețele?

Mi-am dat seama că nu avea de ce să se lege și îmi căuta nod în papură. În ultima vreme, felul cum ne purtam unul cu altul intrase în impas. Nu aveam cum să mă supun felului de-a lucra la care voia să mă osândească: atelier, masă, somn în camera pe care mi-o dăduse la palat, iar atelier, iar masă, iar somn. Îi făgăduisem că aveam să încerc, dar știusem din capul locului că era cu neputință să trăiesc în felul acela. Era tot o întemnițare, doar cu mâncare mai bună și un pat mai moale. Cred însă că nu era singura pricină a răcelii lui față de mine. Faptul că acceptasem o comandă de la marchizul Giustiniani, care era de altfel prietenul său vechi, îl umpluse pesemne de ciudă. Dac-ar fi fost după el, ar fi trebuit să lucrez douăsprezece ore pe zi doar la tablourile pentru colecția Del Monte sau la comenzile dobândite tot prin el, să stau la taifas cu bătrâna lui doică și să mă culc seara devreme, ca să fiu bun de muncă a doua zi. Îmi

era tot mai limpede că se apropia ziua când aveam
să-mi mut culcușul în altă parte, mai cu seamă
că începusem să câștig bani cum nu visam cu zece
ani în urmă. De un singur lucru mă temeam: ca
nu cumva Del Monte să mă lase din brațe de tot.
Nu aveam voie să uit că libertatea și bunăstarea
mea i se datorau în mare măsură.

— Tocmai asta e, monseniore, i-am arătat. Tre-
buie să fie o scenă plină de viață, chiar dacă în
inima ei se află un aducător de moarte. Iar asta
înseamnă firesc și mișcare. Nu aveam cum să-ntorc
toate personajele cu fața spre privitor. Nu suntem
la parada gărzilor papale.

— Mă iei peste picior, Miché, și nu faci bine.

— Alungați-vă supărarea. Nu vă mai gândiți la
manieriștii ăștia care strică arta. Încercați să vă
uitați la Martiriu *ca și cum l-ați vedea pentru prima*
dată. Nu vi se pare că oamenii din el sunt gata să
se încaiere, să urle sau s-o ia la goană? Nu stau să
fugă dintre rame? Ei bine, așa trebuie să arate un
tablou.

Pe chipul lui Del Monte înțelegerea și asprimea
dădeau o luptă surdă. Ar fi vrut și n-ar fi vrut să-mi
dea dreptate. Pe de o parte, sunt sigur că învățase
să mă prețuiască. Pe de alta, începea să fie prost
văzut la Quirinale. Degeaba luase parte la patru
conclavuri în trei ani. Degeaba se înțelegea bine
cu Ferdinand I de Medici, Marele Duce de Toscana,
pentru care îmi comandase Meduza. *Degeaba îi*
cunoștea pe prelații care, strânși la Santa Maria
Maggiore, îl făcuseră în 1592 pe Clement al VIII-lea 199

să iscălească un imprimatur *pentru tipărirea ediției înnoite a Vulgatei. La urechile noului papă fuseseră susurate o puzderie de mârșăvii: monseniorul a rătăcit calea dreaptă, monseniorul adăpostește la palat un eretic și-un scandalagiu, ba mai mult, derbedeul ăsta îi face ochi dulci monseniorului, care se duce pe furiș la el în cameră noaptea, după ce se culcă slujitorii.*

Mai neplăcut era că îndrăznelile de politichie ale lui Del Monte nu găseau nici ele urechi deschise la stăpânire. Franța și Spania se băteau cu toate armele diplomației, dintre care cea mai ascuțită era lingușeala, dornice amândouă să pătrundă cât mai adânc la Quirinale și să-și împlinească voia pe lângă Paul al V-lea. Pe când cei mai mulți nobili ai Romei trăgeau sfori pentru spanioli, Del Monte îi sprijinea pe francezi, necăjindu-și astfel destui prieteni și preschimbându-și-i în dușmani din pricină că le stânjenea sforăriile. Prin urmare, dacă-i dădeai deoparte averea, Del Monte nu prea mai era vrednic de pizmuire la Roma. Și doar se știa, când simțeau pe cineva șubred, uneltitorii dădeau năvală ca hienele la stârv.

— Uneori îmi spun că, dac-aș fi avut un dram de minte, nu mi-aș fi pus obrazul pentru tine, s-a posomorât Del Monte. Capela Contarelli mi-a adus numai buclucuri. Criticii au sărit cu gura imediat.

— Cine-i bagă-n seamă pe critici n-are ochi pentru artă, monseniore.

— Mai lasă-mă cu vorbele astea de duh. Trebuia să fi fost acolo, să fi auzit cu urechile tale. Și încă

veștejirea Martiriului *a fost joacă de copii pe lângă felul cum au făcut praf* Chemarea.

— *Li s-a părut prea firească și luată din viață, nu? E-adevărat, n-are fudulia stearpă din tablourile lui D'Arpino.*

— *Dacă te-ar auzi cum vorbești despre el, nu știu cât te-ar mai lăsa în atelier.*

— *Asta n-ar face decât să arate cât e de mărunt.*

Del Monte a clătinat din cap.

— *Zău așa, Miché, îmi spui și mie ce te-a apucat să-l pictezi pe Sfântul Matei într-o cârciumă? Bine că nu i-ai pus și niște cărți de joc în mână.*

Am făcut un gest de lehamite cu mâinile.

— *E o vamă, monseniore, nu o cârciumă. Și oricum, de când trebuie artiștii să-și deslușească opera?*

— *Artiștii nu trebuie. Hulitorii, da. Chiar nu te-ai gândit că lumea o să te-arate cu degetul? Că în ochii oamenilor ai ajuns un blasfemiator?*

Am simțit că-mi ies din sărite.

— *E ciudat că, așa stând lucrurile, primesc totuși atâtea comenzi. De ce s-ar lega oamenii la cap fără să-i doară? De ce-ar vrea tablouri de-ale mele dacă ele ar conține asemenea porcării?*

Del Monte și-a sprijinit bărbia în vârful degetelor și și-a dat ochii peste cap.

— *Nu-ți risipi harul, Miché. E păcat de el. Ai putea face lucruri mărețe.*

— *Cu alte cuvinte, ar fi bine să pun la bătaie doar priceperea și să las altele în seama oamenilor cuvioși și cuviincioși. Ei să se îngrijească de felul cum trebuie pictat, eu doar să-mi pun penelul pe* 201

pânză. E ceva nou, recunosc – pictură după po-
runca altuia. Cum de nu mi-o fi dat prin cap mai
devreme?

Monseniorul a făcut câțiva pași prin atelier,
uitându-se la schițele lăsate la voia întâmplării.

— Zău dacă pricep ce vrei să dovedești, a spus
el într-un târziu, cu un glas ca ieșit din mormânt.

— Dacă vă gândiți la Chemare, *e ușor. Acolo*
sunt două lumi care n-au de-a face una cu alta.
Lumea negustorilor, a banilor care zornăie, a
chivernisirii și căpătuielii, a socotelilor nu întot-
deauna cinstite, și lumea lui Isus, care vine să facă
lumină și să aleagă un sfânt dintre păcătoși.
Deasupra mâinii îndreptate spre bătrânul cu
barbă se vede o rază de soare pătrunsă pe fereastră.
Poftim, am făcut ce nu voiam. Am dat deslușiri.

— Sfântul Petru, care stă lângă Isus, e cărunt,
desculț și murdar, Miché.

— Picioarele goale poartă în ele semnul sfin-
țeniei, monseniore. Ar trebui s-o știți măcar din
cărți, dacă veșmintele de soi în care vă plimbați
prin Roma v-au făcut s-o uitați.

— Uite ce-i...

— Iertare, n-am vrut să vă supăr, l-am îmbunat,
deși tocmai asta avusesem de gând. Dar aici se pe-
trece o schimbare uriașă. Levi, aplecat deasupra
unui tânăr care numără banii pentru el, devine
Matei. El se pregătește să ducă mai departe cu-
vântul Domnului. Ochiul celui care privește se mută
încet din dreapta spre stânga, urmând mâna
202 *întinsă a lui Isus și raza de lumină.* Și trecând,

Isus a văzut pe Levi al lui Alfeu șezând la vamă și i-a zis: Urmează-mi. *Chemarea, monseniore. Ei bine, un tablou ca ăsta nu se putea face decât nesocotind canoanele. Ați fi vrut ceva cumințel, molatic și fără tărie? Dacă da, ar fi trebuit să în-credințați comanda altcuiva. Roma colcăie de zu-gravi smeriți care se cred pictori.*

— Câteodată zău că-mi pare rău că n-am făcut-o, a răbufnit Del Monte, ieșind din atelier și trântind ușa în urma lui.

După trei luni, am plecat din palatul monsenio-rului, spre ușurarea zgripțuroaicei de Porzia, că-reia îi ajungea să dea cu ochii de mine ca să se stafidească și mai și. Am stat câteva nopți la Onorio Longhi, pe urmă, pe rând, la alți prieteni, iar când mi-am dat seama că aveam totuși nevoie de o ca-meră doar a mea, mi-am căutat ceva de stat în chirie. Gentileschi m-ar fi luat bucuros la el, dacă nu s-ar fi împotrivit nevastă-sa, care n-a vrut nici în ruptul capului ca micuța Artemisia să crească având în preajmă un neisprăvit.

Așa am ajuns la Prudenzia, o hoașcă nesătulă, care nu se mulțumea cu banii pe care i-i vărsam în palmă la două săptămâni, ci avea poftă de zbenguială. Să mai crezi că numele oglindește firea. Cum termina de trebăluit prin bucătărie, unde trântea tigăi și înjura ca un grăjdar, Pru-denzia dădea iama în cămăruța mea, mirosind a tocană, usturoi și mosc, de-mi întorcea mațele pe dos. (Deh, rămăsese văduvă cu vreo trei ani mai înainte și de-atunci nici musca n-o mai bâzâise.) 203

*Se trântea pe pat, îşi ridica fustele şi mă chema s-o
încing. Mă lua cu ameţeală şi mai multe nu.
Avusesem parte de îmbieri mai acătării la Tor di
Nona, unde se mai trezea câte-un bandit stătut să
mă-ntrebe de sănătate. Ca să scap, am încălecat-o
o dată şi mi-a tăiat foamea pe două zile. Numai
că ei i-a plăcut şi s-a nărăvit. Nu mai ştiam pe
unde să scot cămaşa. Ajunsesem să stau până
noaptea târziu la atelier şi să mă întorc pe furiş,
mergând pe vârfurile picioarelor şi uitându-mă să
văd dacă hodoroaga suflase în lumânare. Şi nici
aşa n-am păcălit-o mereu.*

*După o vreme, am luat-o iarăşi la picior şi am
mai rătăcit câteva săptămâni din han în han şi
de la Lena la Anna, ascunzându-mă ca şoarecele
prin hambar de oamenii guvernatorului, fiindcă
blestemata de Prudenzia, strica-i-s-ar peştele în
strachină, s-a dus să se smiorcăie că-i furasem de
prin casă. Când mi-a ieşit în cale Andrea Rufetti,
un bondoc vesel de dimineaţa până seara, care
vindea sare, măsline şi mirodenii la doi paşi de
piaţa Panteonului, parcă l-am prins pe Dumnezeu
de-un picior. Mi-am luat calabalâcul şi am
zbughit-o la Andrea, nădăjduind să rămân acolo
cât mai mult. Rufetti nu era bogat, dar avea o
inimă mai mare decât fundul Prudenziei. S-a
mutat într-o încăpere mai mică şi mi-a dat camera
lui, ca să-mi pot aduce uneltele şi pânzele. Prin
grija cine ştie cărui nemernic – bănuiala mea
cade asupra lichelei de Tomassoni, care nu numai
că are prieteni care trag cu urechea peste tot, dar*

204

mă iubește cum iubesc vârcolacii lumina și hoții
ștreangul –, D'Arpino aflase ce părere aveam
despre lucrările lui și mă izgonise din atelier.

— Dacă nu și-ar fi băgat nasul oblăduitorii tăi,
n-ai mai fi mânjit lăcașul Domnului, se înfuriase
el, purpuriu la față aidoma covorului pe care
jinduia să calce Del Monte în drum spre jilțul de
la Quirinale.

Știam că D'Arpino fusese rivalul meu pentru
comenzile de la San Luigi dei Francesi, dar nu mă
așteptasem să-l sâcâie atât de mult înfrângerea.

— Dac-ai fi pictat dumneata Capela Contarelli,
cavalere, iubitul Mathieu Cointrel s-ar fi răsucit în
groapă mai ceva ca berbecul în proțap, îi răspun-
sesem, neplăcându-mi să rămân dator.

Se pare că am plecat la timp de la cardinalul
Del Monte. Soldații guvernatorului i-au pătruns în
palat în miezul unei zile cu vânt ca în pustiu și
l-au dus la Quirinale pentru deslușiri, iar de acolo
într-un loc unde erau ținuți nobilii asupra cărora
plutea primejdia judecății. Și chiar de asta a avut
parte. A fost învinuit că încuraja nebunia unui
curist iconoclast și cu porniri ucigașe. Că ajunsese
prin asta tovarășul unui eretic. Că se înhăitase cu
un bețivan care făcea de rușine pictura, alegân-
du-și modele fără strop de înălțime morală. Mai
avea vreo însemnătate că judecătorul care-l
descususe pe Del Monte la proces vâna femei
ușoare, cu o nevastă bolnavă acasă? Mai avea vreo
însemnătate că un sfert dintre cardinalii cu mantii
stacojii făceau cruci cu dreapta și umblau sub 205

fustele prietenelor Lidei cu stânga? Mai stătea cineva să numere toate rangurile cumpărate pe căi lăturișe? Înălțime morală, auzi dumneata.

Din păcate pentru Paul al V-lea și spre norocul monseniorului, judecata s-a oprit odată cu moartea părintelui Filippo Neri, unul dintre puținii înțelepți pe care-i prețuia întreaga Romă. Legea așa spunea, că judecarea proceselor se întrerupea în zilele de doliu. Del Monte a priceput însă ce trebuia din toată povestea: că ocrotirea mea era doar motivul de fațadă al procesului și că adevăratele lui pricini se legau de sprijinul dat Franței la Quirinale. Ca un făcut, după ce, folosindu-și puterea și prietenii, a reușit să oprească procesul, Del Monte a lăsat-o mai moale cu prietesugurile franțuzești, făcându-se că uită că se trăgea pe departe din neamul Bourbonilor. A întărit legăturile cu Marele Duce de Toscana, a început să-și vadă mai des neamurile venețiene și i-a luat sub aripa lui primitoare, dar cam neastâmpărată noaptea, pe alți pictori și savanți, cum făcuse cu mine și cu Galilei.

Meduza și *Martiriul Sfântului Matei n-au atras doar mânierile monseniorului, ci și ivirile musafirului meu de noapte.* Acherontia *a reînceput să-mi apară în vis, de-ai fi zis că antenele ei simțeau sângele din tablouri și dădeau de veste că legătura trebuia reînnodată. Mă întrebam mai departe ce putea fi această ivire plăsmuită de somn, care era înțelesul pe care încă nu izbuteam să-l aflu. Purtau aripile ei de catifea mesajul unei prevestiri negre? Trebuia să mă opresc din lucru și să* trec la altceva? Îmi călăuzea oare visul penelul care picta fluturele de pe pânză? Mi se dădea cumva de înțeles că moartea era mai aproape de mine decât credeam? Nici un răspuns nu mă mulțumea. Lucram cu geamurile deschise, lăsând vântul să șuiere prin încăpere. Căldura dinăuntru și mirosul vopselurilor mă amețeau și mă făceau să asud, iar atunci dădeam larg ferestrele de perete și trăgeam aer în piept până simțeam că pocnesc.

Din când în când, mă opresc din lucru, mă dau înapoi și mă uit încruntat la tabloul pe care prinde aripi fluturele. Încă nu știu încotro să mă îndrept. Ba vreau să-l lipesc de pânză ca pe un răstignit bătut în cuie pe cruce, așa cum gândisem din capul locului, ba vreau să-l pictez astfel încât oricui se uită la el să i se pară că-și ia zborul spre fața lui. D'Arpino, care cumpără statornic de la Rufetti, a prins de veste că muncesc la ceva nemaivăzut și mi-a cotrobăit prin atelier. Gazdei mele i-e drag de el cum îi e oii de botul lupului, dar n-a avut încotro și a trebuit să-i deschidă, într-o zi, pe la vremea prânzului, când plecasem la Osteria del Moro. Erau vremuri când nu știai ce-ți aducea ziua de mâine, iar bietul Andrea nu putea pierde un mușteriu cu dare de mână, oricât ar fi fost de nesuferit. Ce-a crezut D'Arpino despre tablou nu știu și nu mă privește. Rufetti n-a îndrăznit să-l întrebe și nici cavalerul n-a găsit de cuviință să i se destăinuie. Dar nu m-aș mira deloc să aflu că a bătut și el toba, vestind în stânga și-n dreapta că o luasem razna și că locul meu era la balamuc, *nu pe străzile Romei. La urma urmei, n-ar fi fost primul care vedea în negrul din tablourile mele o boală care, vezi Doamne, mi-ar fi întunecat mințile.*

La drept vorbind, am două motive pentru care nu dau voie culorii ăsteia să-mi lipsească de pe pânză, meștere.

Pe primul îl cunoști. Cred că negrul e măreț fiindcă le dă voie celorlalte culori să-și arate măreția.

Al doilea e și mai lesne de priceput. Fundalurile pictate în negru mă scapă de plictiseala, ba chiar de chinul, de-a închipui priveliști sau decoruri. Mă preocupă chipurile și trupurile oamenilor, nici-decum pâlcurile de chiparoși spălați de ploaie, luna sau stolurile de vrăbii. Cine se uită prea mult la copaci sau păsărele nu pune preț pe om.

Nu știu cum se face, dar mi se întâmplă uneori să văd că din moliciunea aripilor se desprinde un chip de bărbat. Încă n-am reușit să-mi dau seama al cui e, dar are un aer cunoscut. E un desen straniu, care mi se arată o clipă și apoi se destramă ca fuiorul ieșit pe horn. Să fie o năzăreală, un joc al flăcăruii de la lumânare sau altceva? Pe urmă zbârciturile se netezesc, iar aripile își recapătă luciul stins. Chipul se face la loc fluture.

Mă întreb dacă am făcut bine cercetând chi-purile ostaticilor din Tor di Nona. Nu știu. Durerea și chinul nu sunt mărfuri pe care să le poți târgui din dughene. Ai oare voie să tragi cu ochiul la caznele cuiva, pentru ca mai târziu să le folosești cum îți cade bine? Încep să mă îndoiesc. Cât despre

208

împrietenirea cu gândul morții, ea e o plăsmuire care își poate face cuib doar în mintea proștilor. N-am ce să fac, sunt osândit la neîmpăcare. Nu pot să-mi bag în cap că după ce-o să mă acopere pământul n-o să mai fie nimic. Se încrețește carnea pe mine la gândul că n-o să mai am locul meu în lumea asta, cu toate scârboșeniile ei. Și nici nu pot să fac pe înțeleptul și să spun că așa e legea firii. N-au decât să scrie toți gânditorii lumii despre moartea care începe de când te naști, mie tot o nedreptate mi se pare.

Se spune despre cei care târcolesc moartea că le vine rândul mai devreme. Prea târziu am aflat vorba asta. Dacă aș fi auzit-o mai din timp, poate că n-aș mai fi căscat gura la atâtea grozăvii. Și poate că în dimineața aceea de septembrie a lui 1599 mi-aș fi văzut de lucru în atelier, în loc să mă amestec printre târgoveți la Sant'Angelo și să mă uit cum e omorâtă Beatrice Cenci. Mai fusesem la așa ceva din aceeași pricină pentru care cerusem învoire să cutreier prin temnițele de la Tor di Nona. Voiam să văd chipul de pe urmă al spaimei, tremurul cărnii, mărirea ochilor și haul gurilor deschise. Voiam să-mi întipăresc în minte figura osânditului cu o clipă înainte ca viața să i se frângă în vuietul gloatei. Am fost, am văzut, iar când a venit vremea am pictat.

Știam ca puțini alții povestea Beatricei, petrecută pe timpul când papă era Clement al VIII-lea. Știam, de asemenea, că lumea se grăbise să facă din ea o ucigașă cu față de copil, un heruvim înăuntrul căruia sălășluia un diavol. Habar n-am dacă asemenea blestemății se petrec la fel de des și în Lombardia dumitale, meștere. Aici, însă, în orașul ăsta doldora de panglicari și ticăloși, îți spui uneori că în spatele fiecărei porți se ascunde o taină stropită cu sânge. Iar dacă poarta e a unei familii romane cu stare, atunci cu atât mai urâtă trebuie să fie și taina.

Pe Beatrice nu cruzimea a pierdut-o, ci frumusețea și curajul. Podișca pe care și-a găsit sfârșitul a fost ridicată pe cruzimea hâdă și pe desfrânarea contelui Francesco Cenci, tatăl ei, un om în jurul căruia roiau bănuieli de nelegiuiri de tot felul. Toate astea mi le-a spus mai târziu Plautilla, femeia care făcea curățenie în castelul familiei Cenci din La Petrella del Salto. Castelul se numea La Roccia fiindcă fusese clădit pe un perete de stâncă, în munții care înconjoară Abruzzo. Contele și prietenii lui chefuiau la castel ori de câte ori voiau să stea departe de ochii lumii, iar din ce mi-a povestit Plautilla, la unele chiolhanuri se puneau prinsori scârboase și se necinsteau fete strânse cu de-a sila de prin satele din jur.

Contele Cenci trecuse de cincizeci de ani, dar poftea la prospături ca un flăcău de douăzeci. Într-o bună zi, cu mintea încețoșată de vin, și-a înghesuit fiica într-un perete și a încercat să-i ridice fustele. (Faptul n-a fost chiar de mirare, gândindu-mă că tot mai multă lume spunea că oamenii cei mai lipsiți de noblețe erau nobilii.) Beatrice a scăpat zgâriindu-l pe față, dar asta mai *rău l-a întărâtat pe conte. Nici măcar contesa, Donna Lucrezia, n-a putut să-l astâmpere, așa că vânătoarea s-a dus mai departe. Speriată peste poate, Beatrice s-a plâns guvernatorului și a cerut apărare. Cenci mai fusese închis de câteva ori pentru felul cum călcase strâmb, dar nu-i o taină pentru nimeni că dreptatea arată altfel pentru bogat decât pentru sărac. Unde oamenii de rând ispășeau ani grei pentru o faptă măruntă, contele și alții ca el își cumpărau libertatea și, odată scoși de la răcoare, o luau de la capăt cu porcăriile.*

Guvernatorul nu numai că n-a ajutat-o pe Beatrice, dar i-a dat de veste contelui. Scos din minți de cutezanța propriei fiice, Francesco Cenci a trimis-o la castelul La Roccia împreună cu mama ei, poruncindu-le să nu se înapoieze la Roma până nu avea să le dea el voie. Aici, între zidurile castelului, Beatrice și Donna Lucrezia au pus la cale singurul lucru care ar fi putut să le redea pacea: uciderea contelui cu primul prilej. Numai că totul trebuia să pară o întâmplare nefericită, căci omorul, spre deosebire de alte fărădelegi, se pedepsea aspru la Roma, chiar dacă făptașul era de stirpe aleasă. După ce-a chibzuit câteva săptămâni, contesa și-a zis că, știută fiind patima beției care-l rodea pe Cenci, nu s-ar fi mirat nimeni dacă l-ar fi găsit cândva cu creierii împrăștiați prin iarbă, după ce se va fi prăvălit de pe unul dintre balcoanele castelului, nemaiputându-se ține drept și nesocotind sfaturile tovarășilor de ospăț.

Chiar dacă trecuse atâta timp, când mi-a povestit întâmplarea, Plautilla de-abia și-a ținut firea. Am ghicit din glasul ei că mai bine ar fi curățat closete decât să-și ducă viața în La Petrella del Salto sau la castel.

— În toiul unei nopți când domnul conte era la castel, sătenii mi-au bătut în geam. Erau îngroziți și nu știau cum să-mi dea vestea. M-am îmbrăcat în grabă și m-am dus cu ei la castel, unde mi-au arătat leșul plin de sânge și acoperit de mărăcini. Arăta ca și cum s-ar fi prăbușit de sus, după ce lemnul unei margini de balcon se rupsese sub apăsarea corpului mătăhălos. Bărbatu-meu, Olimpio, care se îngrijea de toate cele la castel, nu era acasă, așa că n-am avut cu cine să mă sfătuiesc. Am rugat câteva fete să-l spele, să-l ungă cu ierburi și să-l curețe pe conte, dar n-au vrut să se-atingă de el. Mi-am dat seama de ce și le-am spus bărbaților să facă ei ceea ce de obicei era treabă de femeie. Înainte să mă duc înapoi acasă, am trecut pe la castel. Când am ajuns sub geamul Beatricei, mi-am ridicat ochii și am văzut-o, în rochie albă și stând nemișcată. Am înțeles în clipa aceea că nu băutura îi venise de hac contelui, mi-am făcut trei rânduri de cruci și am tras nădejde să nu descopere nimeni adevărul.

Am întrebat-o pe Plautilla ce se întâmplase mai departe. Mi-a povestit cu glasul înecat în tristețe și cu ochii pironiți pe un perete. Vorbea de parcă ar fi retrăit totul de la capăt.

212

— Când l-au spălat pe conte, au văzut niște răni la cap pe care era cu neputință să le fi pricinuit căderea. Rănile păreau făcute cu ceva ascuțit, care intra ușor nu doar în carne, ci și în os. Cea de lângă tâmpla dreaptă era mai adâncă decât celelalte. Unul dintre slujitori, momit de gândul unei pungi cu bani, s-a dus la guvernator și i-a povestit ce văzuse. Soldații guvernatorului au ajuns în câteva ceasuri la castel, de unde le-au ridicat pe Beatrice și Donna Lucrezia, precum și pe Giacomo, frate vitreg al Beatricei, despre care bănuiau că fusese amestecat în tărășenie. Caznele cărora le-au fost supuși cei trei au scos la iveală adevărul.

Am vrut s-o opresc pe Plautilla, dându-mi seama că-i venea tot mai greu să vorbească despre zilele acelea. Dar ea și-a depănat povestea mai departe, frământându-și mâinile și străduindu-se să-și alunge tremurul din glas.

— Donna Lucrezia și Beatrice i-au turnat un praf în băutură și l-au adormit pe conte. Pe urmă l-au chemat din cotlonul unde pândise pe un oarecare Marzio da Fiorani, zis Catalanul, și i-au poruncit să facă ce se cerea făcut. Catalanul se pregătise să-l izbească pe conte cu niște pietroaie pe care le luase de pe drum până își dădea duhul, dar, spre mirarea lui, Cenci a deschis ochii și a dat să-l prindă de mână. Îngrozit, Catalanul a înșfăcat un piron de fier și i l-a bătut contelui în cap cu un cataroi. Pe urmă l-a luat în cârcă, l-a cărat pe balcon și l-a azvârlit în tufe, având grijă după

*aceea să ferfenițească marginea de lemn putrezit
a balconului.*

*— Bine, și Olimpio n-a auzit nimic? Parcă ziceai
că era mereu la castel.*

*Plautilla a tăcut îndelung. Când a vorbit din nou,
ochii i se zbăteau să nu dea drumul lacrimilor.*

*— Olimpio... Olimpio a fost pus de Beatrice și de
Lucrezia să găsească un ucigaș. Și nu mi-a spus
nimic, de parcă aș fi fost o străină. El l-a adus pe
Catalan la castel și i-a arătat unde își bea contele
cana de vin dinainte de culcare. Amărâtul, l-a căi-
nat Plautilla, ștergându-și nasul cu poala rochiei.
A crezut c-o să scape și c-o să fugă în lume cu
Beatrice, pe care-o lăsase grea. Era sigur că, proas-
tă cum mă socotea, habar n-aveam de ei doi.*

*— Ce-a pățit? am întrebat-o pe Plautilla, bănuind
deja ce aveam să aud.*

*— A fost găsit într-o râpă, mult după moartea
lui Cenci. Lupii luaseră deja din el ce era mai gustos.*

— Și Catalanul?

*— L-au găbjit soldații guvernatorului. Într-un
han de pe drumul spre Frosinone, unde nădăjduia
să stea ascuns până se potolea tărăboiul. A murit
în chinuri la Tor di Nona.*

*Având în gând și în suflet povestea asta, m-am
îmbulzit cu gloata lângă Ponte Sant'Angelo în
dimineața de septembrie când vinovații au ispășit
pentru omorul pe care, chiar dacă nu-l făptuiseră,
îl puseseră la cale. Și oricât de bine am căutat,
n-am găsit nimic pe chipul Beatricei înainte să fie
smulsă din lumea asta. Nici urmă de teamă, căin-*

ță sau dispreț. Nimic. Umbla vorba că ostaticii pe care gardienii îi îndrăgeau primeau de la ei o fiertură în celulă, înainte de-a fi duși în piața publică, spre a face mai ușoară despărțirea lor de lume și a capului de trup. Nu știu dacă tânăra care abia împlinise douăzeci și doi de ani băuse sau nu din licoarea care amorțea mintea și simțurile. Fapt este că nu s-a clintit când lui Giacomo, prins în funii cu fața în sus, i-a fost zdrobită țeasta cu ciocanul sub ochii ei și când călăul a lăsat să se scurgă destule clipe între lovituri, așa încât condamnatul să priceapă întocmai ce-l aștepta și cât avea să țină. Sau când trupul i-a fost rupt de cai. N-a întors capul nici măcar când mama ei a murit sub secure. A așteptat să plece de pe lumea asta strâmbă cum aștepți să vină poștalionul și să te ducă în alt târg. Pe cât de multă moarte se strânsese în sufletul ei, pe atât de puțină i se zugrăvea pe chip.

Și-atunci, de ce m-a mișcat mai mult omorârea Beatricei decât a altor ucigași? Nu fiindcă îi aflasem povestea sau fiindcă dreptatea judecătorului nu ținuse seama de o altă dreptate, dincolo de rânduielile omenești. Și nici fiindcă era foarte tânără.

Știu, e ceva prostesc, dar uneori mintea nu ajută și nu răzbate.

Beatrice mi-a rămas în gând fiindcă semăna cu Lide, nu din altă pricină. Avea aceeași linie a nasului, aceleași buze care te rugau să le muști, aceiași ochi în care patima lucea ca o lamă de cuțit sub raza lunii. Același chip de înger căzut. 215

Moartea Fecioarei, *pe care carmeliții desculți de la Santa Maria della Scala au scos-o din biserică anul trecut, la trei zile după ce le-o trimisesem, e de fapt moartea Beatricei. Romanii s-au obișnuit să creadă că mi-o luasem drept model pe o anume Adriana, o târfuliță care se omorâse aruncându-se în Tibru și fusese scoasă la mal după trei zile. Le surâdea bănuiala asta – se potrivea felului meu de-a fi, în care nouă prelați din zece deslușiseră de mult mugurii necredinței. Nu de alta, dar Fecioara de pe pânză purta rod în pântec (ca de altfel și osândita în ziua morții). Însă adevărul, pe care e vremea să-l afli și dumneata, meștere, ăsta e: Fecioara din tablou e Beatrice Cenci, pe care anii scurși de la omorârea ei n-au făcut nimic să mi-o scoată din minte.*

Beatrice și Lide.

Acherontia și viața.

Fluturele nopții și soarele de peste zi.

Atât cât mi-o mai fi dat să mă bucur de el.

9

De față cu noi și cu voia lui Dumnezeu Atot-puternicul, se osândește fugarul Michelangelo Merisi da Caravaggio, fiul lui Fermo și al Luciei, vinovat de omor, la moarte prin despărțirea capului de trup.

Oricine îl va întâlni pe fugar va fi liber să împlinească pedeapsa în locul nostru.

Oricine îl va întâlni pe fugar și-i va da adăpost va suferi aceeași pedeapsă cu a fugarului.

Oricine îl va întâlni pe fugar și va aduce vești despre locul unde se ascunde va fi răsplătit.

Înscris și dat după chibzuință, astăzi, 2 iunie 1606 A.D.

Petruccio Margotti,
judecător

Ottavio Giambattista,
guvernator

Paul V
Pont. Max.

10

Când îți strângi catrafusele și te pregătești s-o iei din loc, arunci totul în lăzi cum se nimerește, alandala. Iar dacă are dreptate cel care spune că două mutări înseamnă un foc, află, meștere Simone, că am trecut deja prin trei-patru pârjoluri. Am scăpat cu bine din fiecare, dar am lăsat în urmă, din graba provocată de teama de-a nu fi prins și dus la răcoare, lucruri pe care aș fi vrut să le păstrez lângă mine până în ultima clipă – într-un loc o pensulă din păr de veveriță, în altul, un studiu pentru un cap de copil; într-un loc un castronaș în care amestecam culori, în altul, un sul de pergament primit în dar de la Lide de ziua mea. Însă așa cum după ploaie iese soarele, tot așa după deznădejde trebuie să înflorească, fie și pentru scurtă vreme, fericirea. Asta însemna că mâhnirea pierderii era urmată de voioșia descoperirii. E-adevărat, rămâneam fără unele lucruri, dar ori de câte ori îmi desfăceam lăzile după ce-mi luam noua odaie în primire, găseam pe fundul lor vechituri pe care le crezusem rătăcite pentru totdeauna. La fel mi s-a întâmplat și ultima dată, când pățaniile prin care am trecut – și pe care o 223 să ți le povestesc numaidecât – m-au silit să-mi iau calabalâcul în spinare, să fug de la milosul Andrea Rufetti și să-mi caut alt loc de ședere.

Tot căznindu-mă să pun ordine în ceea ce înghesuisem de-a valma în bagaj, am nimerit peste două hârtii îngălbenite, pe care cineva le acoperise cu un scris șovăielnic – când lătăreț, când puchinit. La început nu mi-am dat seama ce era cu ele și chiar m-am gândit că luasem din greșeală ceva ce era al lui Andrea. Pe urmă, uitându-mă mai cu băgare de seamă, m-am lămurit. Erau două pagini pe care le scrisesem cu mâna mea pe furiș din cărțulia lui Cennino pe când lucram în bottega dumitale. O făcusem cu frică să nu fiu prins și scărmănat, căci puteam să mă uit în cărțulie doar când îmi dădeai voie și numai la filele pe care mi le arătai. Pe prima dintre cele două pagini se scria despre cum se colorau fețele, mâinile, picioarele și toată carnea oamenilor. Literele se mai șterseseră, iar hârtia era boțită, dar tot am izbutit să citesc.

„Coloratul feței trebuie început în felul următor: ia puțin pământ-verde cu puțin alb de plumb bine legat și dă, cu de-amănuntul, de două ori peste față, peste mâini, peste picioare și peste nuduri. Dar acest prim strat trebuie să fie – la fețe de tineri, cu carnație fragedă – bine legat (stratul de culoare și carnațiile) cu gălbenuș de ou de găină de la oraș, și aceasta fiindcă gălbenușurile sunt mai albe decât acelea pe care le fac găinile de la țară, și care gălbenușuri, prin culoarea lor, sunt bune pentru legat carnațiile bătrânilor și oamenilor oacheși. Și acolo unde *lucrezi pe zid tonurile de roșu deschis cu* cinabrese, *nu uita că pe panou trebuie să fie făcute cu cinabru. Și când dai primele roșuri, să nu fie de cinabru curat, ci pune în el puțin alb de plumb; și de asemenea pune puțin alb de plumb și în* verdaccio, *care-ți folosește la dat umbre. Apoi, după cum lucrezi și colorezi pe zid, în același fel fă trei feluri de culori pentru carnație, una mai deschisă decât alta, punând fiecare culoare de carnație la locul ei în diferite părți ale feței. Nu te apropia, totuși, prea mult de umbrele făcute cu* verdaccio, *căci s-ar putea să le acoperi de tot; dar dă-le cu culoarea carnației cea mai deschisă, atingându-le ușor și înmuindu-le ca pe un fum. Și să știi că panoul trebuie să fie umplut de mai multe ori decât zidul, totuși nu atât de mult – după părerea mea – încât să împiedice verdele care se află sub carnații de a transpărea totdeauna puțin. După ce ai pus unde trebuie culorile de carnație, încât fața să fie aproape bine, fă o culoare mai deschisă de carnație și pune-o peste părțile care ies în relief ale feței, albind puțin câte puțin, ușurel, până ce ajungi să revii cu alb de plumb, curat, peste vreun relief micuț, ieșit mai în afară decât altele, cum ar fi peste sprâncene sau peste vârful nasului. Apoi trage partea de sus a ochilor cu un contur de negru, cu câțiva perișori (cum are ochiul), și nările. Ia apoi puțină sinopia închisă cu un pic de negru și trage toate contururile nasului, ochilor, sprâncenelor, părului, mâinilor, picioarelor și îndeobște ale tuturor lucrurilor, după cum ți-am arătat la lucrările pe zid; și totdeauna leagă cu aceeași tempera de gălbenuș de ou."*

A doua pagină cuprindea sfaturi despre cum se colorau morții din tablouri, cu tot cu păr și barbă. Rezemând cărțulia de suportul unei lumânări cu 225 *flacără pâlpâită, cu inima cât puricele și cu vârful limbii prins între dinți, transcrisesem rând cu rând sfaturile lui Cennino, gândindu-mă că aveau să-mi fie de folos după ce-mi voi fi încheiat ucenicia. Visând deja la faimă și prins în mrejele prețuirii de sine, făceam încă de-atunci tot ce puteam ca să fiu în fața celorlalți, să le-o iau înainte cu orice preț. Ferruccio și Tarcisio, cei doi băieți din Bergamo cu care mă împrietenisem, îmi citiseră lucrul ăsta în priviri încă din prima săptămână petrecută în* bottega *și nu făcuseră nimic să mă abată de la țintă. Or, se știe, când te lași purtat de năzuințe înalte, judecata se dă deoparte. Dacă aș fi avut un strop de minte, mi-aș fi dat seama că tratatul fusese scris cam cu un veac și jumătate înainte să mă aducă fratele meu Battista la atelierul dumitale din Milano. Între timp, se schimbaseră multe în pictură și nu era sigur că povețele lui Cennino mai puteau fi urmate întru totul. Am păstrat, totuși, rândurile scrise atunci și nu ascund că de câteva ori mi-au prins bine, fiindcă am știut ce să iau din ele și cum să trec învățăturile toscanului în pictura mea. Dacă vrei să afli ce făceam când credeai că sunt în lumea viselor, poftim.*

„*Despre felul de a colora un om mort, adică fața, coșul pieptului și orice loc unde se vede nudul, atât pe panou, cât și pe zid. Numai că pe zid nu e nevoie să umpli totul cu pământ-verde; e de-ajuns să-l pui ca jumătate de ton între umbre și culori de carnații. Pe panou, însă, trebuie să umpli după cum te-am învățat pentru o față colorată sau vie; și, în același fel, dă umbre cu același verdaccio.*

Și nu da nici o culoare roșu deschis, căci mortul nu are nici o culoare; dar ia puțin ocru deschis și coboară din acesta trei nuanțe de culoare de carnație, și numai cu alb de plumb, legat în mod obișnuit, și dă cu aceste culori de carnație fiecare la locul său, topindu-le bine pe una într-alta, atât la față, cât și la trup. Și de asemenea, când ai acoperit aproape totul, fă din culoarea aceasta de carnație o altă culoare mai deschisă, până ce ajungi – cu cele mai mari părți ale reliefurilor – la albul de plumb curat. Și tot așa trage fiecare contur cu sinopia – închisă cu un pic de negru – și legate, bine-înțeles; și culoarea aceasta se va numi sanguigno. *Și în același fel fă părul (dar să nu pară viu, ci mort), cu* ver-daccio *de mai multe nuanțe. Și după cum ți-am arătat la lucrările pe zid mai multe feluri de bărbi, tot așa fă-le și pe panou; și astfel, de câte ori ai de făcut un trup de creștin sau vreo ființă care gândește, fă aceste culori ale carnației, așa cum ți-am arătat mai sus."*

De ce-am plecat de la Andrea Rufetti? Dac-aș vrea să fiu nedrept, aș spune că din cauza lui. Căci el mi l-a adus acasă, într-o zi cu lumină nesigură și cer pâclos, pe nimeni altul decât pe Ranuccio Tomassoni. Cine știe ce prostii i-o fi băgat în cap codoșul, iar preabunul Andrea, gata să plece urechea la orice i se spunea, îl crezuse. Pesemne că-i zisese că eram prieteni și că, nemaiștiind nimic despre mine de câteva săptămâni, începuse să intre la bănuieli. Poate chiar își făcuse cunoscut gândul – prefăcut, de bună seamă – de-a cere o audiență la guvernator și de a-i da de știre că bunul lui amic Merisi intrase în pământ. Se știe doar, minciuna alunecă pe străzile Romei ca

*feluca pe apa liniștită. Panglicăreala, înșelătoria
și vorbitul în dodii nu se simt nicăieri mai bine ca
în orașul ăsta. E bine să nu pierzi asta din vedere,
meștere: Roma, numele scris pe dos al amorului,
nu e doar o iubită focoasă, ci și o curvă cum nu
s-a pomenit.*

*Tomassoni a intrat în camera mea ca la el
acasă, sub privirile drăgăstoase ale nevinovatului
de Andrea. M-a prins la șevalet, unde mă pregă-
team să închei lucrul la* Trișorii, *tabloul despre care
i-am auzit mai târziu pe unii spunând, cu pom-
poșenia care place atât de mult gâscanilor fără
cap, că s-ar fi vădit în el ceva din arta lui Gior-
gione. (E un neadevăr la fel de mare ca acela că
l-aș fi iubit cu râvnă pe Buonarroti, căruia, la
drept vorbind, nu i-am prețuit nimic altceva decât
căpoșenia.) Din fericire, apucasem să arunc una
dintre cămășile mele lungi pe pânza unde se odih-
nea* Acherontia, *așa că Tomassoni n-a izbutit s-o
vadă. Iar dacă i-ar fi trecut prin cap să dea
cămașa la o parte, l-aș fi apucat de ceafă ca pe-un
pui de mâță și l-aș fi aruncat pe ușă afară.*

*— Gând la gând cu bucurie, Miché, mi-a spus
el după ce s-a uitat câteva clipe la pânza de pe
care abia ridicasem pensula.*

Mi-am ridicat ochii spre el fără chef.

— Ce vrei, Nuccio? Nu vezi că am treabă?

*— Ușor, prietene, ușor, a dat să mă îmbuneze
Tomassoni. N-am de gând să-ți stau pe cap. Atâta
doar că mi s-a părut ciudat să te găsesc pictând
niște jucători de cărți când tocmai de-asta am*

venit și eu la tine: să te invit să facem o carte la Osteria. Știu că te dai în vânt după fleicile și vinișorul lui Enzo.

Am clătinat din cap.

— Doar un nebun s-ar așeza cu tine la masă, Nuccio. Toată lumea știe că înșeli cum clipești. Dac-aș putea, aș lua pânza asta la care lucrez și ți-aș lipi-o pe cruce, în loc de epitaf.

Tomassoni și-a ridicat mâinile, ca un actor prost într-o piesă pe potrivă.

— Aoleu, da' otrăvită limbă ai. Zău că m-așteptam să te porți mai frumos cu mine, Miché. La câte fete ți-am lăsat pe nimic...

L-am fulgerat cu privirea, în timp ce Andrea Rufetti, simțind că nu era locul lui acolo, s-a dus la el în cameră și și-a găsit de lucru.

— N-am luat nimic pe degeaba de la tine, să-ți intre bine-n cap. Fetele mi-au pozat, atâta tot. Am plătit cât a fost nevoie. Iar dacă uneori au făcut și altceva cu mine, n-a fost ca să-ți umple ție punga.

Ne-am mai ciondănit câteva minute, strecurând ici și colo câte-o vorbă în glumă, parcă pentru a potoli încrâncenarea dușmăniei dintre noi, după care am luat iarăși pensula în mână, spre a da de înțeles că nu mai aveam vreme de pierdut. Tomassoni a priceput și s-a îndreptat spre ușă, dar înainte să iasă s-a întors spre mine cu un aer mâhnit.

— Oricum, ca să știi, ne strângem poimâine pe la opt. Ar fi păcat să nu vii, Lide a pus prinsoare pe tine. Spune că la cărți și la pictat ești cel mai bun dintre toți.

229

— Sunt și la altele, dar n-o fi vrut să te-amărască.

Tomassoni m-a săgetat din ochi, dar m-am prefăcut că nu-l mai bag în seamă. A plecat val-vârtej, clocind fără îndoială cum să-mi plătească jignirea. Am încercat să reiau lucrul, însă m-am trezit frământat de două lucruri: întâmplarea că eram poftit să joc cărți tocmai când pictam un tablou cu bărbați care înșală la masa de joc și vestea că Lide avea să fie acolo. Mi s-a părut ceva ciudat, fiindcă nu știam să-i placă jocurile de noroc. Pe lângă asta, puteam oare să mă încred în vorbele cuiva care se dorea a fi pictor, ca mine, dar care era un amestec tulbure și urât mirositor (cu toate parfumurile lui scumpe) de hoț, șarlatan și codoș?

Tabloul aștepta cuminte să-i acord grija cuvenită, ca un copil care pândește mângâierea părintelui. Del Monte îl văzuse cu aproape doi ani mai devreme într-o primă încercare, dar nu-i plăcuseră câteva lucruri și mi-l trimisese la refăcut, spre furia lui Prospero Orsi, pictor de măști și monștri, dar mai degrabă negustor decât artist, care mă ajuta să vând pânzele ce nu intrau de-a dreptul în colecțiile nobililor. Trișorii prelungesc, într-un fel pe care l-am vrut cât mai fățiș, linia din Ghicitoarea, *tabloul care-i frânsese inima lui Mario și-l făcuse să mi se dăruiască. E una dintre pânzele care i-au scos din sărite pe bâtlanii în odăjdii, mari cunoscători ai cântatului și ai vorbitului pe nas. „Ce rușine, să preamărești pungășia!" au scâncit ei opăriți, du-*

cându-și mâinile ba la nas, ba la ochi, de parcă
s-ar fi trezit călcând într-o groapă cu scârnă.

Cu Trișorii *nu numai că m-am întors la unul*
dintre lucrurile dragi mie – scurtimea norocului,
vremelnicia izbânzii –, dar m-am răscumpărat
într-un fel față de Carlo Saraceni, care mă ajutase
să râd de un snop de nobili romani la Osteria del
Moro, dându-se drept mine și arătându-li-se îna-
intea mea la sfârșitul unei mese de pomină, spre
veșnica îngândurare a musafirilor. Cotcarul mai
în vârstă, care se uită pe furiș în cărțile unuia
dintre tineri ca să-l ajute pe celălalt să câștige, e
de fapt Saraceni, venețianul despre care știam de
mult că avea drept scop în viață cât mai buna mea
maimuțărire. Ciudată goangă pe pământul acesta
plin de făgăduințe și momeli, să lași să-ți treacă
viața străduindu-te să fii altcineva. Mă rog, treaba
lui. Întorcându-mă la tablou, meștere, află că fețele
tinerilor jucători de cărți par cumva femeiești fiind-
că sunt ale Paolei și Liciniei, bucătărese la palatul
marchizului Giustiniani, pe care nobilul domn le
încurajase să-mi pozeze. Tabloul spune o poveste
obișnuită despre felul cum se strică mintea cuiva
în fața banului. Unul dintre tineri stă să piardă
fiindcă rivalul lui n-a venit singur, ci însoțit de-o
iscoadă care-l învață cum să joace, dând în vileag
ce cărți are celălalt jucător. Mai mult, rivalul cu
pricina are la brâu un pumnal pe care nu va șovăi
să-l pună la treabă când va fi nevoie. Dacă tână-
rul singur își ține cărțile la piept, într-un fel care
dă de înțeles că se știe vânat, celălalt are evantaiul
de cărți într-o singură mână, fiindcă pe cealaltă o 231

duce la spate, pipăindu-și cărțile false pe care și le-a dosit la brâu, pentru a le folosi la o adică. Cu siguranță, tabloul nu e despre doi cartofori și-un chibiț care ține partea unuia dintre ei, ci despre lupta dintre nevinovăție și nelegiuire, dintre alb și negru, dintre cinste și furtișag. Ei bine, încearcă să le spui asta izmeniților care ard tămâie cât e ziua de lungă și cred că un trup dezbrăcat e o porcoșenie bună de pedepsit cu ocna.

M-a muncit îndelung vestea că Lide pusese prinsoare pe priceperea mea la jocurile de noroc. De când o priveau lucrurile astea? Și ce-ar fi putut să caute în îmbâcseala de la Osteria del Moro, la o masă unde toți duhneau a doagă? N-o știam îndrăgostită nici de vinuri, nici de cărțile de joc. Ceva mi se părea anapoda în toată tărășenia. Pe de altă parte, parcă nu-mi venea să nesocotesc chemarea lui Tomassoni, care își aruncase momeala bizuindu-se că aveam să deschid gura larg, ca un pește flămând și prost. Nu fiindcă aș fi ars de nerăbdare să mă întrec cu el, ci din cauză că lipsa mea de la masa cartoforilor i-ar fi dat prilejul să mă facă laș și fricos. Or, putea el să spună multe despre mine, dar nu că m-aș fi temut de cineva.

Două zile mai târziu, sub ploaia care începuse să spele străzile, am intrat la Osteria del Moro, întâmpinat cu temenele de jupânul Enzo, și m-am bucurat să-i văd la una dintre mese pe Gentileschi și Longhi tăifăsuind aprins și împodobindu-și vorbele cu gesturi ample. Ne-am făcut semne prietenești și mi s-a părut că în ochii lui Orazio deslușesc un îndemn la cumpătare. Tomassoni mă *aștepta la altă masă, într-un colț de crâșmă de unde se putea ține sub ochi o bună parte din stradă. Alături îi ședea un tânăr pe care-l mai văzusem lângă el și cu alte prilejuri și care, judecând după aerul încordat, părea măcinat de amintiri nu foarte vesele. Tomassoni îi spunea Rico și, dacă nu-l încurc cu altul, se îngrijea de tocmitul fetelor pentru marinarii debarcați în Ostia Antica, arzând de pofta zbenguielii și a vinului bun după atâta vreme departe de uscat. Așa cum bănuisem din capul locului, nu se vedea nici picior de Lide.*

N-a trecut un sfert de ceas de când mă așezasem la masă și Tomassoni a început să mă sâcâie, îmbărbătat de norocul care poposise la el.

— Totuși, se pare că te pricepi mai bine să pictezi cărțile de joc decât să le joci.

Ținând morțiș să-l prind dacă încerca vreo scamatorie, nu i-am răspuns. Pesemne că asta i-a dat curaj, fiindcă nu după multă vreme i-am auzit iar piuitul.

— Păcat că n-ai vrut să jucăm pe bani, Miché. Eram un om făcut după seara asta.

— Poate n-are destui și nu-i dă mâna să-i risipească, a adăugat afurisitul de Rico, doar-doar mi-oi ieși din pepeni.

Mi-am plimbat privirile de la unul la celălalt, vrând să văd dacă erau în stare să nu-și plece ochii. Spre mirarea mea, au fost. Am dat la iveală o pungă și-am făcut să zornăie ce era înăuntru.

— Pentru cât am eu aici, trebuie să vindeți amândoi carne vie mai bine de-o lună.

233

Mi-am văzut mai departe de joc, mulțumit că-i pusesem cu botul pe labe pe cei doi negustori de nuri. N-au zis nici pâs și-au rămas amândoi cu ochii în cărțile lui Tomassoni, sfătuindu-se din când în când și făcându-și semne pe care doar ei le pricepeau. Însă chiar jucând așa, unu contra doi, până la urmă i-am dovedit. Plictisit să le țină de urât pungașilor, norocul mi s-a cuibărit și mie pe genunchi, dându-mi brânciul de care aveam nevoie ca să le scot fumurile din cap.

— Ce ziceai de jucatul pe bani, Nuccio? l-am întrebat cu miere în glas pe codoș, neputând să nu-l zgândăr. Măcar eu mi-am arătat punga. Ia să văd, tu mai ai prieteni printre scuzi sau te-ai certat cu toți?

— Decât să-mi porți mie de grijă, mai bine-ai vedea de tine. Casă n-ai, băieții te părăsesc, guvernatorul abia așteaptă să mai faci o prostie.

Mi-am dat seama că voia să mă facă să-mi ies din fire, altminteri n-ar fi adus vorba de Mario sau de France, mai ales că trecuse atâta vreme de când ne despărțiserăm. M-am hotărât să nu răspund nici de data asta. Am mai cerut o cană cu vin de la unul dintre băieții lui Enzo și-am făcut pe miratul.

— N-o văd pe Lide, Nuccio. Parcă ziceai c-o să fie și ea.

— Am spus c-a pus prinsoare pe tine, nu c-o să vină să te vadă cum joci. Până la urmă, ce mare ispravă? Stai cu fundul pe scaun și ții niște cărți în mână. Dacă vrei să se uite fetele la tine, laudă-te

cu altceva. Ceva pentru care să-ți folosești trupul, nu doar bafta chioară.

— Un joc de pallacorda, *de pildă, s-a auzit glasul lui Rico.*

Pe chipul lui Tomassoni s-a lățit un surâs obraznic.

— Trebuie să ai putere și încheietură bună pentru pallacorda, *a chicotit codoșul. Dar știi ceva? S-ar putea ca Miché să aibă. La cât le-a frecat-o băieților ălora...*

M-am ridicat cu gândul să răstorn masa peste cei doi, și dacă nu m-ar fi prins Orazio de la spate pesemne c-aș fi făcut-o. Gentileschi mi-a strâns brațul și s-a uitat urât la Rico și la Tomassoni. În spatele lui, jupânul Enzo se făcuse mic și începuse să-și frângă mâinile, temându-se de o nouă seară cu scaune rupte și capete sparte. Drăguțul de Onorio Longhi rămăsese liniștit la masă, ca unul care n-ar fi lăsat o cană cu vin de soi pentru nimic în lume.

— Dac-aveți chef de bătaie, plecați de-aici, le-a spus Orazio.

— Miché al tău e pus pe harță, nu noi, i-a răspuns Tomassoni. Noi voiam doar să vedem ce paletă se pricepe să țină mai cu spor, pe cea de culori sau pe cea de pallacorda. *Mă rog, dacă nu vrea să joace, e dreptul lui. Numai să ne-o spună pe șleau.*

Era un joc la care îmi încercasem puterile de câteva ori, fără să-mi placă în mod deosebit. Țin minte că o dată, neavând palete, am jucat cu mâinile goale cu zvârluga de Manfredi și în zece 235 *minute ne-am învineţit palmele. Bartolomeo, săracul, a stat trei zile cu bandaje la mâini, de-a fost nevoie să-l hrănească şi să-l îmbrace alţii, pe când eu am încasat o muştruluială zdravănă de la Del Monte, care mi-a răcnit în faţă că doar proştii şi nebunii îşi răsplăteau norocul întorcându-i spatele. (Aici monseniorul avea dreptate, fără îndoială, aşa că m-am ferit să-i spun că dacă nu era ciudat ca o fecioară să nască prunc, atunci nici un pictor cu mâini umflate nu s-ar fi cuvenit să fie un lucru atât de neobişnuit.) Prin urmare, ştiam cum se juca drăcovenia aia de* pallacorda, *căreia francezii pare-mi-se că-i spuneau* tenetz, *şi nu vedeam vreo greutate anume, chiar dacă sănătatea mea nu mai era cea de pe vremuri. Oricum, în faţa cuiva ca Tomassoni sigur nu mă puteam face de râs. Iar dacă după aceea aveam să scuip sânge, nevăzut de nimeni, în vreun cotlon de încăpere, fie. De undeva tot trebuia să mi se tragă.*

— Pricep că la cărţi ne-am lămurit, le-am spus lui Tomassoni şi Rico.

Codoşul a încuviinţat din cap. Mi s-a părut întru câtva ciudată graba cu care primea înfrângerea, dar n-am dat importanţă.

— Ai câştigat, Miché. Iar dac-o să vrei să-mi dai revanşa la pallacorda, *bine. Dacă nu, asta e. Nu te pun să te baţi cu arme care-ţi sunt străine.*

— Ştii bine c-o să mă bat, Nuccio. Nu m-am dat în lături niciodată. După cum şi eu ştiu la fel de bine că asta vrei. Nu-mi trece prin cap de ce, dar 236 *văd că ţii morţiş să-ncrucişăm paletele. O s-o*

facem, fii pe pace. Ai grijă totuși ca din povestea asta să n-ajungem să-ncrucișăm și altceva.

Dacă aș fi bănuit atunci cât adevăr purtau în ele cuvintele mele din Osteria del Moro, mi-aș fi văzut de drum și n-aș fi venit a doua zi pe tăpșanul din Campo Marzio. Tomassoni s-ar fi umflat în pene, fără doar și poate, și m-ar fi crezut fricos. Ei, și? Ar fi fost mai bine. Pentru amândoi, dar mai cu seamă pentru el. Când crezi despre cuvinte că-s făcute doar să ascundă gândurile, viața îți aduce pedeapsa rânduită de sus. Asta n-am știut atunci nici unul dintre noi. Sau, dacă am știut, ne-am prefăcut uituci și am plătit. Scump. Prea scump, prea urât și prea dintr-odată.

A doua zi, sub un soare blând, Tomassoni și cu mine am pus mâna pe palete, spunându-le celor strânși în jurul nostru că partida de pallacorda se juca pe zece scuzi. Bani puțini, dar mândrie multă, meștere. Fiecare dintre noi își adusese trei martori. Eu îi luasem cu mine pe Orazio Gentileschi, Onorio Longhi și Pierluigi Tempesta, întors la Roma după ce-și rânduise niște negustoreli în Ostuni și prin alte câteva târguri din Puglia. Tomassoni venise însoțit de Rico, umbra lui, și de alți doi flăcăi bine clădiți, pe care eu, unul, nu-i mai văzusem până atunci, dar despre care se zvonea că-și duceau zilele tot pe spinarea fetelor mânate în paturile nobililor cu dare de mână și lărgime de pungă. Pierluigi și Rico aveau grijă să nu încălcăm regulile de pallacorda, pe când Onorio și unul dintre flăcăi țineau socoteala punctelor, anunțând cu 237 *glas tunător cum stăteam după fiecare minge, ca să nu existe neînţelegeri.*

Cu toate astea, ne certam furcă, mai cu seamă când unul dintre noi trimitea mingea peste sfoara întinsă între pari, iar celălalt susţinea că o văzuse trecând pe dedesubt. Nici unul nu voia să lase de la el. Eram doi cocoşi înfuriaţi, cu simţurile aprinse şi mintea doldora de gânduri rele. Fiecare îşi dorea să-l bată măr pe celălalt şi să-l facă de râs. De la primele lovituri cu paleta, ne-am dat seama amândoi că nu era doar un joc de pallacorda şi nu ne duelam pentru bucuria vremelnică de a-l înfrânge pe celălalt, ci puneam în joc însăşi mândria unei vieţi. Oricare dintre noi învingea s-ar fi grăbit, vezi bine, să-şi trâmbiţeze întâietatea şi să vadă în celălalt un nevolnic al rasei omeneşti, o gânganie bună de strivit sub cizmă, un găinar nedeprins cu aromele faimei. Nu era aşa, fireşte. Eu eram un artist despre care vorbea un oraş întreg, pe când despre Tomassoni îi auzeai pomenind doar pe cei care nu aveau ce strânge în braţe noaptea şi cerşeau iubire în schimbul pumnului de galbeni.

Paletele de lemn izbeau cu tărie în mica minge de piele, iar zgomotele pe care le scoteau aduceau aminte de nişte obraji învăpăiaţi de palme. Sudoarea ne lipea cămăşile de trup şi ne curgea pe gât, pe frunte şi pe lângă urechi. Într-o clipă de răgaz, ne-am dezbrăcat amândoi până la brâu şi am jucat mai departe, mulţumind vântului care din când în când se îndura de noi şi ne răcorea.

238 *Martorii chiuiau, fluierau sau băteau din palme*

după fiecare minge. Deși eram mai mare cu niște ani decât Tomassoni, i-am ținut piept la joc, ba chiar l-am alergat de i-au mers fulgii. Nenorocul meu – și până la urmă și al lui – a fost că vederea, care îmi mai jucase renghiuri în ultima vreme, mi s-a înnegurat pe nepusă masă și m-a făcut să dau cu paleta pe lângă minge.

— E prea întuneric? Vrei s-o lăsăm pe mâine? m-a întrebat Tomassoni în batjocură, căci abia trecuse de amiază, iar soarele de pe cer anunța ceasuri bune de lumină și de-atunci încolo.

Am clătinat din cap și mi-am păstrat cumpătul – cu destulă greutate, recunosc. Mi-am amintit ce-mi spusese cu o săptămână mai devreme doctorul pe care-l chemasem să mă vadă după câteva zile de deznădejde neagră: că mulți pictori își șubrezeau vederea și sănătatea fără să știe, respirând ore întregi în fiecare zi aproape de vopseluri și otrăvindu-se încet cu plumbul care – nu întotdeauna, dar nici foarte rar – urca în creier și făcea pagube cu neputință de îndreptat. Mi-am văzut de joc, însă după ceva vreme iar am dat pe lângă minge. Greșeam din ce în ce mai mult, iar prietenii codoșului se veseleau tot mai gălăgios. Am mai cerut un răgaz, am azvârli paleta în iarbă și am ocolit de câteva ori peticul de tăpșan însemnat cu praf roșu. Simțeam că mă apucă năbădăile și că nu mai sunt în stare să mă stăpânesc multă vreme. Gentileschi s-a apropiat de mine, m-a cuprins pe după umeri și m-a sfătuit să mă las păgubaș.

239

— Dă-i încolo de scuzi, Miché, mi-a spus el cu glasul acela care știa să fie iubăreț acum și fioros în clipa următoare. Gata, strângeți-vă mâna și îmbrăcați-vă. L-ai bătut la cărți, te-a bătut la pallacorda. Sunteți chit. Și dacă vreți cu tot dinadinsul să fie cineva mai bun, întoarceți-vă la Osteria și întreceți-vă care bea mai mult din vinul lui jupân Enzo. Acolo de bună seamă că-l bagi sub masă pe fanfaron.

Eram prea înfierbântat să ascult și prea mânios să judec.

— Nu-i vorba de scuzi, Orazio, am scrâșnit de-am crezut că aveau să-mi crape măselele. E altceva la mijloc. Nu te băga în ce nu poți pricepe.

— O să dai de bucluc, a încercat să mă potolească și Tempesta, care se apropiase fără să-l văd. Ce vrei să dovedești?

În timp ce Orazio și Pierluigi se străduiau să mă îmblânzească, Tomassoni și ai lui se trăseseră lângă unul dintre parii de care era prinsă sfoara și pălăvrăgeau zgomotos. Râsetele lor, mai ales ale codoșului, mi se înfigeau în inimă ca penele de lemn sub unghiile celui pus la cazne. Furia creștea în mine fără să pot face nimic. Simțeam cum îmi pierd mințile. În clipa aceea, nu mai voiam să-l înving pe Tomassoni la aiureala aia de joc, ci să-i scot inima din piept cu spada și să-i mănânc ficații. M-am întors pe tăpșan, am pus iar mâna pe paletă și am jucat mai departe, amestecând rele cu bune, dând după muște sau izbutind lovituri care-l pironeau locului pe Tomassoni. Nu mai jucam ca să-l bat pe codoș, ci ca să-mi înăbuș propriile mele porniri. Era o luptă cu mine însumi, ascunsă într-un joc de pallacorda.

N-am pierdut când mingea trimisă de Tomassoni a căzut de două ori înăuntrul peticului de iarbă, fără s-o pot lovi la rândul meu, ci un pic mai târziu, când ne-am întâlnit în apropierea sforii legate de pari și zevzecul s-a gândit că nu-i strica să mă ia peste picior. Se știe doar, șarpelui când i se face de ciomag iese la drum.

— Dacă și mingiuțele altora le-ai dibuit la fel de greu, nu mă mir că te-au lăsat toți cu buza umflată.

M-am repezit la el până să prindă de veste martorii și am început să-i car pumni.

— Cu buza umflată, da? Ei, las' că ți-o umflu și eu ție. Pui de cățea ce ești! Târâtură! Vierme!

Scuipam cuvintele gâfâind și dădeam mai departe fără să mă uit, unde se nimerea. Cerul era la fel de albastru, deși mie unuia mi se părea că se plumbuise. Tomassoni a încercat să-mi ardă un genunchi la partea rușinoasă, gândindu-se că nu mă pricepeam la bătăile de maidan. M-am ferit, am sărit pe el și l-am trântit jos. L-am prins de boașe, i-am strigat în față „Uite că pe-ale tale le-am dibuit ușor!" și am strâns cu putere. Pe urmă am dat să scot pumnalul pe care învățasem să-l port la mine zi de zi, dar nu l-am găsit. Mi-am adus aminte înciudat că-l așezasem pe iarbă, lângă unul dintre pari, înainte să înceapă jocul. Când ceilalți au reușit să ne despartă, Tomassoni avea 241

un ochi vânăt, o buză crăpată și doi dinți lipsă.
În ce mă privește, simțeam că-mi plesnește capul
de durere, deși codoșul nu apucase să mi-l zdrun-
cine cu vreo lovitură. Gentileschi mi-a întins
cămașa de unde o lăsasem, dar i-am dat peste
mână. M-am uitat la Tomassoni, care se ridicase
ajutat de Rico, și i-am aruncat cu un glas ca ieșit
din groapă:

— Mâine la apusul soarelui, tot aici. Cu spade
în loc de palete. Vino cu aceiași oameni.

Codoșul a încercat să-mi surâdă obraznic, dar
nu i-a reușit. Se vedea că nu-i căzuse bine bătaia
primită. Iar pe chipul sluțit de vânătaia din jurul
ochiului drept se mai citea ceva: frica. I-am cerce-
tat cu băgare de seamă chipul, de parcă aș fi vrut
să fiu sigur că frica aceea rămânea acolo până
când ne încrucișam spadele.

În noaptea dinaintea duelului, pe când în-
cercam să-mi potolesc durerea și zvâcnetul din cap,
m-am trezit cu Lide în camera pe care mi-o dăduse
Andrea Rufetti. Era plânsă toată și venise să mă
roage cu cerul și pământul să nu mă bat. Avea
presimțiri negre, mi-a spus. Știa că urma să se
petreacă un rău cumplit. A făcut câțiva pași prin
încăpere și ochii i s-au oprit asupra Acherontiei,
care era aproape gata și pe care de data asta nu
apucasem s-o acopăr cu nimic. Lide n-o mai
văzuse până atunci, așa că a făcut ochii mari.

— Ce-i asta? s-a minunat ea, apropiindu-se de
pânza pe care fluturele cu aripile întinse își îndura
242 *răstignirea.*

— Îți place?

Lide a dat din umeri. Cine spunea că femeile nu erau în stare să se poarte fără ascunziș?

— N... nu știu. E ciudat. Nu seamănă deloc cu ce-ai pictat pân-acum.

S-a oprit, dar era limpede că ar fi vrut să mai spună ceva.

— Și...? *am îmboldit-o.*

Lide s-a întors spre mine, a îngenuncheat, mi-a luat mâinile în ale ei și mi le-a cercetat grijulie, cu părul blond căzându-i peste față.

— Ce-i cu tine, Miché? Ce se-ntâmplă?

Mi-am scos mâinile din ale ei, am privit-o cu ochi goi și am băut dintr-o fiertură pe care doctorul mă sfătuise să mi-o pregătesc în fiecare seară.

— Nu se-ntâmplă nimic. Aștept să vină ziua de mâine și-apoi să plece.

În ochii Lidei au reînceput să joace lacrimile.

— Ăsta nu ești tu. Ai izgonit culorile, te-ai supărat pe ele. Te-ai despărțit de oameni, le-ai trântit ușa-n nas. Ești altul decât cel pe care-l știam, Miché. Pânza asta... cine ți-a comandat-o?

— Nimeni.

— Cum adică, nimeni? O faci de pomană?

Am dat din cap și am râs scurt.

— Mi-am comandat-o eu însumi. Nu iau nici un ban, dar s-ar putea ca până la urmă să mă simt răsplătit. Am visat fluturele ăsta de-atâtea ori, încât mi-am zis că doar așa pot să scap de el, punându-l pe pânză.

243

— *N-am mai dat cu ochii de asemenea fluture,* a șoptit Lide. *De fapt, dacă mă gândesc bine, albilița e singurul pe care l-am mai văzut pe florile dintre zidurile Romei. O gâză albă și curajoasă.*

— *Ăsta e un fluture de noapte, Lide.*

A tăcut câteva clipe, cu un aer descumpănit. S-a uitat din nou la Acherontia și ceea ce a deslușit acolo, în negrul ei adânc, a întristat-o și mai mult.

— *Spun o prostie, dar parcă ți-ai lua rămas-bun cu pânza asta,* a îngăimat ea. *De la toți și de la toate.*

Lide cea glumeață se făcuse nevăzută. Fata care molipsea pe toată lumea cu veselia ei se făcuse amintire – și nu de azi, de ieri. Lângă mine se afla acum o femeie mâhnită, din care cheful de viață părea să se scurgă aidoma apei care se prelinge prin pereții fântânii prost făcute.

— *Sunt bolnav, Lide. Nu mi-e bine. Ba, drept să-ți spun, am zile când mi-e rău de nu mai știu cum mă cheamă. Nu-mi dau seama cât mai am, dar cred că nu foarte mult.*

I-am povestit în câteva fraze cum mă găsise doctorul și cât de îngândurat plecase de la mine. Lide s-a așezat pe divan lângă mine, și-a adunat mâinile în poală și a început să plângă. Încet, pe îndelete, fără zgomot, de parcă ar fi avut tot timpul din lume. Nu știu cât a ținut-o așa. După o vreme, și-a șters ochii și a mai aruncat o privire – de data asta dușmănoasă – Acherontiei.

244 — *Și-atunci fluturele...*

Am încuviințat în tăcere, căutând să n-o privesc în ochi.

— Dacă vrei, poate să fie și așa ceva. Dar nu numai. Poate că alții o să se uite la el și-o să găsească înțelesuri la care nu s-a gândit nici unul dintre noi. Așa se-ntâmplă de obicei.

Lide m-a împins ușor pe divan, s-a întins alături și și-a rezemat capul de umărul meu drept. Mi-a luat o mână și și-a sprijinit-o de pântec.

— Și eu sunt bolnavă, Miché. Numai că boala mea nu poate s-o lecuiască nici un doctor din lume.

Cu un tremur în glas pe care nu i-l mai auzisem niciodată, mi-a dezvăluit taina care-o împovărase aproape patru ani. Mi-a spus tot. Plecarea din viața de curtezană, chipurile ca să stea cu o verișoară bolnavă lângă Siena. Nașterea într-o cocioabă la margine de oraș, cu o moașă surdo-mută. Frica de-a merge la tatăl copilașului, un nobil care-o amenințase cu moartea. Încercarea neizbutită de a-l lăsa în pragul unei mănăstiri, cum auzise că făcuseră alte fete. Gândul cumplit al omorului. Înecarea în apele Tibrului. Martorul neștiut care-o urmărise de după un copac. În fine, umilințele cărora o supusese Tomassoni în toți acești ani, după ce martorul îi povestise cele văzute.

Am adormit amândoi spre dimineață, unul în brațele altuia, mai obosiți decât dacă ne-ar fi înhămat cineva la jug și ne-ar fi pus să tragem brazde.

A doua zi, în pârjolul asfințitului, când pinii de pe colinele Romei păreau aprinși de mâna unui 245 *nebun, m-am întâlnit din nou cu Tomassoni. A treia încercare în trei zile, și tot în Campo Marzio. Duelul n-a ținut mult, așa cum pot să mărturisească toți cei care au fost de față. Codoșul era un spadasin iscusit, dovadă că a reușit să-mi pişte brațul cu vârful spadei, dar nu îndeajuns de bun pentru mine. După câteva încercări de a-i deschide garda, l-am prins într-o fandare și i-am străpuns coapsa. Și-a dus o mână la locul unde-l rănisem și a încercat să se țină pe picioare, dar zadarnic. A căzut în iarba moale cu un urlet în care s-a putut citi nu atât durerea, cât furia oarbă. Cu povestea Lidei în gând, chinuit de chinurile ei, mi-am implântat spada în vintrele lui.*

— Ai noroc că nu ți-am dibuit mingiuțele. Sunt curios dac-o să mă părăsești și tu. Dac-o să mă lași cu buza umflată.

În timp ce prietenii lui Tomassoni îi rupeau cămașa în fâșii ca să-i oprească măcar sângerarea din coapsă, fiindcă la cealaltă rană mare lucru nu se putea face, Gentileschi, Longhi și Tempesta s-au uitat la mine ca prostiți.

— Dacă moare, Miché? a bâiguit Longhi după o vreme. Ce Dumnezeu, e-un filfizon, nimic mai mult.

— Dac-ai fi știut ce știu eu, Onó, crede-mă c-ai fi făcut la fel. Dar nu te neliniști, la Consolazione sunt doctori pricepuți. O să scape. Măcar de-ar învăța să-și țină gura.

Două zile mai târziu, Ranuccio Tomassoni a murit la spital din cauza rănilor. Am primit vestea de la băiatul care-mi dusese spada o vreme și pe care-l mai trimiteam din când în când cu tablouri acasă la cei care mi le comandaseră. M-a găsit umblând prin piață și încercând să-mi cumpăr de-ale gurii. După ce mi-a spus ce avea de spus, cu teamă, ca nu cumva să-l învinovățesc, i-am pus târguielile în brațe, l-am sfătuit să-și vadă de drum și am dat fuga acasă la Andrea Rufetti. Era limpede că nu mai puteam rămâne acolo. Dacă aflaseră de moartea lui Tomassoni înaintea mea, oamenii stăpânirii umblau deja să mă înșface. Până și Paul al V-lea se învrednicise să mă afurisească și să mă osândească la moarte in absentia. Încăierările de până atunci fuseseră floare la ureche pe lângă tărășenia sfârșită atât de urât la Consolazione. Gândul că aveam să fiu azvârlit din nou în beciurile de la Tor di Nona – de data asta, în așteptarea unei petreceri din viață pe care știam că nici Del Monte n-ar mai fi putut s-o împiedice – mi-a grăbit și mai mult pașii. N-aveam nici un chef să mi se-nfigă tărtăcuța pe pânza neagră prinsă pe o latură a zidurilor de la Castelul Sant'Angelo, cum se făcea cu răufăcătorii care piereau de mâna călăului. Voiam să ajung în bârlog, să-mi iau câteva lucruri și s-o zbughesc încotro vedeam cu ochii. Trebuia să plec din Roma cât mai repede.

Când am ajuns, căscioara lui Rufetti fumega aidoma unui rug pe care se perpeliseră ereticii. Încăperea din care milostivul Andrea se mutase ca să-mi facă loc mie era scrum. L-am strigat, fără să cred de-adevăratelea că avea să-mi răspundă. 247

M-am apropiat cât am putut de mult și, cu ochii mijiți, am zărit un colț de tablou ivindu-se în dreptul geamului făcut țăndări. N-a trebuit să mai fac nici un pas ca să-mi dau seama că aripile desfăcute ale Acherontiei se preschimbaseră în cenușă. Marea mea pictură cu tâlc avusese soarta unui necredincios lecuit prin foc. Dacă din ea nu mai puteam strânge nimic, singurul lucru pe care aveam de ce să-l scap de flăcări era teancul de coli pe care ți-l tot scrisesem în ceasurile de răgaz sau de restriște. Am intrat pe fereastră în încăpere, am orbecăit în locul știut numai de mine și am ieșit tușind să-mi scuip plămânii. M-am îndepărtat iute de casa lui Andrea Rufetti și m-am oprit abia după ce-am ajuns îndeajuns de departe. Am rămas pe loc câteva clipe, cu foile strânse la piept, cu inima zvâcnindu-mi și cu un vâjâit nebunesc în cap. Apoi am tras aer în piept și am luat-o la goană, cum făcusem de atâtea ori, hăituit, cu gâtlejul ars de sete și cu ochii înlăcrimați – nu știu dacă din pricina fumului sau a obidei. „Ăsta nu ești tu", îmi spusese Lide noaptea trecută, privind tabloul. Ce puteam să cred? Că o mână nevăzută îi dăduse dreptate? Sau că fluturele negru zburase de pe pânză și se oprise în cimitirul unde Ranuccio Tomassoni se pregătea de odihna veșnică?

11

Când o văzu pe Anna Bianchini ieșind din Palazzo Giustiniani, Andrea Rufetti se gândi la ce-i spusese Merisi cam cu o lună înainte de focul mistuitor: „Toate curvele care mi-au trecut prin pat s-au culcat cu cel puțin un cardinal". Când îl auzise atunci, Rufetti fusese încredințat că bătea câmpii și că boala care-i ronțăia trupul începuse să-i prindă în gheare și mintea. Acum însă, urmărind-o cu privirea pe curtezana care se pierdea printre oamenii de pe Via della Dogana Vecchia, se simți ispitit să-i dea dreptate lombardului. Însă nici nu apucă băcanul să se mire îndeajuns de oaspetele de care avusese parte marchizul Vincenzo Giustiniani, că o văzu strecurându-se pe ușa dintre ieșirile laterale din palat pe Fillide Melandroni. La fel ca Anna, era îmbrăcată în haine mohorâte și purta văl pe față, semn că nu voia să fie recunoscută. Rufetti clătină din cap pentru sine. Și averi, și putere, și femei frumoase, își zise el, măsurând zestrea nobilului și stăpânindu-și anevoie invidia. Ce-ți mai poți dori?

Zece minute mai târziu, încă mirat de venirea celor două curtezane la palatul monseniorului, 251

Rufetti pătrunse în curtea principală pe poarta din stânga, pe unde veneau de obicei băieții trimiși de negustori cu merinde pentru bucătăria palatului. Băcănia lui era mică, așa că putea să se îngrijească singur de toate cele. Când avea o comandă mare, închidea dugheana și lipsea o oră-două, fără să se gândească la mușteriii care băteau drumul până acolo și găseau ușa închisă. Acum împinse roaba acoperită la care paznicul de la intrare nu catadicsi să se uite. Dacă ar fi făcut-o, omul ar fi avut ce vedea: nu scrumbii, măsline, dulciuri, mirodenii și fructe, ci vreo zece pânze învelite atent și rânduite una lângă alta. Erau tablourile din camera lui Merisi pe care Rufetti reușise să le smulgă flăcărilor, ascunzându-le la loc sigur și fugind abia după aceea după ajutor. Ar fi putut să i le ducă la fel de bine lui Francesco Del Monte, dar lombardul îi povestise atâtea lucruri îndoielnice despre el, încât alegerea i se păruse nepotrivită. La urma urmei, Giustiniani era la fel de bogat ca Del Monte, dacă nu mai bogat. Oriunde s-ar fi dus cu o asemenea pleașcă, băcanul s-ar fi umplut de bani. Ce păcat că Miché spălase putina atât de repede și fără să lase nimănui vorbă unde plecase. Rufetti i-ar fi dat grosul scuzilor, păstrându-și doar atât cât îi trebuia pentru lărgirea băcăniei. Era om cu frica lui Dumnezeu și nu-i plăcea să se înstăpânească pe ce nu era al lui.

Pe de altă parte, fără iuțeala lui de mână, tablourile lui Merisi ar fi fost înghițite de flăcări. Și-așa pierduse unul pe care-l văzuse prea târziu, lângă un colț de fereastră, ars în întregime. Ar fi fost păcat ca focul să le facă scrum și pe celelalte. Sigur, popii care-i purtau sâmbetele lui Miché ar fi vorbit despre pedeapsa Celui de Sus și ar fi văzut în limbile pârjolului nici mai mult, nici mai puțin decât focul Gheenei. Oameni slabi, în care clocotea ura. Marchizul, în schimb, cu siguranță că avea să se bucure. Dacă era adevărat ce se spunea în târg, Giustiniani adunase deja peste o mie de lucruri de preț în palatul de pe Via della Dogana Vecchia, printre care o mulțime de statuete grecești și tablouri de Rafael, Giorgione și Tițian.

Frații Giovanni și Domenico Fontana, arhitecții care refăcuseră Palazzo Giustiniani, se îngrijiseră ca locurile verzi de afară și cele dinăuntru să împrăștie veselia care lipsea fațadei. Fortăreața marchizului nu ascundea soldați cu armele pregătite, ci un părculeț cu bănci de piatră, coloane de felul celor străvechi și jocuri de apă uluitoare, care se aflau la mare preț în Roma acestui început de veac. După ce Rufetti sprijini roaba de un zid, un slujitor îl conduse pe o alee din lespezi de piatră, spre un chioșc ascuns între portocali, unde băcanul aștepta sosirea marchizului, gândindu-se cum să-i înfățișeze ceea ce adusese, astfel încât să-i smulgă un preț cât mai bun.

Freamătul vieții era același și în miezul verii, mai cu seamă că deocamdată arșița ocolise orașul. Sărăntoci și bogați, negustori și cerșetori, târfe și 253 prelați, copii și vârstnici, cu toții își vedeau de treburi și trăgeau nădejde că ziua ce urma avea să fie mai darnică. Unii molfăiau un colț mucegăit de pâine și-un terci fără gust în cine știe ce ungher de piață, alții se ospătau cu bucate alese, gătite după rețete din alte țări. Unii erau mereu cu teșchereaua plină, alții o duceau ani în șir cu burta goală. Unii dădeau acatiste, alții blestemau ziua când veniseră pe lume, betegi și nedoriți. Dar nimeni și nimic nu i-ar fi putut izgoni din Roma, dacă nu din altă pricină, fie și pentru că era orașul unde se găsea cel mai mult de furat și de prăduit. Pe oceanul lumii, Roma devenise corabia ale cărei bogății sclipitoare atrăgeau corsari din toate locurile.

Nici măcar moartea care pândea rânjind de unde te așteptai mai puțin nu-i descuraja pe oaspeții veniți la căpătuială. Hoția, jaful și datul în cap se deprindeau repede, mai ales când n-aveai ce pune în gură. Hoiturile găsite pe străzi, cu o tăietură la gât sau o gaură în piept, nu le mai speriau nici pe tinerele borțoase. Rar se întâmpla ca spânzurătorile să rămână goale cinci zile la rând. Bandiți vineți la față și cu limba umflată atârnau la capăt de funie și de viață, bălăngănindu-se groaznic în bătaia vântului, spre a le fi învățătură de minte altora. Dar degeaba. Spectacolele morții din piețe speriau cinci răufăcători din o sută. Să încerci să stârpești nelegiuirea în Roma era totuna cu a număra stropii de apă ai ploii. Nici nu erau dați jos osândiții din ștreanguri, că jafurile începeau din nou. Pofta de viață și frica de moarte, cele două surori vitrege ale maicii Roma, se jucau una cu alta, fără a se putea ști vreodată care din ele biruia.

Orașul mustea de pomanagii, fie ei schilozi sau zdraveni. Cei buni de muncă și care învățaseră cum se mânuia spada intrau în slujba oamenilor cu dare de mână, romani sau venețieni, emilieni sau piemontezi, sicilieni sau florentini, și-i apărau cu spada ținută aproape tot timpul afară din teacă. Nu era un meșteșug pe termen îndelungat pentru briganzii aceștia care năpârliseră ca prin minune, lepădându-și pielea întunecată și rămânând albi ca spuma laptelui, dar măcar își plăteau așternutul, mâncarea și vinul. Pe lângă asta, ocrotirea unui negustor sau a unui bancher îi făcea să capete dintr-odată aerul unor binefăcători pe care nimic nu-i supăra mai mult decât hoția. Din nemernici care nesocotiseră legea, deveniseră păstrători ai rânduielilor. Din *banditi*, ajunseseră *bravi*. Totuși, asta nu-i ferea de căutările gărzilor papale, așa-numiții *sbirri*, oameni cu ținere de minte și dor de răzbunare, care-i vânau pe ticăloși, fără să le pese că se lipiseră de unul sau de altul dintre bogătașii Romei.

— Andrea, ziua bună. Iartă-mă că te-am făcut să aștepți.

Smuls din visatul cu ochii deschiși, băcanul se ridică și-i făcu o plecăciune marchizului. Vincenzo Giustiniani era tras la față și părea nedormit. Rufetti se întrebă dacă moliciunea lui avea vreo legătură   255 cu sosirea de mai devreme a celor două târfe, însă până la urmă hotărî că nu de-asta venise la palat.

— Vă mulțumesc că m-ați primit, înălțimea voastră. V-am adus ceva care cred c-o să fie pe placul domniei voastre.

— Poate altă dată, prietene. Numai de bucate nu-mi arde acum. Dorm prost de câteva nopți și habar n-am de ce.

Rufetti știa că marchizului îi plăcea să se joace. Fără îndoială că-l văzuse rezemându-și roaba de zid, de la una dintre ferestrele înalte ale palatului, și-și dăduse seama că sub foaia de pânză verzuie nu se aflau magiunuri și bucăți de carne în aspic. Nu-i rămânea decât să danseze după cum i se cânta.

— N-am adus de-ale gurii, înălțimea voastră. Pentru așa ceva vine micul Nando la mine și-ncarcă tot ce vă face trebuință. E-adevărat, tot un fel de hrană am și eu acolo, zise Rufetti și arătă spre roabă. Dar nu crăpelniță de toată ziua, ci desfătări pentru minte și suflet.

Deși nu era în apele lui, marchizul chicoti.

— Pentru un băcan, potrivești binișor cuvintele, Andrea. Îți vine gândul isteț cum îi vin ciomegele pe spinare câinelui turbat. Dacă nu te-aș cunoaște drept om cu scaun la cap, mai c-aș crede că tu ești cel care lasă poezioare nostime lângă fântâni.

Rufetti mai arse o plecăciune, bănuind că nobilimea Romei vedea un semn de bună creștere în felul acela de a-ți îndoi spinarea fără să te plângi că te doare. Giustiniani îi făcu semn slujitorului care-l

însoțise pe băcan la chioșcul dintre portocali, iar

acesta se apropie împingând roaba și minunân-
du-se de cât de grea putea să fie. Parc-ar fi cărat
bolovani.

— Ia să vedem, domnul meu, ce-avem aici?

Băcanul luă pânza de pe roabă și dădu la iveală
lucrările puse una lângă alta. O scoase pe prima,
se întoarse cu spatele, suflă praful de pe ea și apoi
i-o întinse marchizului, urmărindu-i cu băgare de
seamă chipul. Spre nemulțumirea lui Rufetti, Gius-
tiniani nu lăsă să se vadă nimic, cu toată bucuria pe
care-o încercă la vederea tabloului.

— Hm, nu-i rău. Nu-i rău deloc. Nu știam că te-ai
apucat de pictat, omule.

— Gluma înălțimii voastre e o laudă ce nu-i de
nasul meu, toarse mieros bondocul. Nu sunt
lucrările mele, ci ale lui Miché Merisi.

Marchizul dădu din cap și zâmbi șăgalnic.

— Mi-am dat seama imediat. Mi-au spus oamenii
mei că-n ultima vreme a stat la tine. Nu uita că am
câteva tablouri de-ale lui. Firește însă, n-aș zice nu
și altora, dacă ne-nvoim la preț. Până la urmă, tre-
buie să fim amândoi mulțumiți, nu găsești, Andrea?

Rufetti îngăimă ceva care ajunse cu greu la ure-
chile lui Giustiniani. Buna creștere ușor zeflemi-
toare a marchizului îi făcea mai mult rău decât
bine. Mai bine ar fi fost ca nobilul să-i dea două
pungi cu scuzi și să-l lase să plece, în loc să se
joace în felul ăsta cu el. Însă ceea ce băcanul cre-
dea a fi o toană nefolositoare, pentru Giustiniani
era o purtare obișnuită. Deprinderile de bancher 257

și experiența de colecționar se dobândeau greu, dar foloseau o viață. Lecția asta o învățase de la tatăl său, Giuseppe, după anii când acesta fusese cel din urmă guvernator genovez al Chiosului. Spre deosebire de fratele său, Benedetto, care ascultase chemarea credinței, urcând în cele din urmă la rangul de cardinal, Vincenzo rămăsese aproape de arte și își dorise dintotdeauna să adune lucrări de preț din toate colțurile lumii. Cine intra acum în Palazzo Giustiniani și avea timp să cerceteze toate sălile și firidele descoperea că setea de frumos a marchizului era greu de stins și că nobilul își șlefuise gusturile de la un an la altul. Palatul din Roma era mult mai împodobit decât cel din Bassano, pe care frații Giustiniani îl dețineau laolaltă și unde mergeau o dată pe lună, când voiau să stea departe de forfota și de tărăboiul din oraș.

— Păi, aș spune că la douăzeci de scuzi ne putem înțelege pentru pânza asta, Andrea, glăsui marchizul, fără să-și mute ochii de la lucrarea lui Merisi la băcan.

Rufetti înțepeni în haine, dar nu se pierdu cu firea.

— Înălțimii voastre îi place mult să glumească azi…

— Înălțimii mele îi dă prin cap, chiar în clipa asta, că-ți poate goli roaba cât ai zice pește, fără să ai cum să te-mpotrivești, șuieră Giustiniani, făcând uitată blândețea de mai devreme a glasului. Dar înălțimea mea știe la fel de bine că nu poți lăsa curva fără pat și negustorul fără marfă. Ce spui, îți place ascuțimea înălțimii mele?

Băcanul vru să strecoare o lingușeală despre priceperea înălțimii sale în rosturile târfelor, cu osebire după plecarea Annei și a Lidei, dar își dădu seama că, la cum arătau lucrurile, n-ar fi făcut decât să pună paie pe foc. Se mulțumi să tacă și să încuviințeze din cap.

— Nu știe nimeni că ești aici, nu, Andrea? Am bănuit eu. Dacă nu-ți cumpăr pânzele lui Miché, n-ai ce să faci cu ele. La preaiubitul Francesco n-o să te duci. Ai fi făcut-o deja, în loc să vii la mine, dar mă gândesc că, la câte ți-o fi îndrugat Miché despre el, n-ai ochi să-l vezi. Spune-mi dacă mă-nșel, dragă prietene, vorbi mai departe marchizul, cu un glas îmblânzit ca prin farmec, fără a-și pierde ascuțișul amenințător, dar țin minte că te-ai numărat printre cei care-au iscălit o hârtie de condamnare a curiștilor, care-a ajuns la un moment dat și sub ochii mei. Tu și șefii de bresle, nu-i așa?

Bondocul simți că ziua de vară se încălzise peste măsură în ultimele clipe.

— Totuși, douăzeci de scuzi e foarte puțin, bâigui el. Până la urmă, e un Merisi.

— Întocmai. Dar un Merisi neisprăvit, neînrămat și nesemnat. Nu știu dacă a apucat Miché să-ți spună, dar înainte să lase o lucrare să iasă din atelier, îi făcea un semn pe care foarte puțini dintre noi îl știam. Francesco, eu și încă doi-trei. Mă uit pe tabloul ăsta și nu văd semnul. Asta înseamnă că s-ar putea să vrei să-mi vinzi o făcătură, dragul meu prieten. Și bănuiesc că știi cum se pedepsesc făcăturile 259 la Roma, chiar și cele din artă. Dacă mă duc la guvernatorul Giambattista și-i povestesc ce necazuri am cu tine, nu știu pe unde scoți cămașa. Și el, și judecătorul Margotti osândesc cu plăcere și repeziciune. Iar spre deosebire de Merisi, care a șters-o iepurește, tu ești aici și poți fi săltat oricând.

Andrea Rufetti simți că-i fuge pământul de sub picioare. Marchizul nu mai părea să aibă chef de glume. Ce prostie fără margini, își zise el. Am intrat în gura lupului când îi era mai foame. De unde înainte mă gândeam c-o să fie rost de pricopseală, acum zic mulțumesc dac-o să scap cu viață. Dobitoc am fost. Mare dobitoc. Povestea cu semnul e-o minciună sfruntată, firește, dar pe cine ar crede judecătorul între un nobil gata să dea bani pentru ca judecătoria să fie refăcută din temelii și un amărât de băcan care vinde boabe de muștar și foi de dafin?

— Douăzeci de scuzi, înălțimea voastră. Sunteți mărinimos, conchise băcanul, cu spaima în suflet.

— Douăzeci și cinci, Andrea, douăzeci și cinci, se înveseli la loc Giustiniani. Am vrut doar să văd cum stai cu tocmeala. Te descurci, nu-i vorbă, dar mai ai de furat meserie.

Rufetti ar fi vrut să răsufle ușurat, dar nu știa dacă toanele negre ale marchizului nu aveau să reînceapă la următorul tablou. Din cauza nesomnului, sau poate din altă pricină, pe care micul prăvăliaș nu putea s-o ghicească, nobilul trecea pe nepusă masă de la voioșie la supărare, cum zburau albinele dintr-o floare în alta. Giustiniani, în schimb, era sigur că, din clipa aceea, bondocul avea să-i ciugulească din palmă. Iată că tertipurile în care-l școlise *don* Giuseppe după ce se întorsese din Chios își dovedeau însemnătatea. Pe lângă asta, era cu neputință ca povestea cu semnul tainic al lui Merisi să nu coboare prețul celorlalte tablouri. Semnătura era o scorneală, desigur, numai că mărunțelul ăla care cântărea și împacheta pește cât era ziua de lungă n-avea de unde să știe.

Înainte de-a scoate ultima pânză din roabă, Andrea Rufetti strânsese deja o sumă frumușică de la marchiz. Deocamdată, scuzii fuseseră doar trecuți pe o foaie, însă fără îndoială că, la sfârșitul tocmelii, nobilul avea să-și deschidă punga și să plătească. După capul băcanului, cu jumătate din bani putea să-și întindă prăvălia încă o dată pe cât era, urmând să păstreze ceilalți bani pentru vremurile negre care s-ar fi putut abate oricând asupra Romei. Câștigase deja destul, dar, așa cum pofta venea mâncând, și cheful de gheșeft creștea din propria lui plămadă. Încă un pumn de bani nu i-ar fi stricat, mai ales că marchizul avea de unde să dea.

Rufetti parcurse aceiași pași la fiecare tablou, scoțându-l grijuliu din roabă, privindu-l drăgăstos și întru câtva trist, cu părerea de rău a părintelui sărman care își lua odorul de la piept și-l dăruia cuiva care-l putea crește, suflând praful închipuit de pe el și în cele din urmă întinzându-i-l lui Giustiniani. Marchizul se uită la pânza pe care-o avea între mâini și de data asta nu se mai stăpâni la fel de bine ca până atunci. Ridică întrebător din sprâncene și clipi des de câteva ori, semn că lucrarea era cu totul altceva decât celelalte. Băcanul făcuse bine c-o lăsase la sfârșit.

— Ce-i cu asta? întrebă Giustiniani. Parcă o refăcuse. Eu așa știam.

— N-a refăcut-o, a pictat alta în loc, iar pe asta și-a păstrat-o pentru el. Spunea că oricum îi plăcea mai mult și că avea s-o vândă doar dacă rămânea fără o lețcaie.

Marchizul înghiți în sec.

— De necrezut. Aș fi băgat mâna-n foc... Stai să mă uit după semnătură.

Rufetti se foi stingherit în fața lui.

— Să nu se supere înălțimea voastră, zise el, dregându-și glasul, dar povestea cu semnătura e... e la fel de adevărată ca poeziile pe care le-aș fi lăsat eu lângă fântânile vorbitoare.

Giustiniani își mângâie bărbuța și-l privi țintă pe prăvăliaș. Poftim, nu era atât de cârpaci precum crezuse. Mai rămâne să aflu că după ce-și încheie treburile la băcănie e critic de artă, își zise el, nu foarte necăjit, căci un asemenea tablou făcea, fără îndoială, bani frumoși.

Uitându-se la *Sfântul Matei și îngerul*, Vincenzo Giustiniani pricepu numaidecât de ce moștenitorii Capelei Contarelli de la San Luigi dei Francesi ceruseră refacerea lucrării. Aerul mohorât al capelei nu se potrivea câtuși de puțin cu lumina vie a tabloului. Negrul de fundal, la care Merisi nu renunțase nici în cazul ăsta, făcea să se vadă și mai bine chipurile și trupurile personajelor. Sfântul și îngerul erau zugrăviți în culori vii, calde, iar cui își muta ochii dintr-o parte în alta a tabloului i se părea că de fapt personajele erau cele care se mișcau. Moștenitorii fuseseră înguști la minte și nu lăsaseră pânza să fie privită de oricine poftea. Banii le îngăduiseră să hotărască, așa cum se întâmpla adeseori în lumea asta pe dos, unde cizmarii se ridicau deasupra botinei, iar scroafa urca în copac.

Giustiniani știa că moștenitorii nu erau la prima respingere a unei lucrări care-l avea în ramă pe Sfântul Matei. Cu mai bine de zece ani înainte să-i comande tabloul lui Merisi, ei se rugaseră de flamandul Jakob Cobaert să sculpteze o statuie a sfântului pentru altarul Capelei Contarelli. Cobaert avea faima unui artist bun, dar tândălit și capricios, pe care trebuia să stai cu gura întruna. Fusese nevoie de o așteptare îndelungată până când sculptorul se învrednicise să termine statuia și s-o aducă la San Luigi dei Francesi, unde moștenitorii așteptau cu înfrigurare. Numai că, la vederea statuii, se tufliseră pe dată și își făcuseră cunoscută nemulțumirea. În primul rând, sfântul era singur, fără înger. În al doilea, sculptura nu vădea tărie, ci mai degrabă șovăire și neputință. Moștenitorii îi plătiseră flamandului jumătate din bani, se făcuseră surzi la sudălmile lui care ar fi putut înroși laptele în hârdău și abia așteptaseră ca artistul să plece din capelă, ca să ia apoi statuia și s-o arunce în fundul unei magazii

263

cu merinde. Răcoriți, îi comandaseră apoi un al treilea tablou lui Michelangelo Merisi, mai cu seamă că primele două, atârnate deja de câțiva ani în Capela Contarelli, păreau pe placul oamenilor de rând care intrau să se roage la San Luigi dei Francesi.

Fără să-l bage în seamă pe băcanul care-și pironise privirile asupra lui, așteptând să-i spună un preț, marchizul privi mai departe tabloul. Și totuși, nu strălucirea lui ca a soarelui fusese pricina pentru care moștenitorii nu se învoiseră să-l urce pe zidul capelei. Era adevărat, culorile lui nu se topeau pe de-a-ntregul în restul ciclului matein, dar nu asta adusese respingerea. Adevărata pricină se afla în contururile molatice ale personajelor, în mușchii lor îmbietori, în rotunjimile lor care puteau stârni pofte. Așezat picior peste picior, sfântul dădea la iveală brațe de fierar și picioare de alergător. Trupul lui vădea sănătate, din creștetul pleșuv până în tălpile late și degetele groase ale picioarelor obișnuite să calce fără încălțări pe pământ și pietre. Cine-i cerceta chipul și mai ales ochii vedea imediat scânteia duhului. Cine se mulțumea cu trupul vânjos ar fi putut crede că pe pânză nu fusese înfățișat un sfânt, ci mai degrabă un țăran care deschidea o carte fără a bănui ce-ar putea să-i dăruiască. Un plugar care plesnea cu harapnicul pe spinarea plăvanilor înjugați.

Cât despre înger, acesta avea prea puțin din albeața feciorelnică pe care se îngrijeau s-o picteze manieriștii bisericoși între două rânduri de cruci.

264

Mai mult, îngerul lui Merisi împrumutase trăsături de femeie, iar din gesturile sale nu era limpede dacă nu cumva îl ispitea cu nerușinare pe sfânt, într-un fel cum nu se putea mai pământesc. Gura întredeschisă amintea de căutătura unei iubite dedată bucuriei. Părul lung și blond ar fi putut fi al oricărei curtezane din Flaminio. Veșmântul despicat într-o parte lăsa să i se vadă piciorul și coapsa până unde începea arcul cutezător al bucii. Mâna cu degete subțiri se așeza pe mâna sfântului, parcă îmbiindu-l să închidă cartea de pe genunchi, să pună deoparte pana de scris și să se dedea altor plăceri. Cine privea tabloul golindu-și mintea nu vedea un sfânt la care venise un înger, ci un bărbat momit de o femeie. Iar femeia, văzu Giustiniani într-un târziu, avea trăsături foarte cunoscute. Of, Miché, mică e lumea asta în care ne-nvârtim, își spuse el cu un zâmbet știutor.

Lui Rufetti nu-i scăpă surâsul marchizului. Nici n-ar fi avut cum, fiindcă nu-l slăbise din ochi în tot acest timp, uitându-se la el ca ogarul care așteaptă răsplata vânătorului. Își zise că era cel mai bun prilej să-și astâmpere curiozitatea.

— Aș putea să jur c-am văzut îngerul din tablou ieșind acum vreun ceas din palatul înălțimii voastre, susură el cu un glas mai dulce decât magiunul pe care-l avea de vânzare pe tejghea.

Giustiniani își mișcă din nou sprâncenele, de data asta cu o admirație jucată.

— Ai fi bun de iscoadă, Andrea. Chiar dacă nu te-ajută burdihanul, te bizui pe niște ochi de vultur. 265

Băcanul duse mâna la piept și se mai înclină o dată. Dinspre partea lui, ar fi putut-o ține în plecăciuni până a doua zi dimineață, dacă asta i-ar fi dat chezășia că nu avea să i se întâmple nimic rău. Nici aici, nici după ce ieșea din palatul de pe Via della Dogana Vecchia. N-ar fi vrut ca nobilul domn care primea curtezane și se plângea de nesomn să trimită pe cineva după el și să-i facă felul prin vreun colț de mahala. Însă Giustiniani nu părea supărat.

— Da, ai văzut bine. Am primit-o pe Fillide. Și nu numai. Prietena ei, Anna, a trecut și ea să mă vadă.

— Am văzut-o și pe ea, se făli Rufetti, mândru de agerimea ochilor.

— N-am nici o îndoială. După cum sunt încredințat că știi și ce-am făcut împreună.

Prăvăliașul duse mâna la gură și se prefăcu fâstâcit, ca în giumbușlucurile făcute de actori în piețe.

— Înălțimea voastră, nici prin cap...

— Lasă prostiile, dragul meu. Sunt mai multe năzdrăvănii în capul tău decât oale vechi în Ostia Antica și Civitavecchia laolaltă. Dar n-are a face. Știu că te macină curiozitatea și uite, o să ți-o astâmpăr. Înainte de asta, totuși, dă-mi voie să te-ntreb și gândește-te bine ce-mi răspunzi: chiar nu știi unde a plecat Miché?

Rufetti se grăbi să toarne jurământ după jurământ că nu avea habar, cu un firicel de scuipat în colțul buzelor.

— Mi-ar fi fost de folos să știu, îi zise Giustiniani. Fillide și Anna au venit să mă roage să merg la Sfântul Părinte și să cer iertare pentru Merisi. Nu pentru alte treburi, oricât te-ar dezumfla vestea asta, prietene. Au fost și la Francesco Del Monte. Mâine vor să mai treacă pe la câțiva oameni în al căror cuvânt Sfântul Părinte se încrede: poate pe la Anselmo Farnese, poate și pe la alții. Dac-aș ști unde se-ascunde Miché, m-aș duce la el și l-aș scoate din bârlog. Sfântul Părinte știe să ierte.

Băcanul clătină nefericit din cap, ca unul care fusese în piața de lângă Ponte Sant'Angelo când se dăduse citire condamnării la moarte a lui Merisi, iscălită, printre alții, și de Paul al V-lea, despre a cărui bunătate marchizul tocmai vorbise, chit că el, unul, se îndoia.

— Dacă mă-ntrebați, cred c-a plecat din Roma de îndată ce-a văzut cum mi-a ars casa. Și-a dat seama că veniseră să-l umfle. Mai ales că băiatul cu care și-a încrucișat spada nu era un fitecine. Îl luase *signor* Anselmo sub aripa lui.

Giustiniani dădu din umeri.

— Pot să stau de vorbă cu Anselmo, spuse el. Până la urmă, Tomassoni ăla nu era băiatul lui. Ca să nu mai spun c-a umblat după bucluc cu lumânarea. Dar dacă Miché a șters-o, nu știu ce se mai poate face. Fuga e semn de recunoaștere a vinovăției. Oricine-ar judeca așa, și zău că n-ai avea ce să-i zici.

Slujitorul care-i adusese roaba lui Rufetti se arătă din nou pe aleea din dale, se apropie la semnul marchizului și-i șopti acestuia ceva la ureche. Giustiniani se încruntă, îi spuse slujitorului că putea să plece și își împreună mâinile la piept.

— I-au găsit cadavrul lui Paolo Spada în Cloaca Maxima. Prins în lanțuri, ronțăit de șobolani și mânjit de rahat. Ce ciudățenie.

Rufetti se cutremură.

— În Cloaca Maxima? Pe cine Dumnezeu ar duce mintea la așa ceva? Și ce să aibă cu *signor* Paolo? Din ce știu, era negustor cinstit și-l prețuia toată Roma.

Giustiniani se strâmbă de parcă și-ar fi stropit gâtlejul cu vin prost.

— Prețuirea ține cât interesul, prietene. Când interesul dispare, adio, prețuire. Dar ai dreptate, îți trebuie o minte-ntoarsă pe dos rău de tot ca să faci o asemenea grozăvie. Chiar și s-o gândești.

Prăvăliașul scund dădu din cap, simțind totodată că tocmeala pentru ultima pânză a lui Merisi trebuia lăsată pentru altcândva. Înălțimea sa părea doborât și de vestea morții lui Spada, și de felul cum sfârșise negustorul. I-o spuse și lui Giustiniani, care-l privi recunoscător.

— Îți mulțumesc pentru înțelegere, Andrea. Să n-ai grijă, țin morțiș să-ți cumpăr tabloul cu Sfântul Matei. Treci pe la mine săptămâna viitoare și mai vorbim. Acum trebuie să te las.

Slujitorul rămas până atunci în umbră se ivi de îndată ce marchizul se despărți de Rufetti și intră în palat. În timp ce el îl ajuta pe băcan să-și scoată roaba din curte, Giustiniani se închise în încăperea unde lucra uneori până seara târziu, mângâie cu un aer mâhnit capul lui Apollo, despre care cel care i-l vânduse nu aflase că fusese dăltuit de Phidias însuși, și se așeză încet pe scaunul așezat lângă tocul ferestrei. Se întâmplau lucruri cumplite. Dacă Paolo Spada ar fi murit înjunghiat pe stradă sau tâlhărit pe când schimba poștalionul ca să ajungă dintr-un târg în altul, marchizul n-ar fi fost atât de tulburat. Și nu atât omorârea negustorului îl speriase, cât mai ales locul unde fusese ascuns, spre a nu da nimeni peste el.

Cu toate grijile și metehnele vârstei, Vincenzo Giustiniani își păstrase ținerea de minte. Și tocmai din pricina asta întrerupsese atât de neașteptat pălăvrăgeala cu Andrea Rufetti, fiindcă într-un ungher al minții îi licăriseră cuvintele pe care nimeni altul decât Paolo Spada, mortul priponit printre căcați și zoaie, le azvârlise mânios printre buze în legătură cu Merisi, cu destulă vreme în urmă, când fuseseră poftiți la masă de Anselmo, la Villa Farnesina. Marchizul își aminti vorbele negustorului, așa cum i le spusese Maffeo Barberini la câteva zile după festin, când se întâlniseră din întâmplare în Campo dei Fiori. De față cu toți, Spada spusese ceva, dar nu până la capăt, mulțumindu-se la scurtă vreme după aceea să trântească ușa și să plece la cutreierat prin vila lui Anselmo. Însă după ospăț, pe când nobilii meseni se răsfirau alene pe străzile Romei, ghiftuiți cu bucate alese și chercheliți de vinuri scumpe, îl prinsese de braț pe Barberini și-i șuierase veninos:

— Știți ce i-aș face eu lombardului ăstuia neisprăvit, monseniore? L-aș atârna în Cloaca Maxima, să-l înece scârnăviile, să-l înfulece șobolanii și să-i putrezească oasele.

Neliniștea adânci încrețiturile de pe fruntea marchizului și-l făcu să se gândească la ce era mai 269

rău. Întâmplare nu putea fi, asta era limpede. Cine-
va îl mătrăşise pe Paolo Spada exact aşa cum ne-
gustorul însuşi ar fi vrut să-l vadă pierind pe Merisi.
Lui Giustiniani îi veni greu să creadă că omorul fuse-
se făptuit de Maffeo Barberini, căruia i se destăi-
nuise *Vendetutto*. Monseniorul avea destule păcate,
dar n-ar fi putut curma viaţa unui om. Pierzându-se
tot mai mult în pâcla întâmplărilor de-atunci, mar-
chizul îşi aminti într-un târziu că vorbele pe care i
le şoptise Barberini ca fiind rostite de negustor îl
scârbiseră atât de tare, încât apucase să mai facă pe
cineva părtaş la ele. Dar nu un ucigaş năimit sau
un spadasin dornic de zbenguială, ci o făptură ale
cărei mâini se pricepeau să dezmierde, nicidecum
să omoare. Fillide Melandroni. Ei îi povestise Gius-
tiniani despre poftele nebuneşti ale negustorului.
Iar Lide, slobodă la gură, purtase vorba mai departe,
vărsând-o în urechea primului întâlnit.

Spre nenorocul lui *Vendetutto*, îşi zise Giusti-
niani, cu o groază crescândă, primul întâlnit ţinea
atât de mult la Merisi, încât ajunsese să-l imite în
toate cele: la veşminte, la scandaluri şi la felul de-a
picta.

Înainte de a-şi umple un pocal cu vin, marchi-
zul Vincenzo Giustiniani se mai întrebă un singur
lucru: pe cine îşi luase ajutor Carlo Saraceni ca
să-l atârne atât de bine pe Paolo Spada printre
şobolanii care mişunau în beznă, scormonind cu
boturile lor flămânde prin gunoaiele din Cloaca
Maxima.

12

Ştiu că nu mai eşti pe lumea asta, meştere Simone. Ai trecut dincolo, cum face fiecare când îi vine sorocul. Vestea mi-a dat-o Tarcisio, unul dintre băieţii alături de care ucenicisem în atelierul dumitale din Milano şi care mi-a bătut la uşa atelierului cu mulţi ani în urmă, ca să mă întrebe de sănătate şi de vreo slujbă. L-am omenit şi i-am promis să am grijă de el, nevrând să se chinuie cum făcusem eu în primele zile la Roma, fără adăpost sau de-ale gurii, dormind iepureşte, mâncând ce rămânea de la alţii şi simţind vântul cum îmi sufla prin buzunare. Am pălăvrăgit vreo două ceasuri şi, când mi-a venit bine, l-am întrebat cum o duceai. Mi-a spus că te stinseseşi la vreo patru ani după sosirea mea în oraşul papilor, bucuros că pictaseşi o frescă pentru Santa Maria degli Angeli din Milano, pe care aşternuseşi întâmplări din viaţa Sfântului Anton din Padova, dar şi trist fiindcă nici unul dintre învăţăceii dumitale nu-ţi mai dăduse vreun semn de viaţă. Aveai de ce să te mâhneşti, de bună seamă. E-atât de rară floarea recunoştinţei, încât nu ştiu câte buchete se pot face din ea. Cu siguranţă, nu multe. 273

Bine, dar dacă prinsesem de veste că dormeai somnul drepților, la ce bun toate paginile acestea? De ce ți le-am mai scris? Din ce pricină nu le-am trimis altcuiva, care să le poată folosi în vreun fel? Întrebarea e mai degrabă pentru mine decât pentru dumneata. Altminteri, ar trebui să te învii doar ca să-ți dau prilejul de-a mă descoase cu privire la pricina pentru care îi scriu unui mort. Strașnică învârtire în jurul cozii, nu găsești? Oricum, un răspuns tot trebuie să dau. Și o s-o fac, însă ceva mai încolo, după ce o să-mi iau de pe suflet și ultimele poveri.

Una dintre ele m-a apăsat ani îndelungați și a fost nevoie de multă răbdare și încredere până să scap. Un zvon dintre cele care răsar când ți-e lumea mai dragă, parcă anume pentru a te pune pe jar, mi-a ajuns la urechi dinspre Milano, la trei ani și ceva de când sosisem la Roma. Nu știu nici până azi cum a ieșit și cine l-a făcut să umble din gură în gură – vreun bărbătuș lacom de farmecele fetelor din tractire, cineva măcinat de ciudă, un simplu turnător de brașoave, n-am idee. Dar cine pleca urechea la vorbele acelea afla că n-aș fi fost băiatul lui Fermo Merisi, cum știa lumea, ci un biet copil din flori căruia mama se temuse să i-l dezvăluie pe tată. De ce? Firește, fiindcă tatăl ar fi fost un nobil de stirpe aleasă, iar crailâcurile date în vileag i-ar fi mânjit bunul renume la care ținea ca la ochii din cap.

Am întrebat cunoștințe din copilărie peste care am dat din întâmplare în Roma, am pus lucrurile cap la cap și-am aflat că, potrivit zvonului, aș fi fost fiul unui urmaș al preacinstitei familii Sforza, întemeiată de Muzio Attendolo și ai cărei duci stăpâniseră peste Milano până spre mijlocul veacului trecut. Pe ce se bizuiau năzărelile astea? Pe nimic altceva decât un registru bisericesc de la Basilica di San Stefano din Milano, de unde reieșea că fusesem botezat acolo. Or, cum ai mei se cununaseră la Chiesa di San Fermo e Rustico din Caravaggio, ar fi trebuit ca botezul meu să se fi făcut în același loc. Altfel, nu era lucru curat. După judecata asta, meștere, dacă eu mâncam de prânz la Osteria del Moro, nu mai puteam să beau două căni de vin pe seară la Cerriglio, fiindcă nu se cuvenea. Ai mai pomenit asemenea bazaconie?

Până la urmă, zvonul s-a stins și nu s-a mai uitat nimeni la mine ca la un copil din flori. Mi-am văzut de viața mea, cu bune și rele: certuri și împăcări, beții și iubiri, dueluri și giugiuleli, chefuri năprasnice și singurătăți pe măsură. M-am bătut și am pictat, am râs și-am potopit cu blesteme, am trecut din pat în pat și din temniță în temniță. Mi-am făcut de două ori mai mulți dușmani decât prieteni. În paisprezece ani, am prins în scaun trei papi, fiecare cu beteșugurile și căpoșeniile lui. Am stat drept ca lumânarea și am ars ca ea. Nu m-am îndoit de șale în fața nimănui, n-am pus genunchiul în pământ, n-am cerșit. Nu i-am lingușit nici măcar pe cei care mi-au fost de ajutor — cu găsirea unui culcuș, cu primirea unei comenzi, cu smulgerea de la Tor di Nona pentru vreuna dintre multele mele boacăne. Am plecat abia când am înțeles că 275 *făcusem un rău pe care nimeni și nimic nu putea să-l îndrepte.*

N-am vrut să-l omor în duel pe Tomassoni, martor mi-e bunul Dumnezeu, în care spun toți proștii Romei că nu cred și că n-am crezut vreodată. În îngustimea minții lor, dacă nu-mi fac cruci peste cruci ori de câte ori intru într-o biserică, nu dorm cu Cartea Sfântă la căpătâi și nu pup cinci poale de anterie și trei mâini de cardinal pe zi, înseamnă că sunt eretic. Ferească-ne Duhul Sfânt să ajungem la mila și la judecata celor slabi de minte. Prăpăd mai mare nu cred să se afle. O spun ca unul care a avut parte de proști (și de canalii, e-adevărat) mai mult decât și-ar fi dorit. Dar să mă întorc la ce începusem să spun. Când mi-am încrucișat spada cu a lui Tomassoni, am vrut să-i arăt care dintre noi era mai bun și totodată să-l fac să sufere – pentru necazurile pe care i le pricinuise Lidei și pentru propria lui îngâmfare. Eram hotărât să-l rănesc acolo unde îi e greu voinicului, fiindcă asta i-ar fi dat, credeam eu, prilejul să priceapă că a fi codoș și a avea boașe nu erau totuna. N-am avut de gând să-l scopesc ca să-mi spăl cinstea pătată de felul cum a râs de cele întâmplate între mine și Mario sau France. N-am știut niciodată cum arată terfeloaga pedepselor și ce înseamnă fiecare. Tomassoni a fost nesăbuit cu mine și ticălos cu Lide, atât. A meritat să-i găuresc burta, deși – mai spun o dată – n-am crezut c-o să-l trimit pe lumea cealaltă.

Cele petrecute la Roma m-au urmărit săptămâni la rând după ce-am fugit. Fluturele negru, despre care am bănuit de la bun început că era aducător de moarte, înșelându-mă doar în legătură cu numele celui care avea să fie cosit din rândul viilor, mi s-a mai arătat de câteva ori în vis. Fie s-a oprit pe rama arsă a ferestrei pe care-o ținusem mai mult deschisă când lucrasem acasă la Rufetti, fie s-a încâlcit în părul despletit al Lidei. Aripile îi tremurau de fiecare dată, de parcă le-ar fi înfiorat vântul de miazăzi. De aici la vise cumplite n-a fost cale lungă. M-am visat pictându-i pe Mario și France, care luau pe neașteptate trăsăturile lui Farfallo și Nero, primii mei paznici de la Tor di Nona, și voiau să mă înjunghie cu pumnale de argint. Sau vârându-mă în așternut și dând peste Saraceni mort, cu dinții smulși din gură și sângele uscat pe obraji. Sau plimbându-mă cu Tomassoni prin castelul de la țară al familiei Cenci și găsind-o pe Beatrice călare pe fratele ei, netrebnicul Giacomo, în spatele unor tufe. Sau pe Orazio Gentileschi sugrumând-o pe micuța Artemisia fiindcă nu putea să picteze ca mine.

Nu-mi dau seama dacă puzderia de vise ciudate are vreo legătură cu boala care, în ultima vreme, ia din mine hartane tot mai mari. Dar trebuie să-ți spun, meștere, că mă scutură frigurile tot mai des și că am început să înghit greu și, o dată la trei-patru zile, să scuip sânge. Totul e să mă mai țină brațele și ochii, deși nici aici nu mai sunt cum eram odinioară. Dacă mă lasă și ele, nu-mi rămâne decât să mă urc în turla unei biserici și să-mi dau drumul cu capul înainte. Și

277

când te gândești că abia am împlinit treizeci și cinci de ani.

Cu bani puțini în pungă și fugind din fața casei lui Rufetti doar cu ce eram îmbrăcat, bașca spada de pe care abia dacă apucasem să șterg sângele codoșului, m-am hotărât să nu mă îndepărtez foarte mult de Roma, gândindu-mă că va veni ziua când Sfântul Părinte Paul al V-lea avea să-și pogoare bunătatea asupră-mi și să mă ierte. N-a trebuit să mă caute nimeni și să-mi spună că fusesem izgonit și osândit în văzul lumii – o bănuiam și singur. Am prins un poștalion spre Palestrina și m-am dat jos, după un drum cu hurducături, la Zagarolo, unde trăgeam nădejde că Don Marzio Colonna, onorabil Cavaler al Lânii de Aur, avea să-mi ofere găzduire și sfaturi.

De cum a dat cu ochii de mine, Don Marzio a știut că făptuisem o ticăloșie, dar s-a învoit să mă țină la Palazzo Ducale, într-o aripă prin care, drept să spun, nu mi-a făcut mare plăcere să mă plimb, fiindcă pe ziduri am văzut câteva zmângăleli în care am recunoscut lipsa de har a fraților Zuccari. Noroc că lângă ele stăteau câteva tablouri ale lui Messer Antonio Tempesta și ale câtorva pictori din Țările de Jos. L-am încredințat pe Don Marzio că nu aveam să-l încurc multă vreme. Dacă nu prindeam de veste că Sfântul Părinte se îmbunase și-mi dăduse iertarea – deși cum puteam afla, dacă nimeni nu știa unde să mă găsească? –, aveam de gând să plec cât mai departe de Roma, spre a mi se pierde urma de tot.

— Şi unde vrei să te duci, Miché? m-a descusut gazda mea la două zile după ce sosisem, pe când mâncam împreună de prânz într-o logie din Palazzo Ducale, la adăpost de lumina soarelui de vară.

M-am şters la gură şi am înghiţit anevoie înainte să dau răspunsul.

— La Napoli, Don Marzio. Măcar acolo nu mă ştie nimeni.

— Şi ce-o să faci?

Am scos pe gură ceva care nu era nici râs, nici pufnitură.

— O s-o iau de la capăt. Cum am făcut şi la Roma. Nu m-a aşteptat nimeni cu masa pusă şi patul făcut nici acolo. Şi am răzbit. Iar dacă am supus Roma, nu cred să-mi fie atât de greu cu ţăranii ăia din sud.

Colonna auzise vorbindu-se despre mândria mea urieşească, aşa că nu l-au mirat cuvintele mele. Cât despre uşurinţa cu care primeau napolitanii pe cineva născut în Lombardia, ei bine, aici nobilul credea, judecând după cum se uita la mine, că n-o prea brodisem. Oamenii sudului, muncitori şi săraci, nutreau dispreţ pentru huzurul nordicilor plini de ifose şi averi, cu tot harul lor în ale picturii.

— De-aici nu te goneşte nimeni, să ştii. Stai cât vrei. Şi nu trebuie să faci nimic.

— A, de făcut o să fac, cavaliere. Negreşit o să fac. Trebuie doar să-mi rostuiesc niscai unelte. Au trecut destule zile de când n-am mai pus pensula pe pânză. M-am gândit la ceva şi nu vreau să las să treacă prea mult.

279

— Uneltele o să le ai chiar azi. Pictează ce doreşti, când îţi vine cheful. Singurul nostru necaz e că, dacă te găsesc oamenii Sfântului Părinte, trebuie să te predau. Un Cavaler al Lânii de Aur n-are voie să mintă şi să tăinuiască.

— Şi dacă vă treziţi cu ei aici după plecarea mea?

Colonna a ridicat din umeri.

— Le dau voie să cotrobăie pe unde vor.

Când m-am aflat iarăşi în faţa unei pânze neîncepute, mai că mi-au dat lacrimile. Ce ghionturi şi-ar trage Gentileschi, Borgianni şi ceilalţi prieteni ai mei, dac-ar şti. Iubitul lor Miché, curvarul zurbagiu, gata să se smiorcăie fiindcă i se ivea prilejul să se reapuce de pictat. Ştiam ce urma să pun pe pânză, dar nu-mi dădeam seama cum aş fi putut să-mi vând noile tablouri. Îmi trebuiau bani ca să-mi plătesc drumul până la Napoli şi cred că Don Marzio se temea că, dacă mi i-ar fi dat el, s-ar fi însoţit cu mine în răufăcătorie.

— Am pe cineva de încredere pe care pot să-l trimit la Roma cu tablourile, mi-a zis el în timpul unei plimbări prin grădinile palatului. Crezi că foştii tăi ocrotitori ar vrea să le cumpere?

— Hm, ştiu şi eu?

Nutream unele îndoieli. Cardinalul Del Monte mă scosese de la suflet, iar Giustiniani, din câte ştiam, avea planuri legate de Quirinale, ceea ce însemna că era nevoit să uite de mine. Mi-am frământat mintea şi până la urmă am scos un nume dintr-un cotlon unde nu mai dereticasem de mult.

— Poate pe marchizul Ubaldo Patrizi. Când eram la Roma, Del Monte îmi spunea despre el că, dintre colecționarii tineri, era fără îndoială cel mai bun.

— Atunci o să-l trimit pe Fulvio, omul meu bun la toate, drept la Ubaldo Patrizi, cu două-trei vorbe de însoțire din partea mea. Dar până atunci, la muncă.

Încă înainte de-a fugi din Roma, îmi încolțise în gând dorința de-a mai picta o dată Cina din Emmaus. *Dacă la* Sfântul Matei și îngerul *fusesem silit de moștenitorii Capelei Contarelli să refac totul, acum voiam eu să o lucrez altfel. Prima pânză pe tema asta aleasă din Evanghelia după Luca o isprăvisem cu vreo cinci ani mai devreme și i-o vândusem lui Ciriaco Mattei, un nobil roman despre care auzisem că-și ținea baierile pungii îndeajuns de largi pentru a-i mulțumi pe artiștii în căutare de comenzi. Mattei o arătase unor prieteni care se strâmbaseră la vederea ei de parcă li s-ar fi adus carne stricată la masă. Ia să văd cât ești de dibaci la ghiceală, meștere. De ce crezi că nu le-a plăcut Cina? Fiindcă îl pictasem pe Isus fără barbă, dacă-ți vine să crezi. Și nici foarte tras la față nu era Mântuitorul, semn că își pusese burta la cale prin alte părți înainte de-a rupe pâinea de față cu evanghelistul. Asta n-au putut îndura amicii lui Mattei. Un Isus bărbierit și un pic bucălat? Batjocură! Flăcările iadului! Firește, n-a stat nici unul dintre îndârjiții ăstia cu mintea odihnită să se gândească la cuvintele Evangheliei. „Dar ei Îl rugau stăruitor, zicând: «Rămâi cu noi, că este spre* 281 *seară și s-a plecat ziua.» Și a intrat să rămână cu ei. Și, când a stat împreună cu ei la masă, luând El pâinea, a binecuvântat și, frângând, le-a dat lor. Și s-au deschis ochii lor și L-au recunoscut.“ Nu s-au ostenit să vadă dincolo de culori. S-au oprit în niște fire de păr, nu altceva. Dacă i-ar fi învățat cineva să vadă ceea ce privesc, ar fi descoperit, poate, lucruri care să le astâmpere fierbințeala. Ar fi văzut, bunăoară, că pe masă stă un coș cu fructe în primejdie să cadă. E pus dinadins pe marginea mesei, gata să se răstoarne, arătându-ne astfel cât de aproape de marginea prăpastiei suntem și cât de ușor se pot schimba toate lucrurile de pe lume într-o clipită. Cât despre Isus, el se înfățișează fără barbă fiindcă vrea să nu fie recunoscut. De ce? Poate ca să vadă dacă sufletul și mintea celorlalți bat mai departe decât ochiul. Sau poate spre a ne spune că duhul lui e pretutindeni, în zborul unei păsări sau în rotirea florii după soare, chiar dacă nu-l recunoaștem și nu ne plecăm mereu în fața lui. Ei bine, zi-le asta prietenilor lui Ciriaco Mattei și vezi cu ce te-alegi.*

Dar nu din pricina lor m-am apucat să mai pictez o Cină. Dacă e să spun adevărul, două lucruri nu m-au mulțumit pe cât aș fi vrut la prima: culorile prea vii (ca să nu mai spun de negrul nu îndeajuns de puternic de pe fundal) și gesturile mai largi decât s-ar fi cuvenit ale lui Luca și Cleopas. Sigur, de data asta nu mi-am îngăduit să umblu după oameni care să-mi pozeze. Slujitorii lui Don Marzio aveau treburile lor, iar să aduc pe cineva din Zagarolo nu

282

*puteam. Eram totuşi un fugar şi-ar fi însemnat să
mă pun de bunăvoie în primejdie. Prin urmare, am
pictat fără model, slujindu-mă de ochiul minţii şi de
atâta meşteşug cât deprinsesem până atunci. A doua
Cină, pe care Don Marzio vrea să i-o vândă lui
Ubaldo Patrizi, e mai pe gustul meu. Şi cred că e
firesc să fie aşa. Acum cinci ani încă răsturnam
curve în paturi, pedepseam obrăzniciile, acopeream
cerul cu năzuinţele mele şi stăteam treaz trei zile în
şir fără să mă doară nimic. Pofta mea de viaţă
de-atunci se vedea în braţele date în lături ale lui
Luca, în căuşul rumen al palmelor, în deschiderea
hrăpăreaţă a degetelor, după cum mânia care mă
încingea când vedeam câţi slugarnici şi farisei
îngăduia pământul mă făcea să sar din scaun,
aidoma lui Cleopas în tablou. Acum sunt altfel. Poate
că răpirea unei vieţi sapă în tine gropi pe care n-ai
cum să le astupi. Sau poate că m-a cuminţit osânda
papei – dacă nu cumva boala asta, căreia i se pare
că sunt o mâncărică făcută chiar pe gustul ei.*

Până la urmă, a doua Cină *s-a dovedit mai izbu-
tită decât prima. Şi e firesc, aici lucrurile sunt mai
aşezate. Isus îşi recapătă barba, bucatele sunt ceva
mai puţine, Luca arată mai tânăr şi se ţine cu mâi-
nile de colţurile mesei. Gesturile nu mai vădesc
nelinişte şi fierbinţeală, ci dau de ştire că pacea e
pe punctul să coboare. Cleopas nu mai stă să zboare
din scaun, gestul lui Isus după frângerea pâinii nu
mai trimite cu gândul la slobozirea unui porumbel
din palmă, Luca nu se mai preface răstignit. Pe
lângă asta, am pregătit culori mai potolite, care să* 283

oglindească trăirile și chibzuiala mesenilor. Nu are a face felul cum se poartă oamenii de-acolo, ci doar că stau la masă și că-l recunosc pe Isus. E un tablou al împăcării mele cu lumea și cu propria mea soartă. Iar dacă n-aș avea nevoie de bani pentru călătoria la Napoli, l-aș păstra pentru ziua când o voi revedea pe Lide – dacă va mai veni vreodată.

Am mai petrecut vreo două luni în palatul lui Don Marzio Colonna, nefăcând altceva decât să stau cu el la taifasuri prelungi, să pictez, să mă îmbăt cu apusul soarelui peste dealurile Palestrinei și să-mi revăd viața cu suișurile și coborâșurile ei. Roma cu forfota ei amețitoare și veninoasă mi se părea la celălalt capăt al lumii, chit că poștalionul te ducea acolo în câteva ceasuri. Am mai pictat un tablou cu Sfântul Francisc, mai mult ca să nu-mi pierd îndemânarea și să mai pun niște bani deoparte, decât fiindcă mi-ar fi dat inima ghes. Iar după ce omul de încredere al lui Don Marzio s-a întors de la Roma cu punga plină, am plecat. Fulvio a venit cu mine până la locul unde oprea poștalionul, ajutându-mă să car cufărul în care îngrămădisem hainele pe care mi le dăruise marchizul și noile unelte, pe care nu aveam cum să știu câți ani le mai puteam folosi.

— Ai grijă de tine, Miché, mi-a spus el la despărțire. Napolitanii nu sunt răi la suflet, dar trebuie să știi să le intri pe sub piele. Și mai ales nu te ciondăni cu nimeni. Nici pe stradă, nici în cârciumi.

— Mulțumesc, Fulvio. O să am grijă.

Ne-am îmbrățișat scurt, m-am suit în poștalion și după ce m-am uitat o vreme prin praful stârnit de roți, fără să văd mare lucru, am închis ochii, încercând să ghicesc ce mă mai aștepta de-acum încolo. Am adormit cu capul în piept și am avut câteva vise scurte, fără legătură unul cu altul și pline de bazaconii, dar, spre ușurarea mea, neatinse de aripile fluturelui negru.

Mi-ar fi plăcut să rămân mai multă vreme la Napoli, meștere. N-am putut fiindcă n-am ținut seama de un lucru: că aburii ieșiți pe hornul Vezuviului plutesc peste apă și intră în scăfârliile oamenilor, prostindu-le judecata și spărgând stăvilarul patimii.

Și ce frumos a fost la început! Cât de bine s-au urnit lucrurile! Mi-au trebuit doar câteva ceasuri până să găsesc o încăpere din care să fac și culcuș, și atelier. Am luat-o cu chirie și, după câteva zile în care m-am mulțumit să mă plimb agale prin oraș, ca să mă îmbib de tot ce-mi dăruia, am început să caut comenzi. Nu mi-a fost greu să găsesc, fiindcă nobilii napolitani înființaseră, nu cu mulți ani în urmă, Muntele de Pietate, prin care-i ajutau pe urgisiții sorții. Bolnavii, cei singuri pe lume și nevoiașii găseau aici sprijin și aveau totodată un loc al lor unde să se roage: biserica Santa Maria della Verità, înălțată după planurile lui Giovan Giacomo Di Conforto cu bani de la nobilii milostivi ai Campaniei. Ce potriveală, dacă te gândești: să te cheme Di Conforto și să ridici lăcașul în care se afla Il Pio della Misericordia.

Când administratorii Muntelui de Pietate mi-au comandat Cele șapte munci ale milosteniei, *m-am gândit că nu exista cale mai bună pentru mine să repar măcar o parte din răul pe care-l pricinuisem la Roma. N-are a face cum arată căința; câtă vreme e neprefăcută, Cel de Sus ține seama de ea la Judecată. Cu acest gând ca felinar ridicat ca să destrame bezna, m-am pus pe treabă. Tare bine mi-ar fi prins alte câteva zile sau chiar săptămâni de trândăveală și plimbări. Aș fi vrut să străbat fără grijă Campania Felix, pe care poposiseră romanii, și să mă las vrăjit de comorile despre care vorbea lumea că s-ar găsi la Avellino și Benevento, la Capri și Salerno, la Caserta, în Capua și pe coasta amalfitană, unde Tireniana linge cu lăcomie plajele din Sorrento și Positano, sub veghea pereților de pământ roșiatic care se înalță ca zidurile unei cetăți. Cu dragă inimă le-aș fi făcut pe toate, numai că banii primiți pe cele două lucrări duse de Fulvio la Roma începuseră deja să se împuțineze. Cât despre napolitanii care îmi comandaseră tabloul celor șapte munci, lucrau ei la Pio della Misericordia, dar grija pentru mine nu-i zdruncinase în vreun fel, de vreme ce nu catadicsiseră să mă fericească nici măcar cu un scud dinainte. Își dăduseră cuvântul că munca avea să-mi fie plătită după isprăvirea tabloului și basta.*

De la Moartea Fecioarei încoace, nu mai pictasem nici un tablou în care să încapă atâtea personaje. Trebuia să fiu cu atât mai cu băgare de seamă cu cât lucrarea nu fusese comandată pen-

tru colecția unui aristocrat napolitan, ci urma să împodobească absida de la Santa Maria della Verità. Am luat istoria romanilor, Biblia și viața de zi cu zi, le-am topit într-un singur șuvoi și l-am aruncat pe pânză. M-am folosit de meandrele unei străduțe din Zagarolo pe care am înecat-o în întuneric în unele locuri din tablou, tocmai pentru ca restul să se vadă mai bine, iar ochiul privitorului să se oprească asupra a ceea ce era în lumină. Chipurile și trupurile cu care am umplut lucrarea seamănă cu personajele din teatrul vechi. Am pictat o spinare dezgolită, un înger musculos și o tânără cu pieptul la vedere, nădăjduind că napolitanii erau mai puțin obtuzi decât cardinalii și mironosițele Romei.

Pe pânza pe care am pictat-o pentru Santa Maria della Verità, Sfântul Martin își scoate mantia roșie de pe umeri și-o rupe în două pentru a acoperi cu o parte a ei un sărac fără haine; o fată intră în temnița unde i-a fost închis tatăl care se stinge de sete și-i dă să bea lapte de la sânul ei; doi bărbați duc pe brațe un mort de a cărui îngropare nu s-a îngrijit nimeni și căruia i se văd doar tălpile; un pelerin caută adăpost la un hangiu; un sărac, același care a fost miluit de Sfântul Martin, e bolnav și nu se poate ridica în picioare; un bărbat despre care, dacă ai citit Cartea, știi că este Samson bea apă din falca unui asin. Câteva personaje sprijină tabloul și totodată îndeplinesc cele șapte munci ale milosteniei, chiar dacă unora dintre ele le cad în seamă două munci în loc de una. Luați pe rând, oamenii din tablou par fără legătură unul cu altul, și tocmai de aceea i-am unit sub

gesturile personajelor din partea de sus a lucrării –
îngerii care cad și Fecioara care își strânge pruncul
la sân.

Dumitale pot să-ți dezvălui o mică taină, meștere,
fiindcă știu că n-o să mă dai de gol. Chinuit de
remușcări, i-am împrumutat Fecioarei chipul lui
Tomassoni. Bine măcar că n-o să afle nimeni. Îmi
aduc aminte câți oameni și-au dus mâinile la ochi
sau și le-au pus în cap când au văzut Moartea
Fecioarei *în biserica Santa Maria della Scala, înainte*
s-o dea carmeliții jos de pe zid. Ți-am mai povestit
despre asta, pare-mi-se. Ei bine, dacă atunci s-au
îngrozit la gândul că dădusem Fecioarei trăsăturile
unei curve cu rod în pântec (deși modelul fusese
nefericita Beatrice Cenci, nicidecum sinucigașa
Adriana), ia gândește-te ce-ar fi zis acum, aflând
că așternusem peste chipul sfânt al Fecioarei pe cel
al unui codoș.

Cum însă nu avea cine să-l recunoască pe
Tomassoni în tablou, administratorii de la Pio della
Misericordia au fost foarte mulțumiți de Cele șapte
munci ale milosteniei. *Și nu numai că m-au plătit*
pe loc, după cum făgăduiseră, dar mi-au mai în-
credințat o comandă – de data asta, pentru bise-
rica San Domenico. M-am odihnit câteva zile,
plimbându-mă prin oraș și descoperindu-i farme-
cul, după care am început lucrul la Madona cu
rozariu. *Tot un tablou cu multe personaje, ceea ce*
a însemnat în primul rând o chibzuință îndelun-
gată asupra felului de a-i da greutate. Am folosit
288 *și câte ceva din alte lucrări: cortina roșie care stă*

deasupra grupului (la fel ca în Moartea Fecioarei*)
sau tălpile înnegrite ale câtorva pribegi (la fel ca
în* Madona pelerinilor*). Și nici nu mi-a dat prin
cap că, după primirea bună de care s-au bucurat*
Cele șapte munci ale milosteniei, *noua pânză nu
avea să fie văzută la fel.*

*Cu toate acestea, n-a fost. Și totul a plecat de la
mânia care l-a cuprins pe un nobil napolitan
căruia i s-a părut că se recunoaște într-unul dintre
cei zugrăviți în tablou. Dar nu asta l-a zgândărit,
ci locul unde îl așezasem. În* Madona cu rozariu,
*am închipuit un soi de strângere laolaltă în care
oamenii se legau unul de altul prin gesturi și prin
poziția corpului. În vârf se aflau Fecioara cu
pruncul, la mijloc niște călugări dominicani, iar
în partea de jos oamenii de rând. Ei bine, printre
aceștia din urmă, în stânga lucrării, se găsește un
bărbat pleșuv, cu veșminte de soi, un guler alb,
plisat, și o privire în care nu vezi strop de bucurie,
ci mai degrabă uimirea și mânia de-a se găsi într-o
vecinătate atât de joasă, pictat în genunchi, alături
de pelerini, sărăntoci și desculți. N-am putut să-i
spun omului, când a venit să-mi ceară socoteală
la atelier, că nu avusesem de gând să-mi bat joc
de aristocrați sau să instig la ceva necurat prin
ceea ce pictasem. Și nici nu l-am putut încredința
că asemănarea – de altfel, nu foarte mare – dintre
domnia sa și personajul de pe pânză era rodul
unei nimereli și nimic mai mult. Nobilul domn s-a
oțărât la mine, roșu ca racul fiert, și m-a amenințat* 289

că se va duce la comanditarii de la San Domenico și le va spune să nu-mi dea nimic pentru lucrare. L-am ascultat cuminte și răbdător, așteptând să-i treacă vijelia din glas. Însă nobilul nu numai că nu s-a potolit, dar a început să mă jignească. Și de unde mă bucuram că, de la povestea cu Tomassoni, nu mă mai încontrasem și nu mă mai bătusem cu nimeni, iată-mă acum răbufnind ca pe vremuri. L-am prins pe chelios de gaica mantiei, l-am împins în perete și am dus mâna la brâu, dându-mi seama prea târziu că-mi ascunsesem spada între cufăr și zid, credincios făgăduielii de-a nu o mai folosi niciodată. L-am ținut așa câteva clipe pe moșneag, sfredelindu-l cu privirea, după care i-am tras un scuipat care i s-a întins verzui pe față. Când i-am dat drumul, s-a șters cu mâneca hainei, s-a îndreptat spre ușă și m-a amenințat din prag.

— Am eu grijă de tine, potaie oploșită! Îți vin eu de hac! Ți-ai trăit traiul aici!

L-am lăsat să iasă, ce era să fac? Dacă l-aș fi oprit, ar mai fi plecat din atelier doar cărat de alții și de data asta chiar că s-ar fi zis cu mine.

Însă nici așa nu mi-a fost moale. N-a trecut o săptămână de la proptirea Madonei cu rozariu pe peretele de la San Domenico, și lumea a prins să bombăne. Pesemne că pleșuvul își asmuțise oamenii și-i trimisese prin oraș să risipească venin și fiere. Zece zile mai târziu, gloata strânsă în față la San Domenico a cerut arderea Madonei și izgonirea mea din oraș. Vezi Doamne, oamenii se arătau indignați de goliciunea unora dintre per-

sonaje. Era o prostie, de bună seamă, fiindcă în Cele șapte munci ale milosteniei *era mult mai multă goliciune și nu și-a mai dat nimeni ochii peste cap. Am priceput atunci, în sfârșit, ce ușor se face răul și cât de greu se îndreaptă. Am simțit totodată, pe pielea mea, că răul cel mai mare se făptuiește în numele binelui. Și m-am gândit că nu doar ațâțările nobilului pleșuv au lucrat în mintea napolitanilor mistuiți de-o rușine care nu era a lor, ci și, cum ți-am spus mai devreme, aburii otrăvitori care se lățeau dinspre Vezuviu ori de câte ori lava îi bolborosea în pântec.*

Am fugit din nou, meștere, ce era să fac? Am șters-o în puterea nopții, plătind pe cineva să-mi care cufărul până unde oprea poștalionul și nădăjduind că omul era la fel de cinstit ca Fulvio, curierul lui Don Marzio Colonna, și că nu avea să mă vândă și să vină însoțit de gărzi. Am pornit mai departe spre sud, într-un drum lung, căruia mi-era cu neputință să-i ghicesc capătul. Am și uitat de câte ori am schimbat poștalionul. Am dormit pe unde am putut, plătindu-mi așternutul fie cu bani peșin, fie, când se învoia și hangiul, cu un portret. Am mers aproape două sute de leghe, după socoteala mea, uitându-mă mereu peste umăr, ca nu cumva să întâlnesc ochi bănuitori sau curioși. Am trecut prin Torre del Greco, Battipaglia, Castellabate, Centola, Cosenza, Palmi, Messina, Acireale, Catania, Siracusa și alte zeci de locuri care mi se amestecă în minte, făcându-mă să nu mai știu unde era zi şi unde noapte. Poate doar Ulise să mai fi rătăcit atât. La Pozzallo, în marginea de jos a Siciliei, unde în locul lui „o" îl auzeam foarte des pe „u" (de altfel, localnicii îi spuneau orăşelului „Puzzaddu"), am aşteptat aproape o zi şi o noapte lângă Turnul Cabrera, până m-am putut sui pe o corabie care a plecat la prima geană de lumină. M-am ascuns sub o pânză de cort, cum m-a sfătuit un marinar cumsecade, şi am tremurat de n-am mai ştiut de mine, chiar dacă vremea s-a încălzit, iar soarele a rupt în bătaie velele. Frigurile mă prindeau din ce în ce mai des şi mă ţineau din ce în ce mai mult. Mă simţeam ca un dulău care, ajuns la bătrâneţe, nu-i mai e de folos stăpânului şi se-alege cu un picior la partea moale. Aveam zile când vedeam ca prin ceaţă, banii nu mai erau mulţi, vieţii începuse să nu-i mai placă de mine.

Când am ajuns în Malta, n-am putut să cobor singur de pe corabie. Marinarul care mă trimisese să mă pitesc sub pânza de cort a chemat un tovarăş şi m-au săltat împreună pe trepte. Nu ştiau unde să mă lase, iar când le-am spus de palatul guvernatorului m-au privit ca pe un om care aiura din pricina fierbinţelii. Eu însă simţeam că singura nădejde de-acolo îmi putea veni, nu din altă parte. Le-am dat câţiva scuzi marinarilor şi până la urmă i-am făcut să mă care, mai mult mort decât viu, la minunăţia de palat din La Valletta, unde îşi ducea zilele omul care stăpânea insula.

Guvernatorul Alof de Wignacourt, marele maestru care conducea pe-atunci ordinul Cavalerilor de Malta, un bărbat înalt și zvelt, cu un început de chelie, o barbă roșcată și un chip care părea să râdă întruna, chiar și când nu avea de ce, m-a primit mai bine decât mă așteptam și m-a găzduit în aripa de oaspeți a palatului, unde se găseau mai multe încăperi în care nu stătea nimeni. Auzise de mine și-mi văzuse câteva pânze când fusese cu treburi la Roma. La câteva zile după ce-am fost adus de pe corabie la palat, m-a chemat în camera lui de lucru, unde iscălea niște hârtii.

— Stai jos, stai jos, m-a poftit el, cu același chip zâmbăreț. Văd că te-ai mai întremat. Să știi că mă bucur.

— Cavalerul mi-a salvat viața. Nu știu cum o să-mi pot arăta recunoștința vreodată.

Wignacourt a făcut un gest de lehamite cu mâna, ca și cum ar fi alungat o gâză îndărătnică.

— Asta-i foarte ușor, o să vezi numaidecât. Cât despre salvatul vieții, e însăși menirea noastră. N-ai de unde să știi, dar ordinul pe care-l conduc a fost întemeiat într-un așezământ de sănătate. În spitalul din Muristan, în Ierusalim, unde cavalerii se îngrijeau, încă de-acum șase sute de ani, de pelerinii bolnavi sau răniți care veneau în Țara Sfântă. Ai fost scăpat în temeiul unui legământ, Merisi. Ai avut noroc c-ai venit aici. De două ori. O dată fiindcă un Cavaler de Malta îngrijește fără să țină seama de păcatele bolnavului sau de osândirea la moarte care-l urmărește prin lume. Da, da, îți știu povestea, dar nu te neliniști, n-am de gând să te trimit înapoi la Tor di Nona. Iar a doua

oară – surâsul guvernatorului s-a făcut și mai lătăreț – fiindcă azi e ziua mea. Împlinesc șaizeci de ani.

— Să bateți suta, cavalere, i-am urat, ridicându-mă încet de pe scaun și dând să fac o plecăciune.

Wignacourt s-a uitat la mine cu o compătimire care nu mi-a căzut grozav. Parcă n-ar fi avut în față un bărbat de treizeci și șapte de ani, chiar și ros de friguri, ci un moșneag gârbovit.

— Să dea Dumnezeu, a spus el. Pân-atunci, și fiindcă tot ardeai să-ți arăți recunoștința, o să-ți dau de lucru. Vreau două tablouri de la tine, Merisi. Un portret al meu în veșmintele de cavaler și-un Sfântul Ioan Botezătorul, care e sfântul ordinului nostru. Ai timp cât poftești. Cât despre plată, fii fără grijă. Fac parte dintre cei care știu să prețuiască harul și priceperea.

Îți vine să crezi, meștere, că după ce-am vorbit cu Wignacourt m-am codit luni în șir până să pun iar mâna pe pensulă și să-mi întind pânza pe șevalet? Spre cinstea lui, marele maestru s-a ținut de cuvânt și nu m-a zorit. N-a scos o vorbă prin care să-și arate nerăbdarea. Cred c-aș fi putut să aștept și trei ani fără să-l urnesc din ale lui. Nu-i vorbă, avea multe pe cap și ținea morțiș ca, în fiecare zi de la Dumnezeu lăsată, La Valletta să fie vrednică de numele pe care i-l dăduseră marile case regale din Europa. Căci deși Cavalerii de Malta îi spuseseră cetății Humilissima Civitas Valletta, după numele lui Jean Parisot de la Valette, care ferfenițise oștile turcaleților cam cu jumătate de veac

mai devreme, regii și principii care veniseră aici,
pe soare ori pe ploaie, se arătaseră atât de mișcați
de frumusețea ei, încât o botezaseră Superbissima.
În vara anului următor, într-un miez de iulie în-
cins precum cuptorul din care ies plăcinte rumene,
marele maestru și-a văzut portretul pentru care îmi
pozase vreme de câteva săptămâni. I-a plăcut, mai
cu seamă că-l pictasem în armura de paradă, așa
cum mă rugase. Câteva zile mai târziu, spre ulu-
irea mea, am fost primit în rândul Cavalerilor de
Malta, iar Wignacourt, ținând în mână o sabie în
locul sceptrului de guvernator, m-a înfășurat în
vorbe latinești și mi-a dat îndemnul pe care afla-
sem că-l primeau toți membrii noi:
   — Ajută cum ai fost ajutat.
   La care am răspuns după cum fusesem dădăcit
cu doar două ceasuri mai devreme:
   — Jur pe numele Dumnezeului atotputernic, de
bunăvoie și fără silință, să slujesc drept Cavaler de
Malta al înaltului ordin al Sfântului Ioan din Ieru-
salim. Jur pe puterea veșnică a Treimii să fiu ca-
valer în toate cele, să mă supun celui ce comandă
și să-mi ajut frații. Jur totodată pe ce mi-e sfânt și
drag să mă îngrijesc de urgisiți, să abat necazurile
lumii și să-mi împlinesc îndatoririle cavalerești.
Așa să-mi ajute Dumnezeu.
   Ciudate întorsături poate lua viața omului,
meștere. Aproape mort la sosirea în La Valletta,
iată-mă acum, după o jumătate de an, cavaler și
pictor la palatul guvernatorului. Să fi aflat Petru-
ccio Margotti, judecătorul roman care mă osândise   295

la pierzanie, că huzuream în inima Superbissimei,
*cu bani în pungă și tablouri de pictat, cred c-ar fi
crăpat fierea în el. Și pesemne că nici Messer Otta-
vio Giambattista, preacinstitul guvernator al Romei,
nu s-ar fi simțit mai acătării.*

*Acum, în cocioaba toscană unde umplu aceste
ultime file, scuipându-mi plămânii cu fiecare tuset
și dârdâind oricât ar fi zăduful de mare, parcă
nici nu-mi vine să cred că am putut face o aseme-
nea prostie. Ce-mi lipsea la palatul lui Wignacourt?
Nimic, în afara unor coapse femeiești, pe care însă
fusesem silit să mi le scot din gând, dat fiind titlul
proaspăt dobândit. (Lasă că, la cum arătam, poate
doar o băbătie cu păr pe limbă să mă mai fi
învrednicit cu vreo privire.) Trebuia doar să-mi
văd de treabă, să mă țin nesmintit și să nu mai
caut buclucul cu lumânarea de botez. Dar asta e
întotdeauna mai ușor de zis decât de făcut, din
nefericire, căci se știe, Necuratul își vâră coada
când îi e omului lumea mai dragă.*

*Păcatul trufiei, de care credeam că mă lecuisem
odată cu pătrunderea în rândul Cavalerilor de
Malta, mi-a stricat dreapta cumpănă tocmai când
mă pregăteam să isprăvesc tabloul închinat Sfântu-
lui Ioan Botezătorul. Mă oprisem din lucru alte
câteva săptămâni înainte de ultimele pensule, nea-
vând cui să-mi destăinui spaimele. La cine să mă
fi dus, la guvernator? Și mă rog ce-ar fi crezut Alof
de Wignacourt despre mine dacă i-aș fi spus că mă
codeam să isprăvesc tabloul fiindcă de-o lună în-*
296 *coace un fluture negru cu aripi desfăcute începuse*

iarăşi să mi se-arate în vis? Peţitor din partea morţii, fluturele se ivise la fel ca altădată, de parcă sângele de pe pânză l-ar fi îmbiat să prăznuiască.

Până la urmă, mi-am zis „fie ce-o fi" şi am muncit mai departe. Am pictat scena uciderii ca pe o corvoadă de gospodărie. În tabloul comandat de Wignacourt, Sfântul Ioan Botezătorul e omorât cum tai o găină: trântit la pământ în faţa unui zid de temniţă şi descăpăţânat de gâdele care-l prinde cu o mână de plete şi-i lasă sângele să i se scurgă din gât. Doi paşi mai încolo, Salomeea se pregăteşte să ridice o tipsie din locul unde fusese aşezată, iar Irodiada îşi prinde obrajii între palme, pe când doi ostatici urmăresc ce se petrece din spatele gratiilor. Cât timp am lucrat la tabloul ăsta, mintea mi-a zburat de mai multe ori la Sacrificiul lui Isaac, cu care mi s-a părut că semăna. Iar la sfârşit, pradă unui imbold pe care nu mi-l explic nici astăzi, am înmuiat pensula în vopsea roşie şi mi-am scris numele lângă băltoaca de sânge prelins din gâtul sfântului.

Când a văzut Wignacourt iscălitura, am crezut că dă ortul popii. A rămas nemişcat câteva clipe, stacojiu la faţă, după care şi-a aţintit sceptrul asupra numelui scris cu roşu şi s-a zborşit la mine.

— Ce-i porcăria asta, ai înnebunit? Cine te crezi?

— Pot să şterg...

— Dă-l încolo de şters, Merisi. Cum de ţi-a dat prin cap aşa ceva? Unde-i umilinţa pe care trebuie s-o arate un cavaler? Ce s-a ales de jurământul tău, netotule?

297

*Am simțit cum îmi urcă sângele la cap și cum îmi
zvâcnesc tâmplele. Nu-mi mai vorbise nimeni așa
fără să plătească. Dintr-odată, Alof de Wignacourt
nu mi s-a mai părut un binefăcător trimis în calea
mea de bunul Dumnezeu, ci un habotnic arțăgos,
care cerea palme. M-am apropiat de el șonticăind
din cauza unei dureri mai vechi la un picior și,
nevenindu-mi altă idee de pedeapsă, l-am mânjit
pe față cu pensula murdară de vopsea sângerie.*

*— Blestematule! a scrâșnit guvernatorul, chi-
nuindu-se de pomană să-și șteargă dunga roșie de
pe chip. Știi ce-ai făcut ridicând mâna asupra
conducătorului tău? Ai nesocotit o legătură sfântă.
O să putrezești în ocnă, năpârcă lombardă ce ești!
Din clipa asta, uită c-ai fost Cavaler de Malta. Locul
tău nu e între cei care-și ajută semenii, ci printre
siluitori și calpuzani.*

*Și astăzi cred că fuga mea din închisoarea unde
m-a trimit Wignacourt după ce ne-am ciorovăit a
fost înlesnită de-afară. Dacă m-aș fi bizuit doar pe
puterile mele, n-aș fi izbutit să scap dintre zidurile
fortului Sant'Angelo, care ținuseră atât de bine piept
năvalei turcești. Dar uite că, la nici o lună după
ce-am fost aruncat în temniță, tovarășii peste care
am dat acolo, Tarik și Ghamal, doi arăbeți prinși
furând de prin dughene, însă cu multe legături în
rândul bandiților maltezi, m-au făcut scăpat după
ce-au smuls cheile de la brâul unui gardian mutat
în lumea viselor după ce băuse ce nu trebuia. Mai
târziu mi-a ajuns la urechi zvonul că mi-aș fi*

*datorat scăparea cavalerului Ippolito Malaspina,
care se avea cu marele maestru Wignacourt cum se
are mâța cu șoarecele și care cumpărase gărzile
fortului cu un pumn de scuzi pentru fiecare. Dacă
lucrurile s-au petrecut așa sau altminteri, n-am avut
cum să aflu, dar știu că Tarik și Ghamal s-au purtat
de parcă ar fi avut poruncă să nu pățesc ceva.*

*Dus de ei în puterea nopții, am mers două-trei
ceasuri, cu opriri să-mi trag sufletul. Gândul că
fugisem din nou nu-mi dădea pace și simțeam că,
dacă o țineam tot așa, nu avea să se aleagă nimic
bun de mine. Am ocolit o limbă de apă și am ajuns
la Birgu, unde arăbeții m-au urcat într-o felucă
trasă la mal, care parcă aștepta doi hoțomani de
soi s-o urnească și să-i umfle pânzele. Că nu era
întâmplare mi-am dat seama ceva mai târziu,
când, cotrobăind într-un colț al bărcii, Tarik a dat
la iveală merinde și apă să ne ajungă pentru
câteva zile. Am plecat înainte de ivirea zorilor,
când fiecare înfoiere a vântului ne vâra frigul în
oase. Ghamal mi-a spus că trebuia să ajungem la
Siracusa, de unde aveam să-mi văd de drum mai
departe, dar știi bine, meștere, că socoteala din larg
nu se potrivește cu aceea de pe țărm. Paza de la
Portopalo di Capo Passero, unde, așa cum am vă-
zut mai târziu, se găseau câțiva sicilieni nedeprinși
cu vorba bună, ne-a luminat cu farul și ne-a făcut
semn să tragem la mal. Ne-am supus, fiindcă
altminteri ar fi venit după noi și ne-ar fi scufundat.
Așa, ne-au dus la far, unde ne-au înștiințat că
proprietarul felucii, oricum s-ar fi numit, uitase de* 299

cautela și că ar fi fost înțelept din partea noastră s-o plătim repejor. Cautela *este una dintre plățile ce se fac musai pentru toate bărcile care despică marea și vor să ajungă unde au treabă în siguranță și fără vătămare. Când am văzut că Tarik avea bani la el și că a plătit fără tocmeală, am fost încredințat că fuga noastră de la fortul Sant'Angelo fusese plănuită peste capul meu.*

Dar cu toată omenia lui Tarik și Ghamal, n-am putut să merg mai departe cu ei. La frigul pe care-l simțisem mai mereu în felucă se adăugase răul de mare. Din Malta n-avusesem încotro și fusesem nevoit să călătoresc pe apă, dar odată întors în Sicilia puteam să ies din nou în drumul poștalioanelor. M-am despărțit de arăbeți, lăsându-i să se ducă la Siracusa, unde pesemne că aveau rosturile lor. Am pierdut mai bine de o săptămână ca să ajung din Portopalo la Palermo, schimbând poștalioanele, înnoptând pe unde apucam și trecând prin locuri pe care atunci le vedeam pentru prima oară: Pachino și Modica, Ragusa și Grammichele, Caltagirone și Caltanissetta, Cerda și Bagheria.

Am ajuns la Palermo rupt de oboseală, mai bolnav decât la plecarea din Malta și gândindu-mă că mi-ar prinde bine să mă așez undeva și să nu mă mai mișc o vreme. Asta chiar dacă mi se făcuse dor de Roma, cu toate primejdiile ei. Cât despre Lide, aproape că nu trecea zi fără să mă întreb dacă mai puteam trage nădejde s-o revăd. Și dacă m-ar mai recunoaște. Știam că între noi rămăseseră o mulțime de lucruri nespuse, mai cu seamă după noaptea în care stătuserăm înlănțuiți în pat, pândind fiecare somnul lui și răsuflarea celuilalt.

Cu Lide în minte și în inimă, am pictat singurul tablou din timpul șederii la Palermo, Nașterea, care a ajuns deasupra altarului de la San Lorenzo. Nimeni n-a știut că trăsăturile Fecioarei care își privea pruncul abia născut, avându-i în jur pe sfinții Francisc și Laurențiu, erau trăsăturile Lidei. Banii primiți de la comanditarul care a vrut să rămână necunoscut – și căruia, după cum vezi, îi fac pe plac – mi-au ajuns câteva luni pentru casă și masă. Când am văzut că punga se subția din nou, iar alte comenzi nu mai primeam, m-am gândit încotro s-o apuc. Am șovăit între Catania și Messina, iar până la urmă m-am îndreptat spre aceasta din urmă, dacă nu din altă pricină, măcar fiindcă de acolo se putea ajunge mai ușor la Napoli și înapoi la Roma.

Norocul care părea să mă fi părăsit printre palermitani s-a întors la mine după o săptămână de când mă aflam în Messina. Și n-a venit singur, ci la brațul cinstitului negustor genovez Giovanni Batista De Lazzari, care, văzându-mă la o masă dintr-un colț de birt, mi s-a așezat în față și mi-a dat de lucru. De Lazzari cumpărase o capelă în Chiesa dei Padri Crociferi și voia să-i pictez o lucrare în dreptul căreia să se oprească toată lumea. M-am pus pe treabă și am lucrat cu o sârguință care mi-a mai amintit o dată de anii petrecuți la Roma. Ceva din miresmele acelor ani s-a furișat și pe pânză, fiindcă în ziua când am

301

isprăvit Învierea lui Lazăr *mi-am dat seama că, la fel ca la* Chemarea Sfântului Matei *din Capela Contarelli, lucrul cel mai frumos din toată lucrarea era sulița de lumină care străbătea scena de la stânga spre dreapta, atrăgând chipurile personajelor, în afară de Isus, așa cum îi atrage flacăra pe fluturi în dansul de pe urmă.*

Când a venit să ridice tabloul, De Lazzari n-a părut din cale-afară de mulțumit, chit că nu mi-a oprit nimic din plată. L-am întrebat ce nu-i plăcea și mi-a spus că i s-ar fi părut mai cuviincios să pictez chipul lui Isus din față, nu dintr-o parte. Luând tăcerea în care mă zidisem drept altceva decât era de fapt (adică începutul unei mânii care stătea să izbucnească), negustorul mi-a propus ca, pentru niscai bani peste învoială, să refac Învierea *și să-l așez pe Isus așa cum îmi spusese.*

— Și asta vi se pare cuviincios, signor *Giovanni? l-am întrebat cu un tremur ușor în glas.*

— Ce anume?

— Felul cum mă puneți să-mi distrug un tablou bun ca să fac altul prost peste el.

De Lazzari a devenit împăciuitor.

— N-o lua așa, dragul meu...

— Păstrați-vă banii peste învoială, i-am tăiat vorba. N-am nevoie de ei. Dar dacă vă atingeți fie și de cel mai mic petic din tabloul meu, să fiți blestemați cu neamul și cu orașul vostru cu tot! i-am aruncat în față.

Mai e oare nevoie să spun că, după două zile, m-am așternut iarăși drumului? N-am mai stat să văd dacă De Lazzari așeza sau nu Învierea în capela pe care-o cumpărase și nici dacă punea pe altcineva s-o refacă. Am pornit spre nord, întrebându-mă dacă trei ani fuseseră de-ajuns pentru ca napolitanilor să le treacă supărarea pe mine – mai cu seamă nobilului care se recunoscuse în tablou și căruia nu-i plăcuse că-l pusesem între pelerini și nevoiași. Însă trebuia cu orice preț să ajung la Napoli. Avea doctori mai pricepuți ca Messina și poate că unul dintre ei reușea să vadă ce era cu mine și de ce scuipam sânge. Pe lângă asta, era locul unde îmi fusese cel mai bine după Roma, mai bine chiar decât în Malta acelor luni după luni de tihnă, înainte să mă cert cu marele maestru Alof de Wignacourt. Or, unde te simți în largul tău, și mintea îți lucrează altfel – ba chiar și mâna care ține penelul. Iar dacă ajungeam cu bine la Napoli, aveam de gând să-mi aștern nici mai mult, nici mai puțin decât cererea de iertăciune. Și nu oricum, ci printr-un tablou la vederea căruia privitorilor le-ar fi curs altfel sângele prin vine. Dacă mă ajuta Dumnezeu, Paul al V-lea avea să primească o rugăminte în fața căreia până și inima lui de cremene s-ar fi topit. Așa trăgeam nădejde.

Atâta doar că n-am mai apucat să aflu ce s-a întâmplat cu David ținând capul lui Goliat. *Mă bizuiam pe milostivirea târzie a Sfântului Părinte, dar și pe sperietura pe care mi-ar fi plăcut s-o tragă la vederea capului meu desprins de trup. Căci chipul lui Goliat era de fapt chipul meu înspăimântat, cu gura căscată, băloșind scârbos cu buzele vineții și* 303 ochii deschiși. Oare chiar ținea să-l vadă astfel pe cel care promitea odinioară să devină pictorul Sfântului Scaun? Nu era un gest de cumsecădenie creștinească să răspundă cu îngăduință faptei mele necreștinești de la a cărei săvârșire trecuseră, iată, patru ani și mai bine? Nu se putea citi pe chipul zugrăvit pe pânză acea căință despre care îți spuneam, meștere, că n-are a face în ce fel se vădește, câtă vreme e neprefăcută? Nu era acest cap retezat recunoașterea în genunchi a vinovăției? În Biblie, David cel bălai îi spune lui Goliat, filisteanul din Gat: „Astăzi Domnul te va da în mâinile mele, te voi doborî și-ți voi tăia capul". La rândul meu, pictându-l pe David care ținea în mână capul dușmanului, mă dădeam în mâinile Domnului și în ale trimisului Său pe pământ, Paul al V-lea, așteptând semnul de întoarcere la Roma, de unde plecasem cu durere în suflet, chiar dacă pe vremea când trăisem acolo îi aruncasem destule vorbe grele.

Până să mi se aducă la cunoștință ce hotărâre luase Sfântul Părinte la vederea tabloului (pe care l-am trimis la Quirinale cu doi oameni aflați în slujba administratorilor de la Pio della Misericordia, care nu mă uitaseră după ce le pictasem Cele șapte munci ale milosteniei), a trebuit să mă fac nevăzut și a doua oară din Napoli. Dacă până cu un an în urmă mă asemuisem lui Ulise, acum eram încredințat că umblasem de două ori mai mult ca el. Tot de nevoie am plecat și de data asta, fiindcă într-o seară, pe când ieșeam din cârciuma *unde mâncam o dată la câteva zile, m-am trezit luat la întrebări de doi găligani care mi-au căutat pricină. Dacă m-ar fi prins cu șase-șapte ani mai devreme, aș fi măturat strada cu amândoi. Acum, îmi vine greu să recunosc, m-au snopit în bătaie. Au dat în mine cu pumnii, m-au trântit la pământ și m-au pisat cu cizmele. Înainte să dau ochii peste cap, am mai apucat să mă întreb dacă erau doar niște ciomăgari care nu știau cum să-și treacă viața sau fuseseră puși de cineva să mă otânjească – poate chiar de nobilul cu guler plisat din tablou. N-am mai avut vreme să-mi răspund.*

Când mi-am venit în fire, eram din nou pe apă. Cred că frigul m-a trezit. Frigul și, răsărită din cine știe ce ungher al minții, spaima de-a nu ști încotro te îndrepți și alături de cine. Oacheșul cu părul strâns într-o panglică roșie care s-a apropiat de mine dinspre celălalt capăt al barcazului mi-a spus că stătusem aproape două zile pe buza prăpastiei, scoțând gemete cumplite, icnind uneori în vis și prăvălindu-mă într-o groapă fără fund. Când l-am întrebat cine mă culesese de pe jos după ce mă stâlciseră găliganii în bătaie, și-a împuns pieptul cu un deget și a zâmbit. Iar când am vrut să știu unde eram, a râs ușor.

— Primul semn adevărat că ții la viață. Am trecut de Civitavecchia și mergem spre Livorno. Am treburi în Toscana.

Ce treburi avea Mauro, căci așa îl chema pe oacheș, nu era treaba mea, dar m-am înnegurat 305

sub povara deznădejdii. Mă zbătusem între viață
și moarte tocmai când trecusem aproape de Roma.
De locul unde așteptam să mi se îngăduie înapo-
ierea, aidoma rătăcitului care li se alătură celor-
lalți după ce se înțelepțește. Să fi fost oare un semn
al sorții? Îmi era și frică să răspund. Până la urmă,
poate că între ce voiam eu și ce botărau alții se
căscase un hău peste care nu se putea arunca nici
o punte. Poate că tabloul trimis Sfântului Părinte
nu-l mișcase – sau poate nici nu ajunsese la el.
Mi-am prins capul în mâini, scuturat nu doar de
friguri, ci și de plânsul care îmi urca în gâtlej și
amenința să mă înece. Am bocit ca o văduvă mun-
cită de necazuri, sub ochii mirați ai lui Mauro și
sub mângâierea tot mai apăsată a soarelui.

— Care e primul loc unde poți să tragi la țărm?
m-am trezit întrebând după ce-am terminat de dat
apă șoarecilor.

— Orbetello, a răspuns Mauro. De ce?

Am tras în piept aerul proaspăt, care începuse
să-mi zvânte ochii plânși.

— Du-mă doar până acolo. Nu merg mai depar-
te. N-are rost.

Oacheșul n-a zis nimic, ca și cum i-ar fi fost tot-
una dac-aș fi călătorit cu el mai departe sau nu.
Poate își dăduse seama că nu eram cel mai vesel
tovarăș de drum. Sau poate se bucura să scape de-o
grijă. Mi-a făcut pe plac și, când a venit vremea, a
vâslit spre țărm și m-a lăsat pe o limbă de nisip stră-
juită de niște tufe pitice. Mi-a aruncat un sac cu
306 *merinde din cele trei pe care le avea pe corabie. Pe*

urmă s-a îndepărtat fără să-mi spună o vorbă și nici eu n-am deschis gura.

Am rămas cam un ceas sub soarele care se săturase de mângâiat și se apucase să biciuiască. Pe urmă am umblat de capul meu, ținând drumeagul care pornea din locul unde se isprăvea nisipul și nepăsându-mi încotro mergeam. Uneori mai vedeam apele calme ale Tirenienei, pețite de cerul toscan fără pată. Mă opream să îmbuc ceva din cele ce-mi lăsase Mauro, rămâneam cam un sfert de ceas cu ochii priponiți în zare și apoi o luam iarăși din loc. Am trecut prin Poggio Pertuso și Porto Ercole, două locuri cu oameni ascunși după ziduri și găini umblând prin praf, și am ajuns la o plajă mărginită de dealuri înverzite, unde am găsit câteva case pescărești și tot atâtea bărci. În fața uneia, un bărbos ars de soare își pregătea năvodul. I-am dat binețe și și-a ridicat ochii, mormăindu-și leneș răspunsul.

— Cum se cheamă locul ăsta?

— Feniglia. Plaja Feniglia, a îngânat pescarul. Ce-i cu tine pe-aici?

— Caut un loc unde să stau. Cu bani puțini.

Pescarul a dat din umeri și a arătat cu degetul spre cea mai dărăpănată dintre cocioabe.

— În aia poți să stai pe degeaba, nu mai e nimeni.

— Dar a fost cineva?

— A fost mai demult. Un nebun care visa fluturi negri și scria poezii pe apă pentru iubitele lui.

Am simțit că mă ia cu amețeală.

307

— Și unde-a plecat?

— Nebunul? Nicăieri. A murit fără popă la căpătâi. L-am îngropat cu mâna mea. Uite-acolo, vezi movilița aia cu cruce din crengi? Acolo e.

N-am stat prea mult pe gânduri. Mi-am urcat sacul în spinare și m-am îndreptat spre cocioabă. Pescarul și-a văzut mai departe de năvod, fără să mă mai bage în seamă. Am împins ușa și un roi de fluturi mi-au zburat pe deasupra capului. Or fi fost alburii sau gălbui, dar din pricină că mi-am întors ochii spre ei în bătaia soarelui, mi s-au părut închiși la culoare și amenințători.

Am știut în clipa aceea că nu aveam să ajung la fundul sacului cu merinde. Nu mai era vreme.

Am rămas dator cu un singur răspuns, meștere. De ce ți-am scris ție și nu altcuiva?

Fiindcă, dacă mă gândesc bine, amândoi am plecat din lumea asta. Dumneata mai demult, eu de când am fost osândit. Oamenii cetății n-au avut de unde să știe, dar mi-au curmat viața, viața adevărată, odată cu rostirea pedepsei.

Și oricum, nu mai pot. Sunt singur, băituit și bolnav.

Am văzut, am pictat și am strâns în mine prea multă moarte.

Din tânărul care-a vrut să schimbe arta, am ajuns un proscris.

Am împodobit biserici, pentru ca până la urmă să mi se spună Anticristul picturii.

Câtă vreme am fost de folos, iar tablourile mele s-au pus în calea furtunii protestante într-un fel *care nu fusese la îndemâna nepricopsiților de manieriști, nobilii m-au încurajat. După trecerea primejdiei, m-au lăsat toți din brațe.*

Ei bine, gata. Ajunge. Am obosit.

Și m-am săturat.

Vorbe. Pleavă vânturată.

Sânge și pământ.

Hoți cu fețe de apostoli, sfinți cu mâini de păcătoși.

Dac-aș fi putut, m-aș fi întors la Roma și la Lide. La faimă și la iubire. Însă nu mai am puterea să plec.

Lide. Nestemată într-un munte de scârnă. Un adăpost în fața noianului de griji.

Roma. Un tablou cum nu s-a mai făcut și nu se va mai face vreodată.

Orașul care te-ajută să urci ca să aibă de unde să te doboare.

E-adevărat, Roma de-a-ndoaselea se citește „amor", însă dacă-i amesteci literele, te alegi cu „mora".

La unele neamuri slave, „mora" e un duh al răului plămădit de somn.

La cei de pe coasta dalmată înseamnă „coșmar".

Iar în limba de demult a rutenilor – ei bine, în limba aceea înseamnă „fluture".

Credite fotografice

Copil mușcat de gușter, c.1595-1600 (ulei pe pânză) de Caravaggio, Michelangelo Merisi da (1571-1610)
National Gallery, Londra, Anglia / The Bridgeman Art Library

Sfântul Ioan Botezătorul, c.1602 (ulei pe pânză) de Caravaggio, Michelangelo Merisi da (1571-1610)
Galleria Borghese, Roma, Italia / The Bridgeman Art Library

Bacchus adolescent, c.1589 (ulei pe pânză) de Caravaggio, Michelangelo Merisi da (1571-1610)
Galleria degli Uffizi, Florența, Italia/ Alinari / The Bridgeman Art Library

Iudit și Holofern, 1599 (ulei pe pânză) de Caravaggio, Michelangelo Merisi da (1571-1610)
Palazzo Barberini, Roma, Italia / The Bridgeman Art Library

Băiat cu un coș cu fructe, 1594 (ulei pe pânză) de Caravaggio, Michelangelo Merisi da (1571-1610)
Galleria Borghese, Roma, Italia / Alinari / The Bridgeman Art Library

Coș cu fructe, c.1596 (ulei pe pânză) de Caravaggio, Michelangelo Merisi da (1571-1610)
Ambrosiana, Milano, Italia / The Bridgeman Art Library

Amor Vincit Omnia (Amorul triumfător), 1602 (ulei pe pânză) de Caravaggio, Michelangelo Merisi da (1571-1610)
Staatliche Museen, Berlin, Germania / Alinari / The Bridgeman Art Library

Ghicitoarea, c.1594 de Caravaggio, Michelangelo Merisi da (1571-1610) (atribuit lui)
Pinacoteca Capitolina, Palazzo Conservatori, Roma, Italia / The Bridgeman Art Library

Cântărețul din lăută, c.1595 (ulei pe pânză) de Caravaggio, Michelangelo Merisi da (1571-1610)
Ermitaj, St. Petersburg, Rusia / The Bridgeman Art Library .

Meduza, c.1596-98 (ulei pe pânză fixat pe suport de lemn) de Caravaggio, Michelangelo Merisi da (1571-1610)
Galleria degli Uffizi, Florenţa, Italia / The Bridgeman Art Library

Moartea Fecioarei (ulei pe pânză) de Caravaggio, Michelangelo Merisi da (1571-1610)
Luvru, Paris, Franţa / The Bridgeman Art Library